ADELE STEIN

TOTENSTUMM

KRIMINALROMAN

Über dieses Buch:

Tief, sehr tief in der Vergangenheit gräbt Hauptkommissarin Siri Osten diesmal nach der Wahrheit.
Ein vor Jahrzehnten begangener, vermeintlich aufgeklärter, in Wirklichkeit aber immer noch ungesühnter Mord steht im Mittelpunkt ihrer Nachforschungen. Diese sind obendrein inoffiziell, denn Siri ist dienstunfähig und befindet sich in einer Klinik, um dort ihre gesundheitlichen Probleme in den Griff zu bekommen.
Ihr ehemaliger Kollege, Oberkommissar Jakob Rack, hat derweil keine Langeweile. Ein Einbruchsdelikt im beschaulichen Kurort Bad Salzdorf spitzt sich in unerwarteter Weise zu und hält ihn und sein Team in Atem.

Der dritte Kriminalroman um Hauptkommissarin Siri Osten spielt wieder in der westfälischen Provinz. Sie und Oberkommissar Jakob Rack erwarten nicht nur kriminelle Herausforderungen, sondern auch Ereignisse, die ihr privates Leben auf ungeahnte Weise berühren und verändern.

Über die Autorin:

Adele Stein, Jahrgang 1961, lebt auf dem Land - in der Nähe der westfälischen Stadt Soest.

Bisher von Adele Stein erschienen:
Endstation Silo, Kriminalroman
ISBN 978-1542316521
Tödliches Feld, Kriminalroman
ISBN 978-1501088940
Westfälische Provence und andere Geschichten
ISBN 978-3-7322-4981-6
Landeier und andere Spezialitäten. Neue Geschichten
aus der Westfälischen Provence
ISBN 978-3-7357-2122-8
Ins Kraut geschossen. Frische Geschichten aus der
Westfälischen Provence und anderen schönen Orten
ISBN 978-3746031262

www.adelestein.jimdo.com
www.facebook.com/westfaelischeprovence

© 2021
Herstellung und Verlag: BoD – Books on Demand,
Norderstedt
ISBN: 978-3-7534-8224-8

Bibliografische Information der Deutschen Nationalbibliothek: Die Deutsche Nationalbibliothek verzeichnet diese Publikation in der Deutschen Nationalbibliografie; detaillierte bibliografische Daten sind im Internet über http://dnb.dnb.de abrufbar.

Der monddurchbleichte Wald
liegt totenstumm.
Da kommt ein Wind
von ferne sacht gewandelt,
hoch über seine tausend Häupter her.

Christian Morgenstern

PROLOG

Wieder dieser Traum.
Das Zimmer ist fremd, dunkel, unheimlich.
Eisige Luft weht durch ein offenes Fenster.
Draußen schneit es. Ein Blitz erleuchtet den
nächtlichen Himmel und kurz auch den Raum.
Ein Wintergewitter.
Wieder ist da dieser schreckliche, entsetzliche,
grauenvolle Traum.
Warum?
Warum hört das nie auf?

Es ist ihr waches Ich, das diese Fragen stellt und
sie auch gleich beantwortet. Weil du dazu verdammt bist, diesen Traum wieder und wieder zu
träumen. Wieder und wieder. Ein ganzes langes
Leben lang. Es gibt vor ihm kein Entrinnen.
Nicht, solange du lebst. Niemals. Wieder ist es
stockdunkel und donnert so laut, dass sie
zusammenzuckt und sich die Hände fest auf die
Ohren presst. Weitere Blitze folgen schnell
aufeinander. Es ist nun taghell um sie herum.
Was jetzt folgt, weiß sie.

Die Gestalt liegt ihr zu Füßen vor einer Wand.
 Angst, ich habe Angst.
Schau nicht hin, Sarina.
 *Es ist eine Frau, eine Braut. Denn sie trägt ja ein
weißes Hochzeitskleid und einen Schleier, mit Spitze*

eingefasst und undurchsichtig. Warum bewegt sich die Frau nicht?

Weil sie schläft.

Dort auf der Wand, was ist das, das komische Muster da?

Aber das ist doch ein Kartoffeldruck. Wie der auf deiner Schürze, die du im Kindergarten gemacht hast.

So große Bilder? Mit Kartoffeln gemacht? So riesige Kartoffeln gibt es doch gar nicht. Und schau' doch, das sind ja Hände, dort auf der Wand!

Dann ist es vielleicht so: Die Braut hat sich die Hand rot gemalt, und dann hat sie damit ein Muster auf die Tapete gedruckt.

Warum?

Weil sie es wollte! Weil es schön aussieht, so ein Abdruck von ihrer Hand. Das ist doch viel hübscher als eine einfache weiße Tapete.

Nein, nein.

Psst. Still. Nicht schreien!

Aua, mein Arm. Lass mich los! Du bist gemein. Ich mag dich nicht.

Komm' jetzt mit, Sarina. Du erfrierst hier. Das willst du doch nicht, oder?

Keine Farbe! Das ist Blut. Das sind Abdrücke von blutigen Händen an der Wand.

Dann ist sie auf einmal nicht mehr in dem Zimmer. Niemand reißt mehr an ihrem Arm und gräbt dabei Fingernägel in ihr Fleisch. Jetzt sind da Arme, die sie halten und wärmen. Jemand anderes spricht mit ihr, ruhig und freundlich. Es ist ein Mann. Der Klang seiner Worte berührt sie, auch wenn sie kaum erfasst, was er sagt. Auf einmal klopft ihr Herz freudig, und sie fühlt sich glücklich.

Wer bist du?

Seine Hände sind nicht groß für einen Mann. Ein goldener Ring ist am rechten Ringfinger, eine Narbe auf dem Rücken der linken Hand, die wie die Silhouette eines Baumes aussieht und sich hell gegen die sie umgebende unverletzte Haut abhebt. Plötzlich versteht sie etwas von dem, was der Mann zu ihr sagt, der schützend die Arme um sie gelegt hat. Es hört sich traurig an. Ich muss fort, Sarina.

Wehmut mischt sich in ihr kindliches Glücksgefühl.

Es ist ein Abschied.

Er lässt sie los und steigt in einen Wagen. Sie sieht ihn dabei von hinten. Kein Gesicht.

Er hat einfach kein Gesicht.

Er wird niemals eines haben, auch wenn sie es sich noch so verzweifelt wünscht. Das Auto mit ihm darin fährt schnell davon, biegt um eine Ecke. Er ist weg. Ihr eigener Schrei erschreckt sie.

Nein!

Es wird an ihr herum gezerrt. Jemand reißt sie fort von der Stelle, an der sie steht und dem Auto hinterher starrt, das schon längst nicht mehr zu sehen ist. Dass sie sich wehrt, hilft ihr

11

nichts. Gar nichts. Sie muss mitgehen, auch wenn sich alles in ihr sträubt.

Nein, nein!

Schsch!

Pppp...a...pppp...

Die Laute sterben einen qualvollen Tod in ihrer Kehle. Auch mit großer Anstrengung gelingt es ihr nicht, Wörter freizulassen und sie lauthals in die Welt hinaus zu rufen, wo sie hingehören. Die Wörter sind wie Gefangene. Sie sitzen in einem Kerker, tief in ihr, mehr tot als lebendig. Sie weint leise in sich hinein. Nichts dringt mehr nach außen. Kein Wort, auch kein Gefühl. Ganz still, starr und stumm. Totenstumm.

Ja so. So ist es brav, Sarina.

Da hört sie ihn wieder, diesen Namen, der nicht ihrer ist, und mit dem sie nichts anfangen kann.

SIRI

Hauptkommissarin Sarah Irina Osten presste ihre Stirn an das Fenster des Zuges und starrte nach draußen. Eindrücke einer eintönigen, spätherbstliche Landschaft flogen wie Schatten an ihr vorbei.

Gab es noch irgendwo Farben in der Welt? Alles floss Grau in Grau ineinander. Wiesen, Felder, Bäume, Sträucher und Häuser. Ein trüber Himmel krönte die Trostlosigkeit dieses Dezembertags, ihrem 35. Geburtstag. Die Fensterscheibe vor ihrem Gesicht lief von ihrem Atem an, und die Landschaft dahinter verlor endgültig jede Kontur.

Sarah-Irina - meist wurde sie Siri genannt, ein Name, den sie selbst sich als Kind gegeben hatte, lange bevor er durch die Smartphonestimme eines Technologieunternehmens weltweit bekannt geworden war - hasste den Monat, in dem sie auf die Welt gekommen war seit jeher. Wie hatte sie ihre Schulfreundin Sabine beneidet, die jedes Jahr im August bei strahlendem Sonnenschein im Garten des elterlichen Hauses eine ausgelassene Sommerparty feiern konnte.

Ein elterliches Haus mit Garten hatte es in Siris Leben ebenso wenig gegeben wie lustige Kindergeburtstage. Ihre schwierige und ständig mit allem überforderte Mutter hätte die Organisation einer Feier für ihre Tochter allerdings ohnehin zu jeder Jahreszeit als Zumutung von sich gewiesen. Ihr Vater, der nie bei ihr und der Mutter gelebt hatte, schickte ihr Geld, und das war es dann für ihn. Als sie volljährig wurde, war auch das vorbei.

Der diesjährige Herbst war schlimmer als alle anderen, die Siri zuvor erlebt hatte. Die Aussage der Meteorologen, es hätte seit September so wenig Sonnenstunden gegeben wie seit Jahrzehnten nicht mehr, war dabei nur das Tüpfelchen auf dem I der düsteren Stimmung, in der sie sich befand.

„Joschi", flüsterte sie.

Ihre Kehle verkrampfte sich, ihre Rippen schmerzten. Sie schluckte. Auch das tat weh. Alles tat weh.

Joschi. Mein kleiner Bruder. Mein Kind.

Eigentlich ist doch alles gut und richtig, so wie es ist, sagte Siris Kopf.

Joschi war Siris fünf Jahre alter Halbbruder, der mit seinem Vater Mick und dessen neuer Liebe Suzie nach Nashville, also in die USA, ausgewandert war. Mick, Joschi und Suzie waren jetzt eine Familie. Siri, die sich nach dem plötzlichen Tod von ihrer und Joschis Mutter intensiv um das Kind gekümmert hatte, gehörte nicht mehr dazu. Mick hatte beim Abschied geweint.

„Es tut mir so leid, Siri. Wir kommen dich bald besuchen, okay? Vielleicht gleich im nächsten Sommer?"

Siri war in ihrem Inneren wie eingefroren gewesen.

„Klar, Mick!", hatte sie gesagt und war regungslos geblieben, als Mick sie zum Abschied auf die Wange geküsst hatte. Sie hatte es geschafft, Joschi noch einmal in die Arme zu nehmen, ohne sich Trauer und Schmerz anmerken zu lassen. Sogar gelächelt hatte sie. „Wie toll, Joschi. Du kannst jetzt fliegen. Ganz oben in der Luft und über dem Meer. Und das Tollste ist, dein Hase ist auch dabei."

„Ja", hatte Joschi erwidert und sein Lieblingsstofftier, einen schon etwas schmuddelig geliebten, ehemals weißen Stoffhasen, fest an sich gedrückt, „aber ich will, dass du auch mitkommst. Ich will dich nicht vermissen."

Er hatte einen kleinen Flunsch gezogen und dabei so niedlich ausgesehen, dass es Siri hart angegangen war. Sie hatte geschluckt.

„Ach was, Joschi", hatte sie dann rasch gesagt und sich selbst gewundert, dass es ihr gelungen war, einigermaßen fröhlich dabei zu klingen, „wirst sehen, du vermisst mich gar nicht, weil du in Amerika so viele schöne Sachen sehen und erleben wirst. Und schwupps! Kommst du mich auch schon besuchen."

Ihr kleiner Bruder hatte sich, bevor er an Micks Hand durch das Gate ging, noch einmal zu ihr umgedreht und ihr dabei zugewinkt. Sie war ins Parkhaus zu ihrem Auto getorkelt und wie ein Zombie nach Hause zurückgefahren, wo sie sich auf den Teppich im Wohnzimmer setzte, auf dem noch einige Spielsachen von Joschi herumlagen. Dort hatte sie fast die ganze Nacht regungslos gesessen. Weil alles in ihr sich taub angefühlt hatte, biss sie sich immer wieder so lange in ihren Handrücken, bis der Schmerz in ihr Bewusstsein gedrungen war und mit ihm die Erkenntnis, dass es niemals wieder so werden würde wie in den vergangenen fünf Jahren, als Joschi der wichtigste Mensch in ihrem Leben gewesen war. Die Narbe auf ihrer Hand war immer noch zu sehen. Aber weinen? Nein. Weinen konnte sie bis heute nicht.

Eine Woche nach Micks und Joschis Abreise war sie im Dienst zusammengebrochen und ins Krankenhaus gebracht worden. Mit Atemnot und so heftigen Schmerzen in der Brust, dass man zunächst einen Herzinfarkt vermutet hatte. Eine Fehldiagnose, wie sich bald schon herausstellte.

„Sie haben eine Stresskardiomyopathie", eröffnete ihr die Ärztin im Krankenhaus.

„Eine *was*?"

„Ihr Herz leidet quasi an einer Verkrampfung der Gefäße, weil es von zu vielen Stresshormonen überschüttet wurde. Man nennt es auch „Broken Heart Syndrom". Der Auslöser dafür ist beinahe immer ein starker seelischer Schock. Haben Sie in letzter Zeit etwas Traumatisches erlebt? Den Verlust eines Ihnen nahestehenden Menschen? Oder gab es einen Vorfall bei der Arbeit? Hier steht, dass Sie Polizeibeamtin sind."

Siri schüttelte den Kopf. Dann erst fiel ihr Joschi ein. Ihr Schmerz und ihr Kummer darüber, dass er nicht mehr bei ihr war. Auf und davon geflogen. Ein riesiger Ozean trennte sie von ihrem kleinen Bruder. Er war erst fünf. Würde er sie überhaupt noch wiedererkennen im nächsten Sommer, wenn sie ihn zum ersten Mal wiedersah?

„Ja, vielleicht ... doch, aber ich weiß nicht, ob es ein Grund sein könnte. Es ist etwas Privates", sagte sie schließlich. Die Ärztin ging darauf nicht mehr näher ein. Vielleicht hatte sie gemerkt, dass Siri ihr Herz nicht auf der Zunge trug. Dass sie selten und nur äußerst ungern über das redete, was sie bewegte.

„Sie müssen sich eine längere Auszeit nehmen", erklärte sie Siri ernst. „Es gibt eine sehr gute Fachklinik, gar nicht mal so weit von hier. Ich rufe da jetzt an und frage, ob die was frei haben."

Siri spürte, wie sich ihre Nackenhaare aufstellten. Sie wollte das nicht.

„Was ist mit Medikamenten? Die helfen doch auch."

„Klar. Dennoch kommen Sie um die Reha nicht herum, wenn Sie in den Polizeidienst zurück wollen!"

Drei Tage später lag ein Brief der Klinik am See auf dem Nachttisch neben Siris Krankenhaus-

bett. „Spezialisiert auf kardiologische, psycho-
somatische und psychokardiologische Rehabili-
tation" stand auf dem Briefkopf. Darunter ein
kurzer Text, dass man sich freue, ihr ab
kommendem Montag einen Platz zur Verfügung
zu stellen. Sie erhalte selbstverständlich ein
Einzelzimmer mit Seeblick. Ein beigelegter
Prospekt pries die Vorzüge des Hauses an. Siri
würdigte ihn keines einzigen Blicks.

„Ich geh' da nicht hin", erklärte sie empört,
„das ist doch alles Schwachsinn! Was soll ich
da?"

„Dich erholen und gesund werden!", hatte ihre
Freundin Marie von Heessen gesagt, die zu
Besuch ins Krankenhaus gekommen war und am
Fußende des Bettes saß. „Und nein, Siri! Das ist
ganz und gar kein Schwachsinn, sondern eine
ärztliche Anordnung, der du Folge leisten wirst."
Siri hatte von Marie, die von Beruf Psychologin
war, eine gewisse Empathie für ihre Aversion gegen die Reha erwartet, vielleicht sogar Schützen-
hilfe dafür, diese nicht anzutreten. Und nun
schlug Marie in dieselbe Kerbe wie zuvor schon
die Ärztin.

„Pah! Zu Hause und mit Betablockern kann ich
auch gesund werden", hatte Siri erwidert, „und
wenn es nun partout auch Psychotherapie oder
so was sein muss, kannst du das ja übernehmen!" Es hatte rebellisch und trotzig klingen
sollen, sich aber vor allem müde angehört.

Marie hatte gelächelt.

„Du weißt genau, dass das keine Option ist", hatte sie sanft gesagt und eine Hand auf das Knie der Freundin gelegt. „Sei einfach ein vernünftiges Mädchen, Siri. Hör' auf die Frau Doktor und auf mich. Was du erlebt hast, also diese Sache mit Joshua, das hat dir das Herz gebrochen. Buchstäblich. Da kannst du nicht einfach zur Tagesordnung übergehen und weiter machen, als wäre nichts geschehen. Schon gar nicht in deinem Beruf!"

Siri schob es auf ihre angeschlagene Gesundheit, die ihr die Kraft geraubt hatte, sich gegen die „Zwangseinweisung", wie sie es nannte, zu wehren und auch darauf, dass alle Menschen, die ihr etwas bedeuteten, sich aus ihrer Sicht in der Angelegenheit gegen sie verschworen hatten. Marie ebenso wie ihr geschätzter Chef, Kriminaloberrat Herbert Kantstein, der ihr rundheraus mitteilte, er werde sie notfalls vom Dienst suspendieren lassen, wenn ihr einfiele, ohne vorherige Therapie wieder bei der Arbeit zu erscheinen.

„Das gebietet allein meine Fürsorgepflicht als ihr Vorgesetzter. Also denken Sie nicht einmal dran, Frau Osten."

Siri heulte fast vor Wut. Kantstein und die chronische Unterbesetzung der Mordkommission waren ihre letzten Trümpfe gegen die Reha gewesen. Das jedenfalls hatte sie geglaubt und hatte gehofft, ihr Boss würde sie anflehen, ihn und das Team nicht im Stich zu lassen und so etwas zu ihr sagen wie: „Frau Osten, Sie dürfen nicht ausfallen. Wir brauchen sie hier!"

Aber nichts davon! Stattdessen dieses väterliche Getue. Fürsorgepflicht. Wollte er sie aufs Abstellgleis schieben? War ihm ihre Arbeit nicht mehr gut genug, nur, weil sie oder vielmehr ihr Körper ein einziges Mal in fünfzehn Berufsjahren eine kleine Schwäche gezeigt hatte?

Das kurze Vibrieren ihres Handys riss sie aus ihren Gedanken daran, was sie in diesen Zug gebracht hatte, in dem sie immer noch saß und nach wie vor auf ein beschlagenes Fenster starrte.

Eine Whatsapp von Jakob. Was wollte der denn noch? Auch Jakob hatte in seiner netten und anständigen Art auf sie eingeredet, sich in der Klinik am See behandeln zu lassen, um die Sache mit Joschi zu verarbeiten.

„Schau', es ist doch so", hatte er zu ihr gesagt, „Mick ist Joshuas Vater. Er ist ihm sogar ein sehr guter Vater, und Suzie gibt sich viel Mühe, das sagst du selbst. Es geht dem Jungen gut. Er wird geliebt und hat eine Familie, die ihm Schutz und Geborgenheit gibt. Das ist doch das Wichtigste, oder? Joshua gehört dir nicht. Lass' ihn los!"

Das nahm sie ihm richtig übel. Wie hatte er so etwas sagen und von ihr verlangen können, ihren Klinikaufenthalt zu nutzen, um über die Trennung von Joshua hinweg zu kommen?

„Omm!", hatte sie gespottet. „Hast du diese Weisheiten von deinem Yogalehrer oder von der

Ratgeberseite im Westfälischen Kurier?"

Er war noch deutlicher geworden.

„Siri, ich versteh' doch, dass du traurig bist, weil Joshua nicht mehr bei dir ist. Aber so ist es nun mal. Du wirst darüber hinwegkommen! Wir beide können doch zusammenleben, vielleicht heiraten und dann ein eigenes Kind ... ."

Da hatte sie endgültig die Fassung verloren und war ihm wütend ins Wort gefallen.

„Wir? Wir sollen so eine kleine heile Familie werden? Im schnuckeligen Reihenhaus am Stadtrand? Ein Kind? Ein eigenes Kind? Ich mit dir? Zuvor eine Traumhochzeit in Weiß und deinen 300 Verwandten aus Kasachstan? Nein, Jakob! Vergiss es! Das wird nicht funktionieren. Niemals. Ich habe ein Kind. Es heißt Joschi, und ich werde es nie, niemals ersetzen durch irgend ein anderes, auch nicht, wenn es meine und deine DNA hat und vielleicht sogar deine schönen braunen Augen."

Jeder Satz, jedes Wort war ein Messer gewesen, das sie in Jakobs Richtung geschleudert hatte. Mit der vollen Absicht, ihn zu treffen und ihn damit für immer davon zu jagen. Es war ungerecht und gemein, und sie wusste das. Aber sie musste es tun. Es war ihre Antwort darauf, dass Jakob ihr gerade eben, keine vier Wochen, nachdem Mick und Joschi in die USA ausgewandert waren, bereits vorgeschlagen hatte, einen Schlussstrich unter ihren Verlust zu ziehen. Er meinte, Sie zu verstehen? Was für eine Illusion!

Gar nichts verstand er. Nichts von ihrem Schmerz und der Sehnsucht nach ihrem kleinen Bruder und der Leere, die er in ihrem Haus hinterlassen hatte - und in ihr. Nichts von den Nächten, in denen sie träumte, Joschi sei noch bei ihr, läge an sie gekuschelt zusammen mit ihr im Bett, um dann hochzuschrecken mit dem grausamen Gefühl, dass er nicht mehr bei ihr war und es nie mehr sein würde. Nichts, gar nichts wusste Jakob von ihrem Leben, das ohne Joschi einfach nur noch verging, ohne dass es irgendeine Freude darin gab.

Jakob war verstummt.

„Verstehe", hatte er leise gesagt. Dann war er fort gegangen.

Es war schon das zweite Mal, dass die Liebesbeziehung zu ihrem ehemaligen Kollegen mit einer Trennung geendet hatte. Aber warum meldete er sich um Himmelswillen jetzt wieder bei ihr? War sie immer noch nicht deutlich und nicht hässlich genug zu ihm gewesen?

Im Zug hörte man jetzt die Ansagerin aus dem Lautsprecher. Sie unterbrach Siris Gedanken über Jakob.

„Unser nächster Halt ist Hoffnungstal am See. Der Ausstieg befindet sich in Fahrtrichtung rechts."

Hoffnungstal? Sollte das jetzt ein Zeichen für sie sein? Sie erinnerte sich gerade noch rechtzeitig, dass sie hier aussteigen musste und griff nach ihrer Tasche. Auf dem Bahnhofsvorplatz würde der Kleinbus der Klinik auf sie warten. Jedenfalls hatte es so in der Einladung gestanden. Der Zug fuhr ruckelnd in die kleine Station ein. Siri schwankte etwas, als sie in Richtung der nächsten Tür lief. Sie steckte ihr Smartphone in ihre Jackentasche und beschloss, Jakobs Nachricht zu ignorieren.

JASPER

Wie jeden Morgen, bevor sein Dienst in der Klinik begann, lief Dr. Jasper Spielhagen eine Runde um den südlichen Arm des nahe gelegenen Stausees. Die Strecke verlief zwischen Waldrand und Ufer über einen Schotterweg und hatte eine Länge von knapp acht Kilometern. Das war genau richtig für sein knappes Zeitbudget vor der Arbeit. Schemenhaft nahm er die hohen Tannen neben sich wahr, die düster in den tiefschwarzen Himmel aufragten. Anfang Dezember war es morgens um sechs Uhr noch so dunkel, dass er seine Stirnlampe im Einsatz hatte. Unermüdlich leuchtete ihr helles Licht gegen eine dichte Nebelwand an.

Freddie hatte ihm die Lampe zu seinem 42. Geburtstag geschenkt. Das, obwohl sie Jaspers Leidenschaft für das Laufen nie viel abgewinnen konnte. Alles, womit er sich außer ihr beschäftigte, war ihr ein Dorn im Auge gewesen. Seine Arbeit in der Klinik am See ebenso wie das Laufen, das sie oft abfällig als „dumme Joggerei" bezeichnet hatte. Na, das war ja nun für immer vorbei. Freddie war auf und davon, kurz nachdem sie ihm die Lampe gegeben hatte. Das hatte sie mit jenem vorwurfsvollen Gesichtsausdruck getan, den sie so perfekt beherrschte wie sonst niemand, den er kannte.

„Wenn du morgens schon lieber diese dumme

Joggerei zelebrieren willst, anstatt mir beim Frühstück Gesellschaft zu leisten, dann nutz' wenigstens eine Lampe, damit ich mir nicht auch noch immerzu Sorgen machen muss, dass du stürzt und dir womöglich sonst was dabei brichst."

Er sprach seine geplante Entgegnung, er laufe für sich und nicht gegen sie, nicht aus. Stattdessen hatte er sich um gute Stimmung bemüht, sie in den Arm genommen und liebevoll angelächelt.

„Danke, mein Schatz, dass du dafür sorgst, dass mir jetzt ein Licht aufgeht, wenn ich frühmorgens als einsamer Langstreckenläufer unterwegs bin."

„Ich glaube allerdings nicht, dass man vom Laufen darüber hinaus eine Erleuchtung erwarten kann", hatte sie schnippisch erwidert.

Einen Monat später hatte sie ihm dann mitgeteilt, ihre Ehe wäre aufgrund seines unerträglichen Desinteresses an ihr nicht mehr zu retten. Von daher war es ihrer Ansicht nach auch nur recht und billig, dass sie sich auf eine Affäre mit einem Kollegen an der Schule eingelassen hatte. Der arbeitete nie bis spät abends, hatte keine Wochenenddienste und verbrachte seine Freizeit mit ihr, anstatt vor ihr wegzulaufen, so wie Jasper es seit Jahren praktiziere. Tango tanzen konnte Frido, so hieß der neue Mann im Leben seiner Frau, natürlich auch. Ein echter Wunderknabe eben.

„Nicht, dass du denkst, dass ich dich seinetwegen verlasse", hatte sie sich noch beeilt
hinzuzufügen, „unsere Beziehung war doch
schon seit Jahren tot, Jasper. Du wolltest das
bloß nie wahrhaben. Die Sache mit Frido fing
erst an, als mir endgültig klar wurde, dass ich dir
nichts mehr bedeute."

Wahrscheinlich glaubt sie sich den Scheiß sogar
selbst, dachte Jasper. Er hatte sich mächtig ins
Zeug gelegt, um sie zurück zu gewinnen, weiß
Gott! Hatte ihr vorgeschlagen, sich miteinander
auszusprechen, und ihren Herzenswunsch, eine
Kubareise, wollte er ihr auch erfüllen. Obwohl
ihm vor dem Klima graute. Auch hatte er sehr
ernsthaft versucht, das, was sie an ihm kriti-
sierte, zu verändern und ihr mehr Aufmerksamkeit zu schenken. Sogar zu einer Therapie
war er bereit gewesen. Alles vergeblich.

„Freddie, bitte geh' nicht!", war es aus ihm her-
ausgebrochen, als sie ihre Seite des Schranks im
Schlafzimmer leer räumte und die Sachen sorgfältig in zwei riesigen roten Rollkoffern verstaut
hatte.

Sie hatte nur kurz von ihrem Koffer aufge-
sehen. Ihr Blick war kalt gewesen. Ihre Stimme
und ihre Worte hatten noch kälter geklungen.

„Weißt du, Jasper, was ich gerade am aller-
schlimmsten finde? Dass du es eigentlich kannst.
Du konntest es die ganze Zeit lang. Liebevoll zu
mir sein, meine ich. Aber du hast es einfach
nicht für nötig gehalten, nicht wahr? Du wolltest

nie auf mich und meine Bedürfnisse eingehen, so sieht es doch aus. Jetzt, wo ich den Kaffee aufhabe und du merkst, dass es mir ernst ist damit, dich zu verlassen, jetzt bemühst du dich auf einmal um mich. Das ist so armselig."

„Freddie, das ist nicht wahr, und das weißt du auch. Schau', ich hatte doch nie die Absicht ... ."

„Hör auf, Jasper! Und nenn' mich nicht mehr Freddie, hörst du! Ich hasse das!"

„Das hast du mir nie gesagt, Fred...äh...Friederike. Woher sollte ich es wissen? Aber gut, ich tu das nicht mehr. Verspro...!"

Wieder war sie ihm ins Wort gefallen.

„Verdammt, Jasper! Kapier' es doch. Es ist zu spät."

Sie deutete auf die beiden Koffer, die sie mittlerweile fertig gepackt und verschlossen hatte.

„Wenn du noch etwas für mich tun möchtest, dann hilf' mir, die hier ins Auto zu bringen. Mehr will ich nicht mehr von dir."

Auch jetzt, zwei Jahre später, erinnerte er sich beim Laufen noch ganz genau an ihre Worte. Bis heute hallte ihr Satz in seinen Ohren nach.

„Mehr will ich nicht mehr von dir". Was für eine Lüge! Sie hatte sich einen Anwalt genommen und anschließend alles von ihm gewollt, was sie irgendwie kriegen konnte. Kein Möbelstück, keine Tischdecke, keine Blumenvase, nichts aus dem ehemals gemeinsamen Haushalt hatte sie ihm ohne finanzielle Gegenleistung überlassen wollen. Zusätzlich verlangte sie von ihm noch Ausgleichszahlungen für wer weiß was, und am Ende hatte er das Haus verkaufen müssen, um sie auszahlen zu können.

Jasper spürte immer noch Bitterkeit, wenn ihm - wie gerade eben - einfiel, dass seine Frau ihn ausgenommen hatte wie die sprichwörtliche weihnachtliche Gans.

Er bemühte sich um gute Gedanken. Ein Hoch auf die Verdrängung! Lieber an etwas Schönes denken, statt diesen trüben Gedanken an seine Scheidung nachzuhängen. Die war ohnehin gelaufen und nicht mehr zu ändern. Er begann, leise vor sich hin zu summen. Glücklich ist, wer vergisst, was doch nicht zu ändern ist! Gleich würde er sich unter die heiße Dusche stellen. Danach gab es Espresso aus der Maschine, die er sich vor kurzem zum zweiten Mal zugelegt hatte. Die Erstanschaffung stand nun in der gemeinsamen Küche des neuen Traumpaars: Freddie und Frido. Jasper amüsierte sich ein wenig über die beiden Namen, die sich miteinander kombiniert wie der Titel eines lustigen Kinderbuchs anhörten. Sollten sie halt miteinander und mit seiner Kaffeemaschine glücklich werden! Schwamm drüber.

Er würde sich nach dem Duschen anziehen, zur Arbeit gehen und in der Cafeteria ein Frühstück für die Pause bestellen - so wie jeden Morgen. Dann würde er sich den Neuaufnahmen widmen, die heute anreisten. Frau Schneider, die medizinische Fachangestellte, die ihm zuar-

28

beitete, hatte die Unterlagen bereits zurecht gelegt. Er hatte diese am gestrigen Abend schon einmal kurz überflogen und erinnerte sich. Ein Lehrer aus Hessen mit Hörsturz und Herzrhythmusstörungen, eine von Panikattacken heimgesuchte Vertriebsleiterin, hinter der zu alledem auch noch ein schwerer Herzinfarkt lag, eine junge Frau, die seit dem Tod ihrer Mutter unter einer Angststörung litt. Schließlich eine Kommissarin, die wegen eines Broken Heart Syndroms dienstunfähig war. Die üblichen Verdächtigen, dachte er und schüttelte anschließend lachend seinen Kopf. Ob ihm das jetzt wegen der Polizistin eingefallen war?

Er hatte den sogenannten Hebearm schon umrundet und war wieder an der Seebrücke angelangt, die er überqueren musste, um zu seinem Ausgangspunkt zurück zu gelangen. Auf deren Fußgängerweg lief er direkt entlang des Brückengeländers, das neuerdings in einem grellen Blautürkis angestrichen war. Jasper fand die Farbe fürchterlich. Eine echte Geschmacksverirrung! Warum bloß hatte man es nicht bei dem viel besser in die Landschaft passenden, dezenten Dunkelgrün gelassen? In der Mitte der Brücke wurde er allmählich langsamer. Beim Kreisverkehr unmittelbar dahinter trabte er nur noch langsam und locker vor sich hin. Als trainierter Läufer, der am Wochenende öfter auch die Halbmarathondistanz lief, war er nur wenig außer Atem. Keine hundert Meter weiter begann das Klinikgelände. Jasper wohnte direkt nebenan in einer renovierten Villa, die die früheren Leiter der Klinik und deren Familien beherbergt hatte. Längst war das Haus in drei Wohnungen umgewandelt worden. Das kleine Appartement im Dachgeschoss war bei seiner Scheidung gerade frei, und er hatte es kurzerhand für sich angemietet. Die letzten Schritte bis zum Hauseingang ging Jasper sehr langsam. Er atmete tief ein und aus. Seine dunklen Haare und sein Gesicht waren nass. Weniger, weil er schwitzte, sondern von der feuchten Nebelluft. Auf seinem Laufshirt und der Hose hatte der Niederschlag einen Film aus winzigen Wassertröpfchen hinterlassen. Jasper blieb stehen und beugte sich vornüber. Er freute sich auf die Dusche und auf trockene Sachen. Zuerst aber wollte er sich wie immer nach dem Laufen dehnen. Er richtete sich wieder auf. Schwungvoll stellte er ein Bein auf die niedrige Mauer aus Grünsandstein, die den Eingang der Villa säumte und erschrak.

Neben der Stelle, auf die er seinen Fuß gesetzt hatte, saß eine Gestalt, als sei sie eben aus dem Erdboden aufgetaucht oder vom Himmel gefallen und auf der Mauer gelandet. Dank der Stirnlampe erkannte er, dass es eine Frau war. Zierlich, nicht mehr ganz jung, mit schulterlangen dunklen Haaren, die ganz zerzaust waren. Trotz der feuchtkalten Luft trug sie nur einen grauen Strickpullover, eine dünne dunkle Hose und schwarze Gesundheitsschlappen an den nackten Füßen.

„Oh", sagte Jasper, „bitte entschuldigen Sie! Normalerweise sitzt hier niemand. Ich habe Sie fast übersehen? Ist bei Ihnen alles in Ordnung? Kann ich etwas für Sie tun?"

Die Frau reagierte nicht und antwortete auch nicht auf seine Fragen. Sie blickte nach unten auf ihre Füße.

„Hey, was ist mit Ihnen? Sind Sie okay?" Als Jasper noch einen weiteren Schritt auf die Frau zuging und sie vorsichtig mit seiner Hand an der Schulter berührte, zuckte sie kurz zusammen und sah dann zu ihm auf. Er blickte in ein hübsches herzförmiges Gesicht mit einer senkrecht eingegrabenen Falte auf der hohen Stirn und in weit aufgerissene Augen, die eine ungewöhnliche Farbe hatten.

Wie Bernstein, dachte Jasper. Und jetzt erst erkannte er auch, wer sie war, und dass er sich weitere Fragen sparen konnte. Vor ihm auf der Mauer saß seine Patientin Iris Orbach. Sie war schon seit fast zwei Wochen in der Klinik am See und hatte in dieser Zeit noch kein einziges Wort gesprochen. Nicht mit ihm und seines Wissens auch mit niemand anderem.

JAKOB

Oberkommissar Jakob Rack starrte auf sein Handy. Nichts. Keine Nachricht von ihr. Auch kein verpasster Anruf. Sie hatte bis jetzt noch nicht einmal gelesen, was er ihr per Whatsapp geschrieben hatte. So oft er auch nachschaute, es änderte sich nichts daran. Die beiden Häkchen hinter den, wie er fand, rein freundschaftlichen Worten, mit denen er ihr einen schönen Geburtstag und einen guten Aufenthalt in der Reha wünschte, blieben hellgrau und blass anstatt blau zu werden.

Jakob legte das Smartphone auf den Schreibtisch zurück und wünschte sich einen Moment lang, Messengerdienste wären niemals erfunden worden. Dann müsste er nicht immerzu auf ein Display starren und sich wieder und wieder bestätigen lassen, dass Siri, seine frühere Vorgesetzte und immer noch große Liebe, ihn offensichtlich komplett ignorierte.

Vor kurzem war die Beziehung zum zweiten Mal beendet worden. Jakob seufzte. Das hatte er bei allem Kummer und Schmerz akzeptiert. Doch konnten sie denn nicht als Freunde in Kontakt bleiben? Konnte sie ihm nicht einfach zurückschreiben, dass sie gut angekommen war und ihn nett grüßen? Mehr wollte er doch gar nicht.

„Natürlich willst du noch mehr!", hatte Svetlana ihm vor einer Stunde durchs Telefon auf den Kopf zu gesagt.

Er hatte seine Schwester, die in die bisherigen Höhen und Tiefen seiner Liebe zu Siri detailliert eingeweiht war, angerufen, um ihr seinen Frust mitzuteilen. Darüber, dass Siri ihn in die Wüste geschickt und nicht mal auf seine - selbstverständlich völlig absichtslose - und allenfalls nett gemeinte Handybotschaft reagiert hatte.

„Ich gebe auf! Schluss. Aus. Vorbei. Sie hat gewonnen. Ich such' mir eine unkomplizierte Frau in meinem Alter, die wie ich einfach nur heiraten und eine Familie gründen will", hatte er anschließend etwas zu vehement beteuert.

„Und warum willst du dann überhaupt noch Kontakt zu Siri?"

Lana hatte sich noch nie gescheut nachzufragen, wenn ihr etwas unlogisch erschien.

„Weil ich ihr ein lieber und guter Freund bleiben möchte?"

Er bemerkte selbst, dass es nicht stimmte und zudem peinlich klischeehaft klang.

„Das glaubst du dir doch selbst nicht, Jaschka!"

Und dann klatschte sie ihm jene Bemerkung um die Ohren, die er seither nicht mehr aus dem Kopf bekam.

„Natürlich willst du immer noch mehr als ihr guter Freund sein!"

Lana Gnadenlos. Seine Schwester war bekannt - ja berüchtigt - für ihre geradlinige und unerschrockene Art, mit der sie Dinge an und aussprach. Selbst um den Preis, sich damit unbeliebt

33

zu machen. Sie hatte einen scharfen analytischen Verstand und nannte die Dinge direkt beim Namen. Beruflich hatte sie es bis in die Führungsetage eines großen Medienunternehmens gebracht, bei dem sie für die Finanzen zuständig war. Aber Lana konnte auch sehr fürsorglich sein, jedenfalls ihm, ihrem Bruder, gegenüber. Dann verlor ihre Stimme an Schärfe, und sie klang fast schon sanft. So wie jetzt.

„Hast du in letzter Zeit was Ordentliches gegessen, Jaschka? Oder bist du vor lauter Kummer im Hungerstreik? Komm' doch heut' Abend bei uns vorbei! Bene kocht was Schönes, und die Kinder bringen dich auf andere Gedanken."

Einen Moment lang hatte er tatsächlich überlegt zuzusagen. Doch die Vorstellung, seine Schwester, ihren Mann Benedikt und die zweijährigen Zwillinge Tom und Franz in ihrem idyllisch gelegenen Haus auf dem Land zu besuchen, hatte ihm nicht behagt. Das Letzte, was er jetzt sehen wollte, war das familiäre Glück anderer Menschen.

„Nett von dir. Aber nein. Danke. Und sorg' dich nicht, Lana. Ich habe noch genügend zu essen im Kühlschrank und werd' nicht verhungern. Auch nicht aus Kummer."

Vielleicht habe ich echt Hunger und bin deswegen zusätzlich schlecht gelaunt, dachte Jakob, als er allmählich wieder aus der Erinnerung an das Gespräch mit Lana auftauchte. Er hatte am Morgen das Frühstück ausfallen lassen, also außer einigen Tassen Tee seit dem vergangenen Abend nichts zu sich genommen. Die Aussicht auf die bevorstehende Mittagspause in der Kantine war dennoch nicht geeignet, seine Stimmung zu heben. Das Essen dort war legendär schlecht und würde ihn mit Sicherheit auch nicht aus seinem Tief holen. Deprimiert starrte er auf den Bildschirm. Wenn er wenigstens einen spannenden Fall gehabt hätte, der ihn auf andere Gedanken brachte. Aber nein! Schreibtischarbeit musste er derzeit verrichten. Todlangweilig.

Er stöhnte kurz, beschäftigte sich dann aber doch einigermaßen konzentriert mit einer Tabelle, in der er angefangen hatte, Straftaten des vergangenen Jahres aufzulisten, unterteilt in Kapitalverbrechen, Eigentums -, Vermögens - und Fälschungsdelikte, sonstige Sachbeschädigung auf Straßen, Wegen und Plätzen. Hinter den jeweiligen Verstößen war zu kennzeichnen, ob der Fall aufgeklärt werden konnte oder nicht. Für jede Gruppe von Delikten musste berechnet werden, in wie viel Prozent der Fälle jeweils ein Täter ermittelt und angeklagt werden konnte. Aus den einzelnen Quoten ergab sich dann eine Gesamtaufklärungsquote. Dann musste er noch recherchieren und berechnen, wie lang an einem Fall durchschnittlich bis zur Aufklärung gearbeitet wurde und wie der Personaleinsatz gestaltet worden war. Wie öde, dachte Jakob. Öder geht's nicht.

Bis Ende Dezember sollte die Auswertung für das vergangene Jahr fertig sein. Sie diente der Polizeipräsidentin als Grundlage für die Jahresbilanz Kriminalität, die intern mit einem Augenzwinkern „Bericht zur Lage der Nation" genannt wurde. Gerade, als Jakob auf dem Tiefpunkt seiner Motivation angelangt damit anfangen wollte, die Überschriften der Tabellen-spalten einheitlich zu formatieren, wurde die Tür des Büros aufgerissen. Hauptkommissar Friedrich Saathoff stürmte herein.

„Heilige Scheiße", rief er Jakob statt einer Begrüßung zu.

„Guten Tag", sagte Jakob und gab sich Mühe, einen abwesenden Eindruck zu vermitteln. So, als arbeite er angestrengt und sei vertieft in eine sehr komplexe Fragestellung.

„Rack?" Friedrich Saathoff war nicht als Mann großer Worte bekannt. Er schätzte es sehr, ohne Umschweife zum Punkt zu kommen. Offenbar wollte er etwas von ihm.

„Jawoll!" Jakob salutierte kurz und erschrak im selben Moment über seine ironisch gemeinte Reaktion. Hoffentlich fühlte sich Saathoff jetzt nicht veräppelt. Das schien nicht der Fall zu sein. Sein Vorgesetzter hatte die Geste offenbar gar nicht mitbekommen. Unbeirrt fuhr er mit seinen zackigen Sätzen fort.

„Du fährst da hin."

„Was? Wohin fahre ich?"

„Die Techniker sind schon da."

Kann der Alte Fritz einmal, ein einziges Mal, auf meine Fragen antworten, dachte Jakob. Das ist ja mal wieder typisch. Der Hauptkommissar schien seine Gedanken gelesen zu haben.

„Einbruchsdelikt. Ein Restaurant in Bad Salzdorf. So'n Nobelschuppen, wo man für viel zu viel Geld viel zu wenig auf den Teller bekommt", führte er aus. Für seine Verhältnisse war das schon fast redselig.

Jakob amüsierte sich im Stillen über Saathoffs Bemerkung zu dem Bad Salzdorfer Restaurant. Auch die war charakteristisch für ihn. Sein Vorgesetzter wurde im Polizeipräsidium nicht nur wegen seines Kasernentons hinter vorgehaltener Hand „Alter Fritz" genannt. Eine von Saathoffs weiteren hervorstechenden Eigenschaften war eine ebenfalls sehr preußische Tugend: Sparsamkeit. Ungerührt ließ er sich Reste des Mittagessens aus der Kantine in mitgebrachte Tupperdosen abfüllen, und wenn er mit einer „neuen" Jeans zum Dienst erschien, war allen klar, dass sein halbwüchsiger Sohn gerade mal wieder den Kleiderschrank ausgemistet hatte. Die auf eine jugendliche Trägerschaft zugeschnittenen Hosen passten zwar einwandfrei an Saathoffs dünne Beine und in der Länge, doch schien der Filius weitaus weniger Leibesumfang zu haben. Der Bauch von Saathoff Senior beanspruchte darum reichlich Platz über Bund und Gürtel hinaus. Bevorzugt kombinierte der Hauptkommissar dazu

Hemden, die aussahen, als stammten sie aus der Kleiderkammer des Diakonischen Werks und im Winter ein zweireihiges Wolljackett mit Schulterpolstern, das dann das restliche Jahr über auf einem Bügel am Aktenschrank des Büros verstaubte. Ob es seit seiner Herstellung Ende der 1980er Jahre überhaupt einmal eine Reinigung durchgemacht hatte, gehörte zu den immer noch ungelösten Fragen im Präsidium.

Der modebewusste Jakob, der immer wie aus dem Ei gepellt zur Arbeit erschien, erschauderte regelmäßig angesichts des Outfits seines Bürokollegen. Mit Sorge dachte er daran, dass als nächstes die bei der Jugend sehr angesagten Cargohosen vom Sohn auf den Vater wechseln könnten.

„Adresse von dem Lokal?", fragte er dann, sich an die knappen Sätze des Hauptkommissars anpassend.

„Kaiserstraße 36", antwortete der und fügte in einem weiteren Anflug von Eloquenz hinzu: „Und nimm' den Eleven mit."

Saathoff deutete mit dem Zeigefinger auf eine halbhohe Trennwand, hinter der Karsten Klusener, der junge Anwärter, am Computer saß. Er war ihnen erst vor einer guten Woche zugeteilt worden und wiederholte in Ermangelung eines konkreten aktuellen Falls gerade selbständig verschiedene Rechtsvorschriften, die bei den Ermittlungen der Kriminalpolizei von Bedeutung waren. Er strahlte angesichts von Saathoffs Anordnung über sein jungenhaftes Gesicht. Offenbar freute er sich, endlich Teil einer echten Ermittlung zu werden. Theorie hatte er schließlich zur Genüge an der Polizeischule.

Hauptkommissar Saathoff ließ sich hinter seinem Schreibtisch nieder, der dem von Jakob direkt gegenüber stand. Er gab dabei einen schweren Seufzer von sich und machte ein schmerzverzerrtes Gesicht. Jakob ahnte, dass der Hauptkommissar wieder einmal die üblichen Rückenschmerzen hatte, die ihn häufig plagten. Er nickte Saathoff kurz zu, schnappte sich dann den Schlüssel des Dienstwagens und holte seinen modischen dunkelblauen Dufflecoat von der Garderobe. Das Schulterholster mit seiner Dienstwaffe darin rückte er kurz zurecht, schlüpfte in den Mantel, wickelte sich einen grob gestrickten hellgrauen Wollschal um den Hals und setzte eine ebenfalls graue Mütze auf, die er sich vor einigen Tagen zum Glück zugelegt hatte. Denn heute Morgen hatte das Thermometer nur zwei Grad angezeigt, und es wehte ein unangenehmer Ostwind. Jakob hatte empfindliche Ohren, weshalb er Mützen trug, wenn es kalt war. Obwohl er fand, dass sie ihm prinzipiell nicht gut standen.

„Muss ich sonst noch was wissen? Gibt es vorab wichtige Infos?", fragte er Saathoff noch.

„Nö", lautete dessen ausführliche Antwort.

Eine Dreiviertelstunde später passierte Jakob das Ortseingangsschild von Bad Salzdorf. Karsten Klusener saß neben ihm auf dem Beifahrersitz des dunklen BMW, wippte mit seinen langen dünnen Beinen und fummelte an seinen verwuschelten Haaren herum. Er war aufgeregt, weil es sein erster Einsatz außerhalb des Büros war, mutmaßte Jakob.

Das GPS lotste sie zu einem Haus in einer verkehrsberuhigten Zone am Eingang des Kurparks. Es war ein modernisiertes Fachwerkhaus mit mattgrau gestrichenen Balken und einer Eingangstür aus dunkler Eiche. Direkt neben dem Eingang hatte man ein Objekt aus Metall aufgestellt. Zwerge beiderlei Geschlechts, nackt bis auf ihre Zipfelmützen, tanzten grinsend um einen Brunnen herum, dessen Wasserzufuhr jahreszeitbedingt abgestellt war. Daneben parkten dicht hintereinander ein Streifenwagen und der Van vom Team der Kriminaltechnik. Jakob stellte den BMW dahinter ab und sprang aus dem Wagen. Karsten Klusener tat es ihm nicht ganz so zielstrebig nach. Eine junge Streifenpolizistin, unter deren Uniformmütze ein langer blonder Zopf hervorschaute, kam zusammen mit ihrem älteren Kollegen direkt auf die beiden Kollegen von der Kripo zu. Jakob konnte seinen Blick zunächst nicht von den in seinen Augen absolut scheußlichen Brunnenzwergen abwenden. Meine Güte! Wer hatte das denn verbrochen? Wer in aller Welt fand diese Ungetüme von einer Geschmacksverirrung schön?

„Der oder die Täter sind offenbar von hinten in das Gebäude eingedrungen", sagte die Kollegin von der Streife, nachdem sie Jakob und Karsten begrüßt und sich als Polizeimeisterin Ludmijla Martschewski vorgestellt hatte. Jakob vergaß seine Aversionen gegen moderne Kurortkunst und hörte aufmerksam zu, was sie weiter berichtete.

„Im Haus befindet sich ein bekanntes Gourmet-lokal. Hinten ist ein Wintergarten angebaut. Da wurde die Verglasung eingeschlagen. Wir vermuten, dass das schon vor zwei bis drei Tagen geschah, aber zunächst von niemandem bemerkt wurde. Der Wintergarten ist von der Straße aus nicht einsehbar und vom Kurpark durch eine hohe Mauer getrennt. Er ist nicht mit einer Alarmanlage gesichert gewesen. Der Haus-meister, er heißt Heinz Hillmann, hat die Zerstörung entdeckt. Das Lokal ist seit einiger Zeit geschlossen. Er geht ab und zu 'rein, um nach dem Rechten zu sehen. Pflanzen gießen und so. Das letzte Mal war er vor fünf Tagen hier. Da war alles noch in bester Ordnung. Ich habe Herrn Hillmann übrigens nach Hause geschickt. Er leidet unter hohem Blutdruck, und dieser Einbruch hat ihn sehr mitgenommen. Er arbeitet bereits viele Jahre für den Eigentümer und betreut für ihn noch andere Objekte am Ort. Hillmann wohnt zwei Häuser weiter in einer kleinen Wohnung. Er hält sich dort zur Verfügung, falls ihr noch Fragen habt - äh, Entschuldigung, falls Sie noch Fragen haben."

„Ihr ist schon okay", beeilte sich Jakob zu versichern und lächelte. „Ich bin Jakob, Jakob Rack, Oberkommissar aus Bielefeld, und das hier ist mein Kollege, Kommissaranwärter Karsten Klusener."

Die junge Kollegin lächelte scheu. „Ich bin Mila", sagte sie.

„Wir schauen uns diesen Wintergarten jetzt mal etwas genauer an, Mila. Am besten zunächst von außen. Kommt man von hier aus dahin?"

„Es gibt einen Durchgang nach hinten mit einem halbhohen Metalltor davor. Der Einbrecher muss da drüber geklettert sein. Herr Hillmann hat sie für uns geöffnet. Die Eingangstür hat er auch aufgesperrt. Sie hat so ein modernes elektronisches Schloss, das über eine Zahlenkombination funktioniert."

Jakob und Karsten gingen durch die Pforte hinter das Haus. Eine Seite des Glasanbaus an dieser Seite war fast komplett zerstört. Überall lagen Scherben. Ohne die Glasschiebetür an der Vorderfront des Wintergartens zu benutzen, konnten sie durch die kaputte Scheibe in das Innere des Lokals gelangen. Jakob ging voran, Karsten folgte ihm, vorbei an zwei Holztischen mit klobigen Beinen, vor denen weiße Panton Stühle mit schwarzen Sitzkissen standen. Drei davon waren umgekippt, und die Kissen lagen auf dem Boden. Direkt an den Wintergarten grenzte ein Raum mit quadratischem Grundriss an, in dem sich eine moderne Profiküche samt Getränketheke befand. Schränke und Arbeitsflächen waren aus blitzblankem Edelstahl. Um die Küche herum war an drei Seiten eine weitere Theke aus Holz angebaut, an der man auf Metall-Barhockern im industrial style sitzen konnte. An der Wand hinter der Küche waren offene Regale mit verschiedenen Küchenutensilien und zwei hochmoderne Backöfen zu sehen. Alles in allem war das Interieur ganz schön hip für einen in der westfälischen Provinz gelegenen Kurort, dachte Jakob.

„Die Plätze hier sind immer als erstes weg", sagte plötzlich jemand hinter ihnen. „Da heißt es rechtzeitig reservieren."

Die Stimme gehörte Manou Siebeneicher, der Kriminaltechnikerin, die gemeinsam mit einem Kollegen bereits angefangen hatte, die Spuren zu sichern. Jakob kannte Manou von früheren Einsätzen. Er drehte sich zu ihr um, und sie stand ihm in ihrem für einen Tatort typischen Outfit, einem weißen Overall mit Kapuze, jetzt direkt gegenüber.

„Speist du hier öfter?", fragte er und lächelte sie an.

„Bin ich reich?", kam es trocken zurück, „nö! Ich weiß es von meiner Cousine, die hat gut genug geheiratet, um öfter Gast in dem Laden zu sein. Hier arbeitet eine der Spitzenköchinnen des Landes. Auf höchstem Niveau. Innovativ und radikal regional. Liest du nie den 'Gourmet' oder wie diese Zeitschrift heißt? Dann würdest du nämlich wissen, dass alles, was in diesem Kochtempel auf den Teller kommt, aus der Gegend stammt. So was wie Mango Parfait und Jakobsmuschel haben da keine Chance, auf dem Teller zu landen. Nicht mal Zitronen werden verwendet. Die Gäste, die an dieser Theke sitzen, haben zudem das Vergnügen, der Meisterin bei der Produktion auf die Finger zu schauen. Haute Cuisine und Prinzip offene Küche, wie du siehst. Showtime kulinarisch. 95 Euro pro Nase kostet das für fünf Gänge, und alle kriegen dasselbe auf den Teller. Keine Extrawurst, für niemanden, nicht mal für den Papst, wenn er denn nach Bad Salzdorf käme. Getränke gehen extra, versteht sich. An den Tischen mit diesen komischen Stühlen dahinten ist das Menü zehn Euro günstiger. Dafür entgehen dir aber die Zaubertricks, weil du von dort aus nicht in die Küche schauen kannst. Schade, dass hier gerade kein Betrieb ist, sonst würde ich dich fragen, ob du mich zum Essen einlädst, Jakob. Ein Platz am Tisch wär' natürlich ok."

„Bescheiden wie du bist", lachte Jakob. Ein wenig erinnerte ihn Manous Art zu scherzen an Siri. An die wollte er aber jetzt auf gar keinen Fall denken.

„Weißt du, warum das Lokal geschlossen wurde?", fragte er.

„Es heißt, die Köchin sei erkrankt. Ohne die

braucht der Besitzer die Wirtshaustür gar nicht aufzusperren. Die Leute kommen schließlich hierher, weil die Frau begnadet kocht und nicht, weil der Teufel für sein Alter ein attraktiver Mann ist, soviel ist klar."

„Teufel? Hast du eben Teufel gesagt?", fragte Jakob irritiert.

„Genau! Das hat sie", meldete sich Karsten Klusener zu Wort. Er schien froh zu sein, etwas zum Gespräch beitragen zu können. Eifrig berichtete er sodann.

„Arik Teufel, von ihm ist die Rede, gehören gleich mehrere gastronomische Objekte im Ort. Das Old Johnny, zum Beispiel, ist eine echte Institution. Da haben sich schon meine Eltern getroffen, als sie noch zur Schule gingen. Dann gehört ihm noch das Café Klärchen, das Tanzlokal neben dem Kurmittelhaus, es heißt Valentino, und auch ein Haus mit Ferienappartments direkt in der Fußgängerzone: der ehemalige Kaiserhof. Teufel hat den alten Kasten vor dem Abriss gerettet und komplett renoviert. Alles in Öko!"

Jakob fiel ein, dass Karsten aus Bad Salzdorf stammte. Daher also seine gute Kenntnis der lokalen Gastronomieszene.

„Dieses Restaurant ist Teufels jüngster Geschäftserfolg", fuhr der junge Kollege fort. „Der Laden hat eingeschlagen wie eine Bombe. Immer rappelvoll, und die Gäste kommen von weit her. Das war ziemlich pfiffig von ihm, diese prämierte Köchin anzuwerben und bei uns in der Provinz ein echtes Feinschmeckerlokal zu etablieren. Eine Marktlücke. Der Typ hat einen guten Riecher, was läuft. Und genügend Risikobereitschaft, seine Ideen in die Tat umzusetzen. Die Hautevolée der Gegend geht in der Teufelsküche, so heißt der Laden hier, ein und aus. Und Arik Teufel ist in Bad Salzdorf so etwas wie ein kleiner König. Einer, der, wie du dir denken kannst, ordentlich Gewerbesteuer ins Stadtsäckel einwirft. Deswegen meint er auch, dass ..."

„Ist er verständigt worden?", unterbrach Jakob Karstens Redeschwall. Sein junger Kollege hatte einen so roten Kopf, dass Jakob einen Moment lang überlegte, ob er wie Hausmeister Hillmann auch unter zu hohem Blutdruck litt. Er kam zum Resultat, dass es eher Karstens Übereifer war, der sein Gesicht wie eine rote Ampel leuchten ließ.

„Wir haben ihn noch nicht erreichen können", sagte die bezopfte Streifenpolizistin, die ihnen mittlerweile ins Innere des Hauses gefolgt war.

„Laut seiner Büromitarbeiterin, einer Frau Oster, ist er für ein paar Tage zum Regenerieren in ein Kloster im Sauerland gefahren. Das macht er wohl manchmal. Sie versucht, ihn dort irgendwie zu erreichen, was wohl nicht ganz einfach ist. Während der Silentien oder wie das heißt geht da kein Mensch ans Telefon, und sein Handy hat er aus."

„Hm", sagte Jakob und wandte sich dann wieder an Manou Siebeneicher. „Kannst du schon was sagen? Wurde was gestohlen? Habt ihr irgendwelche Spuren?"

Manou seufzte. „Gefühlt eine Million verschiedener Fingerabdrücke. Logisch, in einem Restaurant. Bis wir die alle gesichert und abgeglichen haben, das ist irre viel Arbeit. So etwas wie eine Kasse oder ein Tresor existieren nicht. Die Einnahmen wurden aus Sicherheitsgründen immer gleich abends beim Automaten der Sparkassenfiliale um die Ecke eingezahlt. Das Wechselgeld nahm jemand vom Servicepersonal nach Feierabend mit heim und brachte es zum nächsten Dienst wieder mit. Es wäre also, selbst wenn das Lokal geöffnet gewesen wäre, kein Cent Bargeld im Haus gewesen. Aber vielleicht wusste das der Täter nicht. Auf den ersten Blick fehlt auch sonst nichts. Die beiden großen Bilder an der Wand sind zwar keine Picassos, aber immerhin Grafiken eines nicht ganz unbekannten Bad Salzdorfer Künstlers. Hätten Einbrecher so etwas nicht mitgehen lassen, wenn es ihnen drum gegangen wäre, Beute zu machen? Vandalismus? Eher nicht. Okay, die Scheibe wurde zerschmettert. Aber meines Erachtens nicht aus Jux und Dollerei, sondern als Mittel zum Zweck. Keine blinde Zerstörungswut. Ich vermute, die Stühle im Wintergarten wurden bei der Flucht umgekippt, als der oder die Täter 'rausgestürmt sind. Vielleicht mussten sie sich beeilen. Eine Alarmanlage gibt es nicht, aber vielleicht wurden sie überrascht? Aber warum hat man uns dann nicht schon früher informiert? Arik Teufel muss übrigens noch benachrichtigt werden. Der kann dann sicherlich auch feststellen, ob hier nicht doch etwas entwendet wurde. Könnt ihr ihn nicht direkt im Kloster aufsuchen? Ich mein', das ist ja höchstens 'ne Stunde Fahrt von hier."

Manou Siebeneicher grinste über ihr hübsches Gesicht, das von Sommersprossen übersät war. Ihre grünen Augen funkelten und einige Fransen der modischen Kurzhaarfrisur rutschten hinter ihrem Ohr hervor. Sie strich sie energisch zurück, bevor sie fortfuhr.

„Saathoff könnte das doch übernehmen. Dann kommt er auch mal wieder aus seinem Loch."

Jetzt seufzte Jakob.

„Meinst du das ernst? Nie im Leben fährt der da hin. Viel zu anstrengend! Das macht der nicht. Das wird an Karsten und mir hängen bleiben. Erst einmal schauen wir uns hier weiter um."

„Was echt interessant ist", sagte Manou, „sind diese Glasscherben im Wintergarten." Sie äußerte es eher beiläufig, aber so, dass Jakob aufhorchte.

„Inwiefern?", fragte er.

„Die meisten liegen draußen, nicht drinnen. Ist euch das nicht aufgefallen? Ich mein', wenn jemand die Scheiben von außen eingeschlagen hätte, dann müssten sie doch eher in Richtung der Tische im Lokal geflogen sein, oder? Das Gegenteil ist der Fall. Fast alle Scherben liegen draußen, auf der Terrasse vor dem Glasanbau. Selbst wenn beim Herausstürmen einige Splitter mit nach draußen getragen wurden, können es so viele eigentlich nicht gewesen sein."

„Du meinst, der Wintergarten wurde vielleicht gar nicht von außen, sondern von innen eingeschlagen?"

„Eine andere Erklärung habe ich dafür tatsächlich nicht."

„Aber was für einen Sinn ergibt das, Manou?"
Jakobs Kollegin zuckte die Schultern.

„Dass es gar kein Einbruch, sondern ein Ausbruch war? Vielleicht hat der Hausmeister nach seinem letzten Besuch aus Versehen jemanden eingeschlossen? Der hat dann kurzerhand die Scheiben eingeschlagen, um sich zu befreien? Das würde auch erklären, dass offenbar gar nichts gestohlen wurde."

„Unwahrscheinlich", entgegnete Jakob. „Jeder vernünftige Mensch hätte doch versucht, per Telefon auf seine Lage aufmerksam zu machen, bevor er so rabiat wird und gleich einen ganzen Wintergarten zerstört. Falls er kein Handy dabei hatte, liegt dahinten in dieser Showküche gut sichtbar ein Festnetztelefon mitten auf der Anrichte."

„Ja, dann", sagte Manou und zuckte mit den Schultern, „weiß ich es auch nicht. Ist ja zum Glück auch gar nicht mein Job, das aufzuklären.

Ich hab' schließlich schon mit der Spurensicherung alle Hände voll zu tun."

„Was für Räume gibt es hier noch?", fragte Jakob.

„Da vorn ist noch ein kleiner Eingangsbereich mit einer Garderobe. Von ihm gehen die Toilettenräume ab, und man gelangt von dort aus auch zur Kellertreppe. Unten im Keller befinden sich laut Hausmeister Hillmann ein Vorratskeller für Wein und Getränke, zwei Kühlkammern und eine Gefriertruhe. Und im ersten Stock sind ein Wäscheraum, ein Bad mit Toilette und ein Umkleideraum für das Personal sowie ein kleines Schlafzimmer. Das hat die Köchin hin und wieder genutzt, um hier zu übernachten."

Karsten ging durch den Vorraum zur Kellertür, öffnete sie und betätigte den Lichtschalter neben der Tür.

„Hui, hier geht's aber ganz schön steil 'runter", verkündete er, nachdem er kurz nach unten geschaut hatte. Jakob war Karsten gefolgt. Hintereinander stiegen sie vorsichtig die Kellerstiege in den alten Gewölbekeller hinab. Bereits auf der Treppe roch es feucht und modrig. Unten angekommen, intensivierte sich der Geruch. Jakob atmete tief durch die Nase ein. Im Haus seiner Großmutter in Kasachstan hatte es ganz ähnlich gerochen. Irgendwie mochte er diese Ausdünstungen des alten Gemäuers ein bisschen.

Karsten empfand es anders.

„Hier riecht's gar nicht gut", bemerkte er und

zog sich den Kragen seiner Sweatshirtjacke über Mund und Nase.

Auf dem Fußboden waren rote Fliesen verlegt. Von den Wänden fiel an einigen Stellen Putz ab. Der Keller war feucht, was auch den modrigen Geruch erklärte. Direkt neben der Treppe ging ein schmaler Gang nach links. Dort befanden sich zwei moderne Kühlräume. Die Türen waren verschlossen. Jakob vermutete, dass in dem einen Raum Fleisch, in dem anderen Gemüse gelagert werden musste, wie es für Restaurants und Großküchen Vorschrift war. Ein anderer Gang führte zu einem aus Holz gebauten Verschlag mit einer Tür, die durch eine Kette mit einem Vorhängeschloss daran gesichert wurde. Durch die Abstände zwischen den Latten waren offene Regale zu erkennen, in denen Weinflaschen lagen. Aufgestapelte Getränkekisten und Kartons standen auf dem Boden.

Es war Karsten, der den Hebel an der Tür des ersten Kühlraums öffnete und hineinschaute. Jakob wollte das für den zweiten übernehmen, hielt aber inne, als Karsten sich nach einem kurzen Blick in den Raum direkt wieder zu ihm umdrehte und ihn zunächst anstarrte, ohne ein Wort zu sagen. Er war kreideweiß. Miene und Haltung wirkten starr vor Schreck.

„Karsten?"

„Da ist ... etwas ... ich glaube ... er ist ... Mann, dieser Geruch ... mir wird ...", stammelte Jakobs junger Kollege.

51

Jakob schob Karsten, dem nun Entsetzen und Übelkeit im Gesicht standen, beiseite und sah ebenfalls in den leergeräumten Kühlraum. Fleisch wurde hier derzeit nicht gelagert. Jedenfalls keins für die Restaurantküche.

Karsten Kluseners elliptische Sätze bezogen sich auf etwas anderes. Unterhalb einer Metallstange, an der verloren einige leere Fleischerhaken baumelten, lag eine Gestalt auf dem weiß gefliesten Boden, deren weit aufgerissene Augen starr waren und nur scheinbar noch nach oben an die Decke schauten. Denn dieser Mann, das wurde Jakob augenblicklich klar, konnte nicht mehr schauen. Er lag in einer riesigen Lache von Blut, das längst begonnen hatte einzutrocknen, und war mausetot. Jemand hatte ihm, auch das sah Jakob sofort, mit einem einzigen, sehr tiefen Schnitt gezielt die Kehle durchtrennt.

„Aufsuchen ... muss ... den ... keiner ... mehr", hörte er Karsten hinter seinem Rücken sagen.

Er verstand zunächst nicht, was sein Kollege damit sagen wollte und drehte sich mit gerunzelter Stirn zu ihm um.

„Was meinst du damit?"

„Das ... das ... ist ... ich ... wollte sagen. Das ... war ... ich habe sein ... Gesicht ... sofort ... erkannt. Es ... ist ... der Teufel. Also nicht der Leibhaftige. Sondern Arik Teufel ... der Besitzer dieses Lokals!"

„Bist du dir da sicher? Der ist doch angeblich im Kloster."

Karsten konnte nicht antworten. Er würgte und übergab sich anschließend in einen Plastikeimer, der neben dem Eingang zum Kühlraum gestanden und den Jakob ihm geistesgegenwärtig entgegen gehalten hatte.

Obwohl Jakob sicher war, dass der Mann auf dem Boden des Kühlraums schon seit einiger Zeit nicht mehr lebte, setzte er einen Notruf ab und rief danach Friedrich Saathoff an.

„Rack", sagte er, nachdem sein Chef sich am Telefon gemeldet hatte.

„Seh' ich auf dem Display. Lesen kann ich", knurrte der. Jakob erinnerte sich, dass Saathoff nichts so sehr hasste wie seiner Meinung nach überflüssige Informationen.

„Also, was gibt's, Rack?"

Jakob unterdrückte seinen Impuls, aufgeregt los zu plappern und so zumindest etwas von seiner nicht unbeträchtlichen inneren Anspannung loszuwerden. Stattdessen dampfte er kurzentschlossen die vielen Sätze, die ihm durch den Kopf schossen, zu einer einzigen knappen Kernaussage ein, von der er inständig hoffte, dass sie seinem Vorgesetzten keinen weiteren Anlass für einen spöttischen Kommentar geben würde.

„Wir haben 'ne Leiche hier", sagte er.

„Geht's noch?", kam es vom anderen Ende. „Sach ma Rack, müsst ihr mir unbedingt den Tach versauen?"

SIRI

Siri lag auf ihrem Bett in ihrem Klinikzimmer und starrte an die Decke. Und jetzt? Was sollte sie um Himmelswillen jetzt bloß anfangen? Mit so viel Zeit und so viel Nichts. Ohne Arbeit.

Und ohne Joschi. Nein stopp! Nicht an Joschi denken. An alles. An jeden. Meinetwegen an die am schlimmsten zugerichtete Leiche deiner ganzen Laufbahn oder wie du Henseler damals aus diesem brennenden Schuppen nicht retten konntest. Als es dich beinahe selbst erwischt hat. An all das verkraftest du zu denken. Aber nicht an ihn. Nicht an Joschi.

Sie fühlte, wie ihr Herz sich abmühte. Dass es wie verzweifelt in ihr herum rumpelte und einfach nicht ruhig schlagen konnte. Gleichzeitig war die Angst wieder da und bereit, sie völlig zu überrollen, sie zu überwältigen. Bis von ihr nichts mehr übrig blieb als ein zitterndes Häufchen Elend.

Sie beschloss aktiv zu werden. Resolut sprang sie aus dem Bett und rannte in das winzige Badezimmer, zum Waschbecken. Sie stellte den Hahn an und spritzte sich eiskaltes Wasser ins Gesicht, so hektisch und unkoordiniert, dass bald darauf ihre blonden Haare nass und wirr um sie herumflogen. Als sie die Armatur wieder zudrehen wollte, zitterten ihre Hände, sodass sie ihre ganze Willenskraft zusammen nehmen musste, um die Aufgabe zu bewältigen.

Sie sah in den Spiegel, in ihr Gesicht, das abgemagert und aschfahl wirkte. Dunkle Schatten umrahmten ihre Augen. Ihr Blick war müde und leer. War sie das?

Mein Gott, sie sah aus wie ein Gespenst oder wie eine Irre. Oder wie beides zusammen. Eine gespenstische Irre. Sie fühlte sich ausgebrannt. „Wie willst du jemals wieder deinen Job machen? Der Chef hat recht. Das geht so nicht. Es geht einfach nicht. Du willst hier nicht bleiben? Dabei hast du keine Wahl! Wenn du jemals zur Kripo zurück willst, musst du das hier durchziehen! Und das willst du. Um jeden Preis. Reiß' dich also zusammen, hörst du!", schleuderte sie ihrem Spiegelbild entgegen. So laut und so wütend, dass sie über sich selbst erschrak. Nur langsam beruhigte sie sich wieder, trocknete Gesicht und Haare ab, wechselte das durchnässte Shirt und hockte sich auf die Bettkante. Ab morgen, so hatte sie diesen Dr. Spielhagen verstanden, der sie am späten Vormittag - wie es im Jargon der Klinik hieß – „aufgenommen" hatte, würde es eine Art Programm für sie geben: Ausdauersport, autogenes Training, psychologische Einzelgespräche und Gruppentherapie. Auch ihre Medikation sollte eventuell noch einmal verändert werden.

Alles das war nichts, von dem sie sich viel versprach. Aber immerhin ergab sich daraus so etwas wie eine Agenda, die sie durch den Tag bringen würde. Allerdings eben erst ab morgen.

„Und jetzt? Was mache ich jetzt?", hatte sie Dr. Spielhagen gefragt.

„Jetzt haben Sie bis zum Abendessen frei und danach auch!", hatte er ihr fröhlich verkündet. So, als mache er ihr damit ein riesiges Geschenk.

„Packen Sie Ihre Sachen aus, richten Sie sich in Ihrem Zimmer ein, machen Sie ein kleines Schläfchen oder schauen Sie sich die schöne Umgebung hier bei uns am See und in Hoffnungstal an."

„Dazu bin ich nicht hierher gekommen, Doktor!"

Ihre Stimme war ebenso kühl gewesen wie der Blick, mit dem sie ihm direkt in die Augen geschaut hatte. Der Arzt hatte eine Augenbraue leicht nach oben gezogen und ansonsten ihrem Blick standgehalten und sich nicht provozieren lassen.

„Wofür sind Sie denn Ihrer Meinung hier, Frau Osten? Wollen Sie es mir sagen?"

Seine ruhige Stimme und die Gelassenheit, die er ausstrahlte, waren Siri auf die Nerven gegangen.

„Um eine Therapie zu machen, die mich endlich von diesen bekloppten Symptomen befreit", war es aus ihr heraus geschossen. „Ob Sie es glauben oder nicht, und auch, wenn die meisten Ihrer Patienten vielleicht andere Ziele verfolgen, ich möchte endlich wieder meine Arbeit machen können und zwar so schnell wie möglich. Und von Ihnen als meinem Arzt erwarte ich, dass Sie mir etwas genau dafür verordnen und zwar sofort."

„Na", hatte Dr. Spielhagen lächelnd gesagt, „dann liegen unsere Ziele im Prinzip gar nicht so weit auseinander. Und die Therapie beginnt heute auch bereits. Vielleicht habe ich mich als Ihr Arzt nicht offiziell genug ausgedrückt und hole es deshalb nach. Für den restlichen Tag verordne ich Ihnen Ruhe und Zeit, die Sie mit sich allein verbringen, liebe Frau Osten, und das tue ich, obwohl mir durchaus klar ist, dass Ihnen das ganz und gar nicht behagt."

Die Erinnerung an das Gespräch reichte für Siri aus, um ihre Fäuste zu ballen. Am liebsten hätte sie mit ihnen auch noch auf ihr Kopfkissen eingeschlagen und sich dabei vorgestellt, dass es das zugegeben nicht unansehnliche Gesicht dieses tiefenentspannten Dr. Spielhagen war. Doch sie entschied, sich anderweitig abzureagieren. Sie holte ihre uralten Laufschuhe und den ebenfalls in die Jahre gekommenen, verblichenen Sportanorak aus dem Koffer, zog die Sachen an und trabte aus ihrem Zimmer. Irgendwo hier oben an diesem See gab es einen Wald und sicherlich auch eine Laufstrecke, die sie auf direktem Weg ansteuern wollte.

Einige Minuten später lief sie über die Seebrücke in Richtung Wald. Hinter der Brücke, hatte ihr eine Rezeptionistin der Klinik erläutert, gebe es einen Abzweig nach rechts, der sie direkt zu einem Weg führe, auf dem sie eine kleine Landzunge umrunden könne. Die Strecke sei sehr beliebt bei Läufern, weil sie die meiste Zeit direkt am Ufer entlang führe und schöne Ausblicke auf das Wasser böte.

Siri bezweifelte, dass sie am heutigen Tag auch nur einen einzigen Ausblick auf irgendetwas erhaschen würde. Hartnäckig hielt sich der Nebel, und laut der App auf ihrem Handy würde um 16:22 Uhr die Sonne untergehen. Da blieb ihr nicht mehr viel Zeit, im Hellen zu laufen. Sie zog das Tempo an. Als sie rechts von der Straße abbog, fand sie sich kurz danach auf dem beschriebenen Weg am Seeufer wieder. Nebelschwaden waberten über das Wasser. Die Sicht in den Wald, der rechts von ihr lag, betrug nur wenige Meter.

Wie weit sie wohl schon gerannt war? Einen, höchstens anderthalb Kilometer, schätzte sie. Und dann war sie bereits so außer Atem? Hinzu kam, dass ihre Beine sich weich und schlapp anfühlten. Ganz schön außer Form, das bist du!

Sie zwang sich weiterzulaufen und das Tempo weiter zu steigern. Nach den nächsten 500 Metern stellten sich erste Seitenstiche ein. Mit denen hatte sie immer schon zu tun gehabt, erinnerte sie sich. Aber nach so kurzer Zeit?

Verdammt, das muss aber besser werden!

Ein paar Minuten später holte sie wieder das Handy aus der Anoraktasche. Diesmal schielte sie auf eine App, die ihr anzeigte, wie weit sie gelaufen war.

Was? 2,5 Kilometer hatte sie erst zurückgelegt. Das durfte ja wohl nicht wahr sein! Wohin bloß hatte sich ihre Kondition verabschiedet? Oder lag es an der feuchten Luft, dass sie keuchte wie eine asthmatische Neunzigjährige? Noch fünf Kilometer lagen vor ihr. Sie wollte, nein, sie musste durchhalten!

Einen Kilometer später fiel ihr ein, dass sie auf der Karte, die ihr die Mitarbeiterin in der Klinik gezeigt hatte, eine Abbiegung gesehen hatte. Irgendwann in der nächsten Zeit musste hier ein Weg abzweigen, der quer durch den Wald führte, und auf dem sie ein ganzes Stück Strecke abkürzen konnte. Wenige Minuten später tauchte der Waldweg tatsächlich auf. Sie erlag der Versuchung und bog in das Waldstück ein.

Täuschte sie sich? Oder war die düstere Stimmung hier noch greifbarer als am Ufer des Sees? Dunkler war es auf jeden Fall. Die hohen Tannen absorbierten das spärliche Restlicht des Nachmittags fast völlig, und die Stille der Umgebung, die sie zuvor als beruhigend wahrgenommen hatte, wirkte nun unheimlich und löste eine ängstliche Anspannung in ihr aus. Der Nebel schien hier dichter zu sein. Sie sah kaum etwas in ihrer Umgebung und das einzige, was sie hörte, waren ihre Atemgeräusche. Die allerdings wurden immer lauter.

Jetzt schieb' nicht schon wieder Panik, befahl sie sich. Alles wird gut. Es ist nur ein kurzes

Stück durch den Wald. Gleich bist du wieder auf dem anderen Weg und danach auch schon fast wieder an der Brücke, an deren anderen Seite die Klinik liegt.

Sie bemühte sich, sich auf den weichen, federnden Waldboden unter ihren Laufschuhen zu konzentrieren. Das fühlte sich richtig gut an. Wenn sie nur besser Luft holen könnte und diese verdammten Seitenstiche nicht da wären. Trotz ihrer Beschwerden versuchte sie, das Tempo zu halten, um möglichst schnell den Wald zu durchqueren.

Angsthase, Pfeffernase. Bist du jetzt endgültig 'ne Memme? Was bitte soll in diesem harmlosen Wald denn passieren? Wer sollte dir auflauern? Allmählich wurde sie langsamer, blieb schließlich stehen, beugte den Oberkörper nach vorn und japste nach Luft. Die Muskeln in ihren Beinen vibrierten. Immerhin, die Seitenstiche ließen etwas nach. Als sie sich wieder aufrichtete, sah sie rechts von sich aufgestapelte Baumstämme liegen. Und noch etwas entdeckte sie, nur Bruchteile von Sekunden später.

Sie erschrak. So sehr, dass sie kurz aufschrie. Rühren konnte sie sich nicht. Wie angewurzelt verharrte sie an der Stelle, wo sie kurz zuvor angehalten hatte. Was war das denn?

Auf einem der unteren Stämme saß jemand. Eine Gestalt, die Siri wie ein Gnom vorkam. Klein, schwarz gekleidet und mit einer Kapuze auf dem Kopf. Träumte sie?

Aber nein. Das hier war real. Erst nach und nach begriff Siri, dass sie in ein menschliches Antlitz schaute. Sie machte einen weiteren Japser, diesmal auch aus Erleichterung. Ihr Herz wummerte noch ein wenig, aber ihr Verstand, der jetzt rasch wieder die Oberhand gewann, sagte ihr: Ein böser Zwerg, der ihr etwas antun wollte, war dieses Lebewesen mit Sicherheit nicht. Wohl eher ein Kind, das im Wald gespielt hatte. Ob sie es durch ihren Schrei sehr erschreckt hatte?

Langsam ging Siri auf die Gestalt zu.

„Sorry", sagte sie, „ich hab' einfach nicht damit gerechnet, dass ich hier außer mir noch eine weitere menschliche Seele antreffen würde. Hab' mich einfach sehr erschrocken. Deswegen der Schrei. Ist alles okay bei ... "

Ist alles okay bei dir, hatte sie eigentlich fragen wollen. Aber dann, als sie noch näher gekommen war, erkannte sie, dass das von der schwarzen Kapuze eines weiten Regenmantels umrahmte Gesicht das einer erwachsenen Frau war.

„Ich meine ... also ... wollte sagen ... ist alles okay bei ... Ihnen?"

Die Frau rückte auf dem Baumstamm weg von Siri, ohne sie aus den Augen zu lassen. Dann sprang sie plötzlich und wortlos auf und ging schnellen Schrittes in die Richtung, aus der Siri gekommen war. Siri ließ sich auf dem Baumstamm nieder und sah der sich rasch von ihr entfernenden kleinen Gestalt kopfschüttelnd nach.

Hatte die Frau ihre Entschuldigung nicht verstanden? Konnte sie kein Deutsch? Oder war sie zu erschrocken oder ängstlich, um ihr zu antworten? Merkwürdig. Sie blieb sitzen, um weiter zu verschnaufen und beschloss, den restlichen Weg zurück in die Klinik nicht mehr zu joggen, sondern zu gehen. Für heute war sie genug gerannt.

Als sie aufstand, entdeckte sie das kleine gelbe Notizbuch, das vor ihren Füßen lag. Sie hob es auf. Es sah sauber aus und fühlte sich nahezu trocken an. Lange konnte es noch nicht auf dem nassen Waldboden im Nieselregen gelegen haben. Was war das? Ein Tagebuch? Es musste der kleinen Frau 'runter gefallen sein, als sie verschreckt aufgesprungen und vor ihr weggelaufen war.

Siri klappte das Buch auf und blätterte es durch. Einen Namen oder eine Adresse, die ihr einen Hinweis auf den Besitzer gegeben hätten, wie sie gehofft hatte, fand sie dabei nicht. Überhaupt stand nur auf der ersten Seite etwas. Ansonsten war das Buch leer. Sie überflog die handschriftlichen Zeilen, die mit schwarzer Tinte geschrieben waren: „Und glaube ja nicht, dass der Garten im Winter seine Ekstase verliert. Er ist still. Aber die Wurzeln sind aufrührerisch, ganz tief da unten. Rumi."

Was war das denn?

Siri sann eine ganze Weile über die Worte nach.

Über ihre Schönheit und auch über ihren Sinn. Was in aller Welt hieß dieses „Rumi"? War das eine Abkürzung? Für einen Namen vielleicht? Den Namen der Frau? Hatte sie diese poetischen Zeilen gedichtet? Ein Streifen Papier rutschte ihr entgegen, das in dem Büchlein gewesen war, ein Beleg über 25 Euro für entrichtete Parkgebühren auf dem Patientenparkplatz der Klinik am See. Kein Name, nur ein Autokennzeichen stand auf dem Beleg. Demnach war das Auto ganz in der Nähe zugelassen. Handelte es sich bei seiner Besitzerin also um eine Mitpatientin? Dann könnte sie ihr bei nächstbester Gelegenheit das Buch zurückgeben!

Siri schob es in ihre Anoraktasche. Ob sie die Frau wiedererkennen würde? Es war schummrig im Wald gewesen, sodass sie nicht viel gesehen hatte. Ein schmales, blasses Gesicht mit hohen Wangenknochen. Die Farbe der Augen hatte sie aufgrund der Lichtverhältnisse nicht erkennen können. Auch auf die Haare gab es keinen Hinweis, denn die waren unter der Kapuze versteckt und darum nicht zu erkennen gewesen. Siri fielen keine eindeutigen Merkmale ein, anhand derer sie ihre flüchtige Waldbekanntschaft wiedererkannt hätte. Kein Muttermal. Keine Narbe. Keine auffällige Art sich zu bewegen. Rein gar nichts in der Richtung. Oder doch? Die Frau war ungewöhnlich klein und zierlich. Wie ein Kind. Sie könnte einfach damit anfangen, in der Klinik nach kleinen Frauen Ausschau zu halten. Und dann gab es ja auch noch diese Parkquittung!

Siri sprang auf. Forsch setzte sie einen Fuß vor den anderen und durchquerte rasch und zielstrebig den Wald. Bis zum Abendessen war nicht mehr viel Zeit. Nicht, dass sie schon großen Hunger verspürte. Aber es gab die Chance, die Frau aus dem Wald im Speisesaal der Klinik ausfindig zu machen, um ihr dieses Tagebuch (oder was auch immer es war) zurückzugeben. Sie fühlte sich auf einmal frisch und voller Tatendrang. Alle Beschwerden waren wie weggeblasen. Der Weg schob sich wie von selbst unter die Sohlen ihrer betagten Laufschuhe. Woran lag das? Blitzartig schoss es ihr in den Kopf: Du hast eine Aufgabe! Noch dazu eine, die sich ein kleines bisschen wie polizeiliche Ermittlungsarbeit anfühlte. Siris Herz schlug höher.

Um Punkt 18:00 Uhr fand sie sich im Speisesaal der Klinik am See ein. Eigentlich absurd früh für das Abendessen, dachte sie, beschloss aber, sich darüber nicht unnötig aufzuregen. Schließlich hatte sie Besseres zu tun. Sie ergatterte einen Platz, von dem aus sie die beiden Eingänge einigermaßen gut überblicken konnte, ohne sich dabei allzu auffällig oder schmerzhaft den Hals zu verrenken. Konzentriert beobachtete sie, wer alles den Raum durch die verglasten Flügeltüren betrat. Männer und Frauen fast aller Altersstufen. Manche kamen allein, andere hatten sich offenbar verabredet und erschienen in kleinen

Grüppchen zum Abendessen. Bis auf Siri, die sich von ihrem Platz nicht mehr weg bewegte, aus Angst, sie könne die Ankunft ihrer „Zielperson" verpassen, stürzten sich alle ohne Ausnahme sofort, nachdem sie einen freien Stuhl an einem der Tische für sich reserviert hatten, in das Gewimmel und Gewühl am Büffet. Das Trio der drei ohne Unterlass schwatzenden Frauen, die die anderen Stühle an Siris Tisch in Beschlag genommen hatten, kehrte mit Tabletts in den Händen zu ihren Plätzen zurück.

Gerüche umwehten Siri. Graubrot, Mortadella und Früchtetee. Der Duft des Tees erinnerte sie an ihre Zeltlageraufenthalte an der Ostsee als Kind, der von Mortadella an Joschis Lieblings- wurst. „Mordtälla" hatte er immer dazu gesagt.

„Isst ned?", wandte sich ein Teil des Trios, eine Frau mit sehr kurz geschnittenen, schwarzgrau melierten Haaren und einer randlosen Brille an Siri.

Was sollte sie denn jetzt darauf antworten? Wie gern, ja hingebungsvoll sie eigentlich ihr Leben lang gegessen hatte? Dass sie jedoch, seitdem Joschi mit seinem Vater und Suzie in den USA war, sich zum Essen regelrecht zwingen musste, weil sie kaum noch Appetit verspürte? Dass sie vor noch gar nicht allzu langer Zeit Größe 42 getragen hatte und zwar mit Stolz und Selbstbewusstsein? Dass sie es im Prinzip mehr als dumm fand, wie manche Frauen sich wegen eines fragwürdigen Schlankheitsideals all das

65

leckere Essen, das es gab, verkniffen, um eine Woche lang schlecht gelaunt an einem Salatblatt herum zu lutschen? Doch leider sah sie selbst mittlerweile aus, als gehöre sie zur Fraktion jener Frauen, die nach dem Verzehr einer halben Reiswaffel logen: „Danke, für mich nichts mehr. Ich bin so was von satt!"

„Heilfasten", antwortete sie schließlich knapp. Sie hoffte damit, weiterer Konversation am Tisch zu entgehen. Angestrengt blickte sie in Richtung der beiden Türen. Bislang ohne Erfolg. Keine der Patientinnen, die den Speisesaal betraten, wies eine auch nur entfernte Ähnlichkeit mit der Frau auf, die Siri im Wald begegnet war.

„Heilfaschte? Ha noi, des derfs aba fai ned uff oigene Fauscht in dära Glinigg hia macha!"

Siris Versuch, durch ihre einsilbige Antwort jegliche Unterhaltung im Keim zu ersticken, war offenbar ebenso wenig von Erfolg gekrönt wie die Suche nach der kleinen Frau, die ihr im Wald begegnet war.

„Ganz im Gegenteil", erwiderte sie und bemühte sich, blasiert zu klingen, „ich habe es vom Chefarzt persönlich verordnet bekommen. Vermutlich ein Angebot der Klinik ausschließlich für Privatpatienten."

Das war jetzt schlagfertig gewesen und bewirkte, dass die schwäbische Alb tatsächlich für einige Momente die Klappe hielt. Doch dann begann sie, auf die ihr gegenüber sitzende Frau einzutuscheln, laut genug, dass Siri es hören konnte.

„Hosch des dschäggt, Anschäla? Dia Tussi do näba mia: Vorna dirr ond henda magr, abbr Heilfaschte."

In puncto Gemeinheit stand ihr Miss Schtuddgadd oder wo immer aus dem Ländle sie herkam, in nichts nach, dachte Siri. Dann fokussierte sie wieder die Menschen, die nach und nach den Speisesaal betraten und diesen allmählich füllten. Bald wurden es weniger, bis schließlich niemand mehr kam. Alle Tische waren jetzt besetzt. Die Frau aus dem Wald war nicht aufgetaucht. Oder sie sitzt doch hier, und ich habe sie einfach nicht erkannt?

Siri hatte eine Idee. Das Büffet war genau in der Mitte des rechteckigen Raumes aufgebaut. Wenn sie da einmal ganz herum ging, konnte sie unauffällig die Gesichter an jedem einzelnen Tisch im Raum studieren.

Sie stand auf, schnappte sich ein Tablett, stellte zwei Teller darauf und umrundete im Zeitlupentempo die angerichteten Speisen, die sie scheinbar penibel prüfte, bevor sie von jeder ein bisschen auf ihre Teller legte und dabei diskret die sie umgebenden Menschen musterte. Ein paar Mal zögerte sie - war das da nicht die gesuchte Person? - kam aber dann jeweils zum selben Resultat. Nein, es handelte sich nicht um die Kindfrau, die ihr begegnet war.

Am Ende ihres Rundgangs stapelten sich Käse, Aufschnitt, Butter, Brot, Salate, ein Rollmops,

eine saure Gurke und ein kleines Stück Nudel-
lauflauf mit Tomatensoße auf den Tellern. Sie
goss sich aus einer roten Thermoskanne eine
Tasse Zeltlagertee ein und stellte sie auf ihr Tablett, bevor sie damit beladen zu ihrem Platz zu-
rückkehrte. Das Frauentrio verstummte. Zu diesem gehörte neben Miss Schtuddgadd und Änschela, die, wenn sie sich nicht verhört hatte, aus
Sachsen kam, noch eine Berlinerin namens Mandy. Mit einträchtig weit geöffneten Mündern
starrten alle drei Siri an.

Als erstes fand die grauhaarige Schwäbin zur
Sprache zurück.

„Also Heilfaschte duasch du?"

Siri schob sich ein Stück Rollmops mit Gurke
und Brot in den Mund und war überrascht, wie
gut es ihr auf einmal schmeckte. Sie kaute
genüsslich und schluckte dann, bevor sie auf die
Frage anwortete.

„Isch fei over!", sagte sie fröhlich.

DORLE

Sie stand vor dem Spiegel und musterte sich von oben bis unten. Das schwarzweiße Kostüm im Stil von Chanel stand ihr wirklich gut. Es betonte ihre immer noch schmale Taille, und der Rock, der kurz über den Knien endete, hatte genau die richtige Länge, damit man genug (aber nicht zu viel!) von ihren immer noch hübschen Beinen sehen konnte. Die ganz jungen Frauen trugen ja noch viel kürzere Röcke oder als letzten Schrei diese Hot Pants. Doch in ihrem Alter, fand sie, musste man aufpassen, sich nicht zu jugendlich zu kleiden. Das wirkte billig, abgeschmackt und peinlich. Sie bevorzugte daher klassisch-elegante Mode, die ihre Vorzüge herausstellte. Ein kleines Vermögen gab sie als Stammkundin der Boutique Gisèle in der Wilhelmstraße aus, dem schicksten und teuersten Modegeschäft im Ort. Gisèle, die eigentlich Gisela und mit Nachnamen Schulte hieß, führte nur Edelmarken. Hermes, Rodier, Yves St. Laurent & Co. Der Laden war piekfein eingerichtet mit beigefarbenem Teppichboden, einem roten Samtsofa und frischen Gladiolen in riesigen Bodenvasen aus weißem Porzellan. Gisèle und sie begrüßten sich stets mit Wangenküsschen, und immer gab es erst einmal eine Tasse frisch gekochten Kaffee für sie.

Sollten die Leute doch über sie reden. Die waren doch alle bloß neidisch. Geld regiert die Welt. So ist es nun einmal. Dabei war ihr weiß Gott nichts geschenkt worden. Nichts war ihr jemals in den Schoß gefallen. Das Waisenkind aus Ostpreußen war zu einer erfolgreichen Geschäftsfrau avanciert. Hart, sehr hart hatte sie dafür gearbeitet. Jahrzehntelang, von morgens bis abends geschuftet, sieben Tage die Woche, zwölf Monate im Jahr.

Eigentlich war ja noch gar keine Saison für das Kostüm, das aus dünnem Stoff gearbeitet war. Es war zwar schon März, aber in der Nacht zuvor hatte es noch einmal heftig geschneit. Sie hatte einen leichten dunklen Rolli unter der Kostümjacke angezogen, um nicht allzu sehr zu frieren. Die kostbare Perlenkette und die modischen schwarzen Pumps mit dem Blockabsatz passten perfekt dazu. Beim Friseur war sie auch gewesen. Das kastanienbraun gefärbte Haar schimmerte im Licht und sah sehr natürlich aus. Sie trug es heute nicht hochgesteckt wie sonst, sondern glatt geföhnt und offen. Es fiel ihr bis fast auf die Schultern und umrahmte ihr schmales Gesicht mit der hohen Stirn. Der aktuellen Mode folgend hatte sie einen breiten schwarzen Lidstrich aufgetragen, der ihren hellbraunen, etwas schräg stehenden Augen etwas Dramatisches verlieh. Ihr Mund, dessen

Form ihr eine gewisse Ähnlichkeit mit der Schauspielerin Jeanne Moreau verlieh, war in einem hellen Rot geschminkt. Zufrieden lachte sie ihr Spiegelbild an. Selbst die sich überall in ihrem Gesicht deutlich abzeichnenden Fältchen störten sie heute nicht.

Sie war glücklich. Unfassbar glücklich. Nur noch wenige Stunden dauerte es, und er würde da sein, um sie abzuholen. Um fortzugehen mit ihr und um mit ihr weit weg von hier zu leben, an einem Ort, an dem es ganz sicher im März niemals schneien würde. Wer hatte das gedacht?

Er, ausgerechnet er, hatte sich in sie verliebt! Das war wie im Märchen. Niemals hätte sie das auch nur zu träumen gewagt. Nach kurzem Zögern hatte sie seine Liebe erwidert. Seither hatte sich alles, alles verändert. Ihr Leben war nur noch wunderbar. Endlich war das Glück zu ihr gekommen.

Vor Freude drehte sie sich vor dem Spiegel einmal um die eigene Achse und jauchzte dabei wie ein Kind, laut und überschwänglich. Die Tür zum Büro stand offen und aus dem Radio, das oben auf dem Tresor stand, erklang ein hübsches Lied auf Englisch, das wenige Jahre zuvor ein großer Hit gewesen war. Leicht melancholisch, aber mitreißend besang es die vergangenen Tage im Leben, als man mit Freunden zusammen fröhlich gewesen war. Als alles leicht und unbeschwert war und niemand daran gedacht hatte, dass diese Zeit jemals enden würde. Sie mochte diese so glockenhelle Stimme der jungen Sängerin, summte mit, machte ein paar Tanzschritte im Takt der Musik und wirbelte dann übermütig noch einmal um sich selbst herum.

Mag sein, dachte sie, dass die schönen Tage in meinem Leben einst endeten, noch bevor sie richtig angefangen hatten. Einen flüchtigen Moment lang erinnerte sie sich an das Schlimme und Böse, das sie gesehen hatte.

Oh, mein Gott. All das ... der Krieg ... die Kälte ... der Hunger ... die Angst ... der Tod. Wie schrecklich!

Dann drang die Melodie aus dem Radio wieder an ihr Ohr und erinnerte sie an ihr Leben, wie es jetzt war. Tanzen und Singen?

Ja! Das wollte sie. Hatte sie nicht allen Grund dazu? Der bittere Zug um ihren rot geschminkten Mund, der sich eben noch abgezeichnet hatte, verschwand ebenso wie die Gedanken an das erlittene Leid.Dorle lachte ihr Spiegelbild an. Ab heute wollte sie nur noch fröhlich sein und das Leben feiern! Für immer und einen Tag. Genau so, wie es im Lied besungen wurde.

Es war der 12. März 1972.

SIRI

Siri Osten wälzte sich schlaflos in dem schmalen Bett ihres Klinikzimmers und kam dabei auf abstruse Gedanken. Hatte sie nicht mal gelesen, dass Menschen über Nächte hinweg wach gehalten wurden, um ihre Stimmung positiv zu beeinflussen? Behandelten die Ärzte hier ihre Patienten heimlich mit Schlafentzug? Folterten sie sie deshalb mit dieser durchgelegenen Matratze und einer Bettdecke, die immer wieder in ihrem Bezug verrutschte, sodass sie am Fußende einen großen Klumpen bildete? Sie stöhnte und knipste zum gefühlt hundertsten Mal ihr Handy an, um einen Blick auf die Zeit zu werfen.

2:52 Uhr.

Tiefschwarze Dunkelheit umgab sie, nachdem die Beleuchtung des Displays wieder erloschen war. Sie starrte an die Decke und anschließend in Richtung des Fensters. Dann drehte sie sich vom Rücken auf die Seite, wenige Minuten später zurück und anschließend gleich wieder auf die andere Seite.

Um 3:20 Uhr beschloss sie, ihre Versuche einzuschlafen zu beenden. Sie setzte sich im Bett auf und schaltete die Leselampe ein. Auf der Ablage hinter ihr lag das kleine Buch, das sie im Wald gefunden hatte. Wenn sie sowieso nicht schlafen konnte, warum sich nicht damit beschäftigen?

Die mysteriöse Frau war am vergangenen Abend weder beim Essen noch danach aufgetaucht. Siri hatte sich über eine Stunde auf den Fluren der Klinik herumgetrieben und dabei so gut wie alle anderen Patienten getroffen. Ihre Waldbekanntschaft allerdings war nicht darunter gewesen. Sie schlug das kleine Buch auf, blätterte es noch einmal sorgfältig Seite für Seite durch, fand aber auch jetzt nichts darin, außer den Worten, die sie bereits so oft gelesen hatte, dass sie sie auswendig hersagen konnte.

„Und glaube ja nicht, dass der Garten im Winter seine Ekstase verliert. Er ist still. Aber die Wurzeln sind aufrührerisch ganz tief da unten. Rumi."

Einer plötzlichen Eingebung folgend, griff Siri zu ihrem Smartphone und gab die ersten beiden Zeilen bei Google ein. Danach war sie schlauer - jedenfalls, was ihre Allgemeinbildung anbelangte. Rumi war, das verriet ihr Wikipedia prompt, der Name eines persischen Dichters aus dem 13. Jahrhundert, der sich der Mystik verschrieben hatte. Von ihm waren die Worte, die ihr nicht mehr aus dem Kopf gingen. Die Frau hatte sie abgeschrieben. Wer sie allerdings war und warum sie die Sätze von Rumi notiert hatte, darauf hatte das Internet keine Antwort und Siri bislang auch nicht. Sie würde weiter nach der Frau suchen müssen, wenn sie ihr das Buch zurückgeben wollte. Und das wollte sie! Morgen früh würde sie es an der Rezeption versuchen. Vielleicht konnten die ihr weiterhelfen, welcher Patientin diese Parkquittung gehörte. Doch leider musste sie um 6:30 Uhr erst einmal zur Atemgymnastik im Garten der Klinik antreten. Ihre App meldete für diese Uhrzeit zwei Grad und weiteren Regen. Das würde ja alles andere als heiter werden, zumal es mittlerweile 4:28 Uhr war.

Siri gähnte.

Sie bemerkte, wie müde sie war. Noch blieben anderthalb Stunden Zeit zum Schlafen, tröstete sie sich. Vorausgesetzt, dass sie das mit dem Einschlafen jetzt hinbekam. Sie versicherte sich, dass der Wecker auf 6:00 Uhr gestellt war, legte Buch und Smartphone weg und rutschte im Bett nach unten. Sie gähnte noch einmal, löschte das Licht und zog die verklumpte Bettdecke, so gut es ging, nach oben bis unter ihr Kinn. Dann drehte sie sich auf die Seite, schloss die Augen und schlief tatsächlich kurze Zeit später ein.

JAKOB

Laut Rechtsmedizin war der Schnitt an Arik Teufels Kehle so tief, dass er Luftröhre und Halsve-
nen durchtrennt hatte. Bei der Obduktion wurde
sogar eine Kerbe an der Halswirbelsäule entdeckt. Die Tat musste rasch und entschlossen
vollzogen worden sein. Bei der Tatwaffe handelte es sich zweifelsohne um ein Tranchiermesser
aus der Restaurantküche, das direkt neben der
Leiche aufgefunden worden war.

Teufels Kehle war so präzise und kraftvoll
durchgeschnitten worden, dass der Kopf fast
vom Rumpf abgetrennt wurde. Der Tod sei nach
weniger als einer Minute eingetreten, hieß es
weiter in dem Bericht. Am Körper des Mannes
waren dem Arzt ferner Hämatome aufgefallen.
Es gab zwei Platzwunden am Kopf und ein ge-
brochenes Nasenbein. Diese Verletzungen wiesen darauf hin, dass der Mann vor seinem Ableben schwer gestürzt sein musste, vermutlich
kopfüber die Treppe in den Keller hinunter. Bei
der Untersuchung des Leichnams konnten
außerdem Spuren eines hochwirksamen Betäu-
bungsmittels nachgewiesen werden.

Oberkommissar Jakob Rack, der bereits um sechs
Uhr morgens seinen Dienst angetreten hatte und
gerade am Bildschirm den Obduktionsbericht
der Rechtsmedizin studierte, schlussfolgerte:

Wahrscheinlich war mit einer hohen Dosis der üblicherweise als K.-o.-Tropfen bekannten Substanz zunächst eine Bewusstlosigkeit herbeigeführt worden. Danach erst erfolgten Sturz und der tödliche Schnitt. Das erklärte, warum es weder Abwehrverletzungen beim Opfer noch sonstige Hinweise auf einen Kampf gab. Blut war ausschließlich im Kühlraum - dort allerdings in beträchtlicher Menge - sonst nirgendwo gefunden worden.

Jakob kombinierte weiter, dass der Kühlraum auch der eigentliche Tatort war. Hier war dem Gastronomen die tödliche Verletzung zugefügt worden. Zuvor hatte man ihn vom Restaurant unsanft in den Keller geschleppt oder sogar die Treppe hinunter gestoßen. Der zu diesem Zeitpunkt bereits bewusstlose Mann musste sich dabei die beschriebenen Blessuren zugezogen haben. Jakob las weiter, dass die Blutalkoholkonzentration 1,2 Promille betragen hatte. Volltrunken war Teufel nicht gewesen, aber wohl angeschickert genug, um nicht zu merken, dass man ihm das Betäubungsmittel verabreicht hatte. Wie und wo genau das passiert war, konnte noch nicht geklärt werden. Nirgendwo im Haus hatten sie benutztes Geschirr oder gebrauchte Gläser entdeckt. Die Spülmaschine war leer und ausgeschaltet. Wenn Teufel vor seinem Ableben noch einmal in seinem Restaurant geschlemmt hatte (vielleicht sogar zusammen mit seinem Mörder) war danach alles gründlich aufgeräumt und gereinigt worden. Dass das Opfer kurz zuvor noch gegessen und getrunken hatte, war unstrittig. In seinem Magen waren Reste einer recht üppigen Mahlzeit (Wildschweinbraten, Rosenkohl, Kartoffelknödel) und Rotwein gefunden worden. Der Rechtsmediziner erklärte passend dazu, beim Leichnam seien ein überreichlicher Ernährungszustand, erste Symptome einer Fettleber sowie eine Raucherlunge zu diagnostizieren.

Offenbar hatte Arik Teufel gewohnheitsmäßig gut und viel gegessen, nicht ins Glas gespuckt, zumindest nicht, wenn sich ein guter Roter darin befand, und obendrein dem Herrn des Öfteren ein Rauchopfer gebracht, dachte Jakob, bevor er das Ende des Berichts las, in dem festgehalten war, dass die Leiche ungefähr vier Tage in dem Kühlraum gelegen hatte. Das passte zur Aussage des Hausmeisters, dass bei seinem letzten Besuch in dem Restaurant noch alles in Ordnung gewesen sei. Es gab also einen Zusammenhang zwischen dem Tod Teufels und dem eingeschlagenen Wintergarten.

„Warum bloß macht man sich die Mühe, den bewusstlosen Mann in diesen Raum im Keller zu schleppen, ihn dort abzustechen, um ihn dann bei vier Grad frisch zu halten?", überlegte Jakob jetzt laut. „Der Hausmeister schwört Stein auf Bein, dass die Kühlung seit der Schließung des Lokals ausgestellt war. Wer, wenn nicht der Täter selbst, hat sie wieder eingeschaltet?"

Der Alte Fritz, der Jakob heute im reichlich verwaschenen und ausgeleierten Sweatshirt eines bekannten Skaterlabels am Schreibtisch gegenüber saß, schwieg zunächst dazu. Dann gab er einige misslaunige Grunzlaute von sich.

„Muss wohl", kommentierte er anschließend.

„Bei der Tatwaffe handelt es sich übrigens um ein Messer aus einem Messerblock in der Restaurantküche", führte Jakob weiter aus. „Ein Profimesser, das zum Tranchieren benutzt wird, mit einer sauscharfen Klinge."

„Sach' bloß, Rack! Hättest du bei der Verletzung auf Omma Ernas Hümmeken als Mordwaffe getippt?"

Jakob spürte, wie ihm das Blut in den Kopf schoss. Der Alte Fritz machte ihn wahnsinnig. Warum bloß hatte er, Jakob, sich ausgerechnet hierhin versetzen lassen? Warum war er an diesen wortkargen und sarkastischen Ostwestfalen geraten, der meinte, er müsse ihn ständig auflaufen lassen und zudem sein ästhetisches Empfinden tagtäglich mit grausamen Outfits foltern?

Jakob ballte die Fäuste, allerdings unter der Tischplatte, und biss die Zähne aufeinander.

„Auf dem Griff des Messers sind Fingerabdrücke. Von einer einzigen Person. Der Abgleich hat nichts ergeben. Wenn die Spuren vom Täter oder der Täterin sind, ist er oder sie polizeilich bislang ein unbescholtenes Blatt. Vielleicht hatte er oder sie aber auch Handschuhe an und die Abdrücke auf dem Messer stammen von der Köchin oder einem anderen Mitarbeiter der Teufelsküche."

Jakob war von sich selbst überrascht, wie sachlich er Friedrich Saathoff, der ihn eben gerade noch ganz nach oben auf die Palme gebracht hatte, antwortete. Der quittierte seine Ausführungen mit einem polternden Lachen. „Es heißt unbeschriebenes Blatt, Rack!"

Jakob zuckte zusammen. Auch das noch! Jetzt nahm ihn der Alte Fritz wegen seiner Sprachprobleme auf den Arm. Dabei war Jakob selbst schon oft genug ungnädig mit sich, weil er einige deutsche Redewendungen immer noch nicht korrekt auf die Reihe bekam. Siri hatte das auch so manches Mal zum Lachen gebracht, erinnerte er sich.

„Vielleicht ist ja auch die Köchin der Mörder", knurrte Saathoff. „Muss ja nicht immer der Buttler sein. Spass ma beiseite, gibt es noch andere Spuren?"

Spaß, welcher Spaß denn, dachte Jakob, bevor er antwortete.

„Die Techniker haben sehr viele Fingerabdrücke gefunden. Die müssen alle noch überprüft werden. Das dauert."

„Handydaten?"

Jakob kam sich angesichts der Saathoffschen Art, Fragen zu stellen vor, als wäre er der Tatverdächtige und befände sich just deswegen mitten in einem Kreuzverhör.

„Wertet Klusener aus, sobald er Zeit hat."

„Und wo steckt er dann gerade?" Saathoff deutete in Richtung des Schreibtischs von Karsten Klusener.

„Kommt jeden Moment. Übrigens ist Teufels Mercedes Cabrio wieder aufgetaucht. Es wurde auf dem Parkplatz vor dem Thermalbad abgestellt. Die Schlüssel steckten noch, und im Kofferraum war sein komplettes Gepäck für das Kloster. Wie wir wissen, ist er dort ja nie angekommen."

Der Alte Fritz schüttelte ungläubig den Kopf.

„Ein fahrbereites Auto mit Gepäck im offenen Kofferraum und weder die Karre noch die Ladung wird geklaut. Vier Tage lang. Die leben da echt auf 'ner Insel in ihrem Kurortkaff. Hat die KTU sich das Auto vorgenommen?"

„Klar. Aber nichts gefunden, was Hinweise gibt und warum es dort steht und nicht vor Teufels Haus."

„Erklärt aber, warum keiner gemerkt hat, dass er gar nicht losgefahren ist. Tipp' mal, der Täter hat es da hingebracht."

„Aber warum?"

Saathoff zuckte mit den Schultern. „Bin ich Hellseher?"

„Wir wollen noch einmal nach Bad Salzdorf, um die Frau des Opfers zu befragen", sagte Jakob, „und um mit seiner Büromitarbeiterin zu sprechen. Sie hat eine Inventarliste des Lokals und zugesagt, mit uns zusammen zu kontrollieren, ob da eventuell doch etwas gestohlen wurde."

Der Hauptkommissar grunzte wieder ein paar Mal vor sich hin und begann dann, mit abwesendem Blick an einem Bleistift herumzukauen. Jakob zuckte zusammen, als er hörte, wie das Holz zwischen Saathoffs Zähnen splitterte.

„Ihr werdet sehen, da fehlt nichts. Ich glaub' nicht, dass das ein Einbruch war", nuschelte Saathoff. Er fischte sich ein paar Bleistiftsplitter aus dem Mund, bevor er weiter redete.

„Das war eiskalter und geplanter Mord, Junge. Den Teufel wollte jemand ein für alle Mal endgültig aus dem Weg räumen. Jemand, dem außerdem daran gelegen war, dass niemand so schnell seine Leiche findet."

Siri

Zusammen mit einer Handvoll Leidensgenossen stand Hauptkommissarin Siri Osten im stockdunklen Garten der Klinik am See und hielt in jeder Hand eine Gymnastikkeule aus hellem Holz. Der angekündigte Regen hatte sich pünktlich zu Beginn der Atemgymnastik eingestellt, und es war so schneidend kalt, dass die Kommissarin bereute, unter ihrem Anorak nicht noch die dicke Fleecejacke angezogen zu haben.

„Wenn das mal keine Schneeluft ist", hatte die füllige Frau, die auf dem Weg zum Garten neben ihr her gegangen war, gesagt und hinzugefügt: „Glaub' es mir. Ich bin im Sauerland aufgewachsen, da riecht man Schnee." Danach hatte sie zum Glück geschwiegen.

Siri wollte für sich bleiben und schlecht gelaunt sein. Ihr war es viel zu kalt und viel zu früh, um zuzuhören, zu reden und im Nieselregen engagiert Gymnastikkeulen zu schwingen. Das einzige, worauf sie Lust hatte, waren größere Mengen Kaffee. Aber den gab es so früh am Morgen in der Klinik noch nicht. Der Speisesaal öffnete erst um sieben.

Die Gruppe hatte sich mittlerweile auf Anweisung der Therapeutin, die sich zuvor als Silke vorgestellt hatte, unter einigem Hin und Her einigermaßen kreisförmig aufgestellt. Vor den Gesichtern in der Runde bildeten sich weiße Atemwolken.

So ein Schwachsinn, dachte Siri. Wozu in aller Welt brauchte man Anleitung beim Atmen? Silke schien da anderer Meinung zu sein. „Schwinge deine Keulen hin und her, rhythmisch, immer schön rhythmisch, hin und her", rief sie ihren Schützlingen zu und ging mit gutem Beispiel voran. Ihre Bewegungen waren routiniert und elegant. Siri hingegen stand auf Kriegsfuß mit dem Handling der Keulen und ließ prompt eine los, so dass die ihrem Nebenmann auf den Fuß fiel. Sie hob sie wieder auf, entschuldigte sich rasch und versuchte, den vorwurfsvollen Blick des Mannes zu ignorieren. Herrgott, es war ja keine Absicht gewesen! Dann probierte sie ange-strengt, sich wieder synchron mit den anderen zu bewegen.

„Und hin und her, vor und zurück. Schwingen. Immer weiter schwingen. Entdecke dabei deinen Atemrhythmus. Ja! Rhythmus! Wir atmen rhyth-misch, liebe Leute. Nicht im Takt. Das ist ein kleiner, aber we – sent – li – cher Unterschied!"

Silkes Stimme war weder schrill noch über-schlug sie sich, wie es Siri zunächst befürchtet hatte.

„Dabei immer schön weich in den Knien fe-dern. Und hin und her und hin und her. Fühle den inneren Raum in dir, in diesem Moment! Fülle ihn dabei ganz aus mit deinem Atem."

Siri fragte sich, wo in ihr drin es denn noch Platz für einen Raum geben sollte. Die neben ihr atmende korpulente Sauerländerin hatte dafür bestimmt die besseren körperlichen Voraussetzungen.

„Und dann gibst du deinen Atem wieder frei. Lasse ihn los. Schicke ihn hinaus. Ganz 'raus aus dir. Vollständig ausatmen. So dass du innerlich ganz leer bist. Du machst eine kleine Atempause, bevor du, wenn ich „jetzt" sage, wieder einatmest. Jetzt! Und Weiterschwingen im Rhythmus. Hin und her, hin und her. Federn in den Knien. Sehr gut!"

Siri gehorchte. Sie schwang und federte, atmete ein und aus, hörte auf zu atmen und fing wieder an - ganz so, wie Silkes Kommandos es vorgaben. Überrascht stellte sie fest, dass sie besser durchatmen konnte und anfing, sich gut dabei zu fühlen. In diesem Moment gingen im vorher nur schwach beleuchteten Speisesaal, dessen Fensterfront zum Garten hin verlief, alle Lichter an. Ein heller Schein fiel durch die großen Panoramafenster auf das Rasenstück, wo die Gymnastikgruppe mit gebeugten Knien stand und tapfer weiter Holzkeulen schwang. Siri nutzte die unerwartete Helligkeit, um sich die Gesichter der anderen etwas genauer anzuschauen. Wer weiß, vielleicht war die Frau aus dem Wald von diesem Dr. Spielhagen auch zum Keulenschwingen verdonnert worden. Ihr Blick wanderte unauffällig im Kreis herum. Sie erkannte Änschela, ihre Tischnachbarin vom Abend zuvor, und ein paar andere Patienten aus der Runde waren ihr auch schon auf den Fluren oder im Speisesaal begegnet. Keines der Gesichter aber hatte auch nur entfernte Ähnlichkeit mit der Waldbekanntschaft des gestrigen Tages.

„Geschafft", verkündete Silke. „Bravo! Bitte legt mir doch die Keulen in den Korb zurück, bevor ihr geht. Ich wünsch' euch einen schönen Tag. Bis zum nächsten Mal."

Nach dem Frühstück im Speisesaal (diesmal war es ihr gelungen, einen Tisch mit drei eher schweigsamen Männern zu ergattern) machte Siri sich mit der Parkquittung aus dem Notizbuch auf den Weg zur Rezeption. Zuvor hatte sie erneut Ausschau nach der Frau in Schwarz gehalten. Vergeblich. Auch zu dieser Mahlzeit war sie nicht erschienen oder, was auch der Fall sein konnte, Siri hatte sie übersehen oder schlicht nicht erkannt.

Die junge Frau hinter der Theke trug ein blaues Kleid, ein rotweißes Halstuch, auf dem das Emblem der Klinik am See aufgestickt war, und hatte beeindruckend lange, knallrote Gelnägel, mit denen sie eifrig auf einer Computertastatur herumklackerte. Siri wünschte ihr einen guten Morgen und legte anschließend die Parkquittung auf die polierte Steinplatte des Tresens.

„Es ist nämlich so", setzte sie an, „ich such' die Frau, der dieser Beleg gehört. Ich vermute, sie ist ebenfalls Patientin in dieser Klinik. Können Sie anhand des Autokennzeichens Ihren Namen herausfinden?"

„Waaas soll ich tun?", fragte die Rezeptionistin und blickte Siri so entgeistert an, als habe die sie um Beihilfe zu einem Mord gebeten.

Siri blieb ruhig und sachlich. „Sie sollen nachschauen, wer die Frau ist, die ihr Auto auf dem Klinikparkplatz abgestellt und dafür diese Quittung erhalten hat. Sie muss noch hier sein. Die Gebühr wurde für drei Wochen im Voraus entrichtet."

„Das ist bei uns normalerweise so üblich!"

Siri verdrehte kaum merklich die Augen. „Klar. Aber mir geht es, wie ich Ihnen schon sagte, ganz einfach um den Namen der Patientin, die diese Quittung verloren hat."

„Ich glaube nicht, dass ich Ihnen den ganz einfach mal so sagen darf", erwiderte die Klinikmitarbeiterin, deren Namensschild sie als Tanita Meierotte auswies, frostig. „Wir nehmen es hier sehr ernst mit dem Datenschutz! Lassen Sie mir das da, und ich leite es direkt an die Eigentümerin weiter."

Sie legte Mittel- und Zeigefinger ihrer rechten Hand auf das Schriftstück, offensichtlich, um es Siri abzunehmen.

„Ach, schau mal an, da sehe ich sie ja!", rief Siri laut und geistesgegenwärtig aus.

Sie log beileibe nicht gern, aber der Zweck heiligte manchmal eben die Mittel.

„Die Dame in Grün vor dem Fahrstuhl, die ist es! Ihr gehört der Beleg. Ist doch super, Frau

Meierotte, dass Sie sich jetzt gar nicht bemühen müssen. Ich erledige das für Sie!"

Flink riss Siri die Quittung unter den roten Krallen der Klinikmitarbeiterin weg, was das dünne Papier wie durch ein Wunder ohne zu zerreißen überstand und rannte davon. Das von der Rezeption hinter ihr her gerufene „Halt, so geht das nicht!" ignorierte sie. Sie gesellte sich zu einer Frau in einem laubfroschgrünen Frotteebademantel, begrüßte diese herzlich wie eine alte Bekannte und folgte ihr anschließend in den gerade angekommenen Fahrstuhl.

„PME?", fragte die Frau, nachdem sich die Türen des Aufzugs geschlossen hatten.

„Wie?", fragte Siri zurück.

„Wir kennen uns doch aus der PME, aus der Progressiven Muskelentspannung, oder?"

„Kann sein", sagte Siri knapp und floh gleich im ersten Stock aus der Kabine ins Treppenhaus, von wo aus sie ihr Zimmer ansteuerte.

Das kleine Ablenkungsmanöver war immerhin gelungen, auch wenn sie nun immer noch nicht schlauer war, was die Identität der Frau aus dem Wald anbelangte. Sie sah zur Uhr. In zehn Minuten fing die nächste Anwendung an.

„8:00 Uhr, Meditation in der Gruppe"stand auf ihrem Laufzettel und darunter die Raumnummer und der Hinweis: „Bitte kommen Sie in bequemer Kleidung und bringen Sie Wollsocken mit!" Siri schnaubte.

Wollsocken! Das wird ja immer aufregender.

Sie schloss ihre Zimmertür auf, betrat den Raum und schleuderte als erstes ihren Anorak, den sie die ganze Zeit über dem Arm getragen hatte, auf den Schreibtischstuhl. Dann wandte sie sich dem Schrank zu.

Bequeme Kleidung also brauchte sie für diese Meditation. Na bitte, das konnten sie haben! Grinsend zog sie ihre uralte Jogginghose aus der unteren Schublade. Die Hose war graugrün, schlabberig und ausgebeult. Na, wenn die nicht bequem war! Und hässlich. Sie grinste. Und dann erinnerte sie sich an ein Gespräch mit Jakob.

„Du und deine Nilpferdhose" hatte er zu ihr gesagt und sie gequält angeschaut, nachdem sie sich morgens in dem Kleidungsstück am Esstisch niedergelassen hatte. „Schau mal Siri", war er dann fortgefahren, „es gibt doch auch lässige und schicke Klamotten für die Freizeit. Die müssen noch nicht mal teuer sein!" Und dann wollte er sie an einem ihrer seltenen gemeinsamen Wochenenden in ein schickes Geschäft in der Bielefelder Innenstadt schleppen. Sie hatte sich mit Händen und Füßen erfolgreich geweigert. „Vergiss es, Jakob!", hatte sie gesagt. „Ich hab' heute frei. Da lauf' ich doch jetzt nicht mit dir in so einen überfüllten Laden, um mich einzukleiden. Noch dazu ausschließlich dir zuliebe. Ein für allemal! Du wirst mich schon aushalten müssen wie ich bin. Mit meiner Nilpferdhose oder gar nicht. Und jetzt, mein Lieber, gehen wir zu dem leckeren Inder um die Ecke und essen Chicken Tandoori!"

Jakob. Natürlich! Warum war er ihr denn nicht gleich eingefallen? Siris Herz machte einen kleinen Hüpfer vor Freude. Sie kramte in ihrer Anoraktasche nach ihrem Handy. *Ich kann doch Jakob anrufen! Ein Blick in den Computer, und er kann mir sagen, auf wen das Auto zugelassen ist, dessen Kennzeichen auf dieser Parkquittung steht. Warum bin ich da nicht gleich drauf gekommen?*

„Siri!" Seine Stimme klang überrascht und erwartungsvoll zugleich. Ein bisschen aufgeregt hörte er sich auch an.

Sie spürte seine Enttäuschung, als sie ihn ohne Umschweife um den Gefallen bat. Offenbar hatte er sich etwas anderes gewünscht. Tja, da konnte sie aber nun auch nichts dafür.

„Du bist ... doch ... bei ... der Reha", stammelte er. „Warum muss du da denn jetzt Personalien feststellen?"

Sie erzählte ihm knapp von ihrem Zusammentreffen mit der unbekannten Frau im Wald und dem verlorenen Notizbuch.

„Und wenn das Auto gar nicht auf sie zugelassen ist?"

„Jakob, ich will hier nicht alle Möglichkeiten mit dir durchspielen. Das ist keine Ermittlung. Nur ein Versuch, nett zu sein und jemandem vielleicht Unannehmlichkeiten zu ersparen. Sie hörte, dass er sich räusperte. *Er leidet. Warum leidet er bloß so? Kann er denn nicht einfach froh darüber sein, dass ich ihm abgenommen habe, einen Schlussstrich unter diese Beziehung zu ziehen, die nie so richtig eine war? Wieso will er immer noch mit einer Frau zusammen sein, die offensichtlich nicht in der Lage ist, ihn so zu lieben, wie er es verdient hat?*

„Ich kümmere mich drum, wenn ich Zeit habe und rufe dich zurück", sagte er schließlich. Es klang kühl.

„Danke, Jakob", sagte sie und gab ihm das Kennzeichen durch. Danach legte sie sofort auf. Ein Blick auf die Uhr sagte ihr, dass sie keine Zeit mehr zu verlieren hatte, wenn sie rechtzeitig bei der Meditation eintreffen wollte. Rasch zog sie sich um, schnappte sich noch ein Paar rotweiße Ringelsocken aus dem Schrank und rannte los. Zum Glück hatte sie es nicht weit. Der vorgesehene Raum befand sich nur ein Stockwerk über ihr. Sie rannte die Treppe hoch. Zwei Stufen auf einmal nahm sie dabei und riss, oben angekommen, die Tür auf.

„Guten Morgen", rief sie laut und etwas außer Atem.

Fünf Augenpaare musterten sie augenblicklich. Strafend. Vier davon gehörten offensichtlich zu Menschen, die schon eine Art Startposition für die Meditation eingenommen hatten und mit angewinkelten Beinen auf dem Boden lagen. Unter ihnen befanden sich schmale Matten in kunterbunten Farben. Das fünfte Augenpaar war das von Dr. Jasper Spielhagen, der die Gruppe anleitete.

„Guten Morgen, Frau Osten", sagte er leise. „Schön, dass Sie doch auch noch gekommen sind. Bitte beim nächsten Mal dran denken, fünf Minuten vorher hier im Raum zu sein. Damit wir dann alle zusammen pünktlich starten können.

„Sorry", sagte Siri, „aber das konnte ich nicht wissen."

„Es steht auf Ihrem Terminplan", entgegnete Dr. Spielhagen. Es klang freundlich.

„Ups", sagte Siri. „Mea culpa. Dann bitte ich nochmals um Entschuldigung. Es kommt nicht wieder vor. Ehrenwort! Was muss ich denn jetzt tun ... ähm, damit ich hier gleich ... ähm ... mit den anderen loslegen kann?"

Dr. Spielhagen griente. Ganz humorlos schien er nicht zu sein.

„Schnappen Sie sich zum Loslegen von dahinten eine Yogamatte. Dann bitte hinlegen wie die anderen und meiner Stimme folgen."

Siri entschied sich für eine knallgelbe Matte und ließ sich ächzend darauf fallen, bevor sie es sich in der Rückenlage bequem machte.

„Bleiben wir doch zunächst für ein paar Minuten ganz in der Stille", sagte Dr. Spielhagen. In diesem Moment erklangen die Glocken von Big Ben. Siri zuckte zusammen. Kein Zweifel. Es war ihr Handy, das klingelte. Vermutlich rief Jakob sie zurück. Sie sprang auf.

„Das tut mir jetzt aber ganz außerordentlich leid", sagte sie, während sie mit ihrem Smartphone in der Hand zur Tür hastete, „dass ich Sie hier schon wieder störe, aber Sie hören es ja selbst. London Calling. Da muss ich dran gehen."

Siri, die zunächst überlegt hatte, den Anruf noch im Raum entgegen zu nehmen, und sich mit „Bond. Siri Bond" zu melden, entschied sich, das lieber nicht zu tun. Vermutlich würde es außer ihr niemand witzig finden und ihr obendrein weitere Minuspunkte bei Dr. Spielhagen einbringen. Erst nachdem sie die Tür hinter sich geschlossen hatte, und ohne zuvor genau auf das Display zu schauen, meldete sie sich: „Ja, Jakob, ich höre."

Es war nicht Jakob, der sie anrief, sondern jemand von ihrem Handynetzanbieter mit einem Angebot für eine Vertragsverlängerung. Nachdem sie den sehr eloquenten jungen Mann am Telefon abgewimmelt hatte, beschloss sie, nicht wieder in den Meditationsraum zurückzukehren, sondern in der Cafeteria der Klinik einen Cappuccino zu trinken. Sie seufzte kurz. Eigentlich hatte sie sich ja - zumindest vordergründig - wie eine mustergültige Patientin verhalten wollen, um möglichst schnell wieder für dienstfähig erklärt zu werden. Aber morgen war auch noch ein Tag! An dem würde sie endgültig mit dem Bravsein anzufangen, schwor sie sich. Spätestens als sie ihre dampfende und herrlich nach guten Röstaromen duftende Riesentasse an einen Tisch am Fenster bugsierte, wusste Siri, dass die Entscheidung, die Meditation zu schwänzen, die richtige gewesen war. Draußen war, obwohl die Sonne mittlerweile aufgegangen war, immer noch alles Grau in Grau, und es nieselte ohne Unterlass weiter. Doch Siri bemerkte, dass ihre Stimmung sich aufgehellt hatte.

Woran lag das? An dem köstlichen Cappucchino? An der gestrigen Laufrunde? An der Atemgymnastik? Oder daran, dass sie etwas zu tun hatte, nämlich die Besitzerin dieses Buches ausfindig zu machen?

Eigentlich hätte Jakob sich längst melden müssen, fiel ihr ein. Sie fischte ihr Handy aus der Hosentasche und schaute nach, ob sie seinen Anruf vielleicht verpasst hatte. Big Bens vorlautes Geläute hatte sie einstweilen ruhig gestellt. Sie schaute auf das Display.

Nichts. Kein Anruf. Keine Nachricht. Hatte Jakob sie vergessen? Hatte er keine Zeit? Oder wollte er sie zappeln lassen? Siri tippte auf letzteres. Jakob hatte immer schon zum passiven Widerstand geneigt, jedenfalls ihr gegenüber.

Kurz erwog sie, ihn selbst noch einmal anzurufen, um ihm etwas auf die Sprünge zu helfen, entschied sich aber dagegen. Wer weiß, vielleicht machte er dann komplett dicht, weil er sich zu sehr unter Druck gesetzt fühlte. Oder ließ sie hängen, um ihr eins auszuwischen, wenn er merkte, wie wichtig ihr die Sache war. Vorerst wollte sie lieber abwarten, ob er sich bei ihr meldete.

Zuerst hatte Siri die Frau in dem schneeweißen Rollkragenpullover, die sich zu ihr an den Tisch gesetzt hatte, gar nicht bemerkt, so sehr war sie mit sich und ihren Gedanken beschäftigt gewesen. Erst als sie angesprochen wurde, bemerkte sie, dass sie nicht mehr allein an ihrem Tisch saß.

„Guten Morgen", sagte die Frau und sah Siri mit einem gewinnenden Lächeln an. „Ich hoffe, es stört Sie nicht, dass ich mich zu Ihnen gesellt habe."

Siri stellte fest, dass die Cafeteria mittlerweile gut besucht war. Kaum ein Platz an den Tischen war noch frei. Offenbar nutzten viele Patienten die Zeit zwischen zwei Terminen, um auf einen Kaffee oder einen Tee hereinzuschauen.

„Nein. Natürlich nicht", beeilte sie sich zu sagen.

Was für ein tolles Gesicht diese Frau hatte! Wie ein Filmstar oder ein Model. Ihre Augenbrauen beschrieben zwei elegant geschwungene Bögen über schräg stehenden eisblauen Augen, deren lange Wimpern schwarz getuscht waren. Auf den hohen Wangenknochen schimmerte Rouge. Der Mund war in einem kühlen Zartrosa geschminkt. Ihr platinblondes Haar war kurz geschnitten, sie wirkte dennoch sehr feminin. Die kleine Zahnlücke zwischen den oberen Schneidezähnen erinnerte Siri an Madonna. Wie die Sängerin war auch diese Frau bereits älter, bestimmt schon an die Sechzig, aber wegen ihres perfekten Aussehens und ihrer eleganten Erscheinung, wirkte sie jünger und ausgesprochen attraktiv.

„Neu an Bord?", fragte sie Siri.

„Gestern angekommen. Und Sie?"

„Ich bin immer wieder mal hier. Allerdings beruflich. Derzeit hält sich eine Patientin aus meiner Praxis in der Klinik auf. Sie hat mich darum gebeten, sie mit zu behandeln. Ich bin Ärztin und praktiziere traditionelle chinesische Medizin."

Siri pfiff durch die Zähne. „Dann machen Sie Akupunktur und so?"

„Genau", antwortete die Frau und lächelte wieder, „TCM umfasst alles in allem natürlich viel, viel mehr. Aber Akupunktur ist sicherlich am bekanntesten."

„Ich bin wegen Herzklabaster hier", sagte Siri. „Broken Heart Syndrom. Angeblich Folge traumatischer Erlebnisse. Ich bezweifel' das ja. Es heißt, die Pillen allein heilen einen nicht. Deswegen soll ich auf Teufel komm' 'raus entspannen und meditieren und so weiter. Passt mir alles gar nicht. Ehrlich gesagt, mir wär' was Handfesteres lieber. Könnte mir Akupunktur helfen?"

„Aber ja. Sehr gut sogar." Die Frau strahlte Siri an.

„Allerdings muss ich Sie enttäuschen, falls Sie möchten, dass ich Sie behandele. Ich bin wirklich sehr exklusiv wegen dieser einen Patientin hier, und in meiner Praxis bin ich schon für viele Monate jeden Tag komplett ausgebucht.

„Schade", sagte Siri mit ehrlichem Bedauern. Die Art ihrer Tischnachbarin hatte etwas Anziehendes. Sie hätte sich gern ihren Akupunkturnadeln anvertraut. Natürlich in der Hoffnung auf ein medizinisches Wunder und einem sich anschließenden sofortigen Ende dieser unerquicklichen und aus ihrer Sicht ohnehin unsinnigen Reha. Ach, das wäre zu schön gewesen!

„Wen behandeln Sie dann derzeit hier?", fragte sie die Ärztin dann.

„Bedaure, aber darüber werde ich Stillschweigen bewahren", lautete deren Antwort. Sie erhob sich gleichzeitig. Freundlich nickte sie Siri zum Abschied zu: „Gute Besserung!"

Siri fiel auf, wie athletisch und durchtrainiert die Frau wirkte. Ob sie ihre Medizin auch an sich selbst praktizierte? Das war ja ganz erstaunlich, wie gut sie in Form war.

„Danke Ihnen", sagte Siri. „Und sorry, dass ich das eben überhaupt gefragt habe. Ist doch klar, dass Sie da nicht drauf antworten können. Das fällt ja unter ihre Schweigepflicht, wie im Prinzip jedes Kind weiß. Aber ich bin Polizistin, wissen Sie. Irgendwie muss ich immer neugierige Fragen stellen. Berufskrankheit sozusagen."

Für einen ganz kurzen Moment änderte sich der Gesichtsausdruck der Ärztin von fröhlich zu ernst. Siri kannte das. Manche Menschen reagierten erschrocken, wenn sie erfuhren, womit sie ihre Brötchen verdiente. So nach dem Motto:

„Oh nein, hab' ich nicht letzte Woche gerade eine Ampel bei Rot überfahren! Ob sie das weiß? Oder herausbekommt?"

Die Frau fing sich schnell wieder. „So ist das", sagte sie und lächelte schon wieder. „Jeder Beruf färbt ein bisserl ab, Frau ..."

„Osten, Siri Osten. Kriminalhauptkommissarin a. R.", beeilte sich Siri zu sagen.

„A? R?"

„Auf Reha. Zu meinem Leidwesen! Und das mit dem Abfärben stimmt natürlich absolut. Deformation professionelle heißt es, glaub' ich."

„Ich bin Dr. Amanda Hausner. Ich mag sie, Frau Osten. Vielleicht könnte ich doch irgendwann einen Behandlungstermin einrichten. Direkt hier in der Klinik. Aber heute ganz sicher nicht mehr. Ich muss wirklich los! Meine Sprechstunde fängt gleich an."

Die Ärztin reichte Siri die Hand. Der Ärmel des weißen Rollis rutschte dabei nach oben und gab den Blick frei auf einen muskulösen Unterarm mit einer kleinen Tätowierung oberhalb des Handgelenks. Das Symbol, welches das Tattoo darstellte, war ziemlich bekannt. Siri kannte es, kam aber nicht darauf, was es war.

„Ich hoffe sehr für Sie, dass das, was Ihre Erkrankung ausgelöst hat, Sie nicht mehr lange belastet, dass man Ihnen hier helfen kann und Ihre Krise bald beendet ist."

Dr. Hausners freundliche Worte bewirkten, dass Siri nicht weiter über die Bedeutung des Tattoos auf ihrem Arm nachdachte.

„Klar, das wird schon", beteuerte sie rasch. Etwas zu rasch. Natürlich hatte sie sofort an Joschi gedacht. In ihrem Inneren gab es eine Stimme, die ihr etwas ganz anderes zuflüsterte. *Das wird nie mehr wieder.* Sie schluckte.

Aber nein, sie würde nicht weinen! Auch jetzt nicht und schon gar nicht, solange sie dieser Frau gegenüber saß, die sie gerade erst kennengelernt hatte. Wie bescheuert wäre das denn! Und überhaupt. Heulen war generell sinnlos. Es nützte nichts. Es änderte nichts. Es brachte ihr Joschi nicht zurück. Das war Siris tiefe Überzeugung.

„Auf Wiederschaun, Frau Osten!"

„Ja genau", sagte Siri, die weiter gegen die Traurigkeit ankämpfte, die größer und größer wurde und der sie gerade nicht mehr viel entgegensetzen konnte.

Dr. Hausner nickte ihr noch einmal aufmunternd zu und lief dann mit federnden Schritten zum Ausgang. Siri sah der schlanken Silhouette der Ärztin hinterher und bewunderte noch einmal kurz deren sportliche Figur, bevor sie sich weiter anstrengte, den in ihr lauernden Schmerz über den Verlust von Joschi nicht zu fühlen.

Da spürte sie es wieder. Ihr Herz. Es schmerzte. Es trommelte. Es überschlug sich. Es wollte den Brustkorb sprengen. So jedenfalls fühlte es sich an. Ich muss 'raus, dachte sie, ins Freie. Sie stand auf, wollte losgehen, aber das klappte nicht. Panik erfasste sie. Sie stöhnte leise, fasste sich mit der Hand an ihren linken Rippenbogen. Dann sackte sie in sich zusammen.

JAKOB

Typisch, dachte er. Und, weil ihm das nicht ausreichte, wiederholte er es gleich noch dreimal laut und mit Nachdruck: „Typisch, typisch, typisch!"

Wenn sie etwas von ihm wollte, zögerte sie keine Sekunde lang, sich zu melden. Als ob sie sich immer noch als seine Vorgesetzte fühlte. Am meisten ärgerte ihn, dass er diesen inneren Impuls hatte, ihren Auftrag sofort auszuführen. Als sei er wiederum tatsächlich noch ihr Untergebener. Regelrecht zwingen musste er sich, es nicht zu tun.

Nein, er würde ihr jetzt nicht auf der Stelle ihren Wunsch erfüllen und diese Fahrzeughalterin für sie ermitteln. Auch wenn das eine Sache von wenigen Augenblicken war.

Nein. Und nochmals: Nein! Er schob den Zettel zur Seite, auf dem er brav das Kennzeichen notiert hatte, das sie ihm telefonisch durchgegeben hatte. Zum Teufel mit ihr!

Sein Fluch erinnerte ihn daran, dass er auf Karsten Klusener wartete, um mit ihm nach Bad Salzdorf zu fahren, wo sie mit Arik Teufels Witwe Natalia und seiner Büromitarbeiterin Luisa Oster reden wollten. Eigentlich hätte Karsten längst aufkreuzen müssen. Einige Minuten später steckte sein junger Kollege den Kopf durch die Bürotür. Er grinste. „Sorry fürs

Zuspätkommen. Aber ich hab' den Wagen schon mal geholt."

Eine knappe Stunde später (auf der A 2 waren sie wegen Nebel, Schneeregen und hohem Verkehrsaufkommen nicht gerade zügig vorangekommen) standen sie vor der Tür von Arik Teufels Haus in bester Wohnlage von Bad Salzdorf. Laut Karsten Klusener, der sich wieder bestens über seinen Heimatort informiert zeigte, hatte das ein bekannter Kölner Architekt namens Benjamin Jacobsson entworfen und ein Vermögen gekostet. Der weiße Kubus wirkte in seiner Schlichtheit zurückhaltend und vornehm zugleich.

Natalia Teufel öffnete ihnen die riesige mattschwarze Haustür, nachdem sie geklingelt hatten. Sie hatte ihren Mann bereits am gestrigen Tag in der Rechtsmedizin identifiziert, war aber danach so aufgewühlt und durcheinander gewesen, dass sie darum gebeten hatte, zu einem späteren Zeitpunkt vernommen zu werden. Nun stand sie vor ihnen. Sie trug einen zweiteiligen Hausanzug aus grauer Seide. Das lange platinblonde Haar hatte sie so straff nach hinten gekämmt und zu einem Pferdeschwanz zusammengebunden, dass Jakob meinte, beim Anblick Stiche an seinen Schläfen zu spüren. Das musste doch wehtun, dachte er.

Natalia Teufels Augenlider sahen verquollen aus. Ihr hellhäutiges, fast durchsichtig erscheinendes Gesicht war mit hellroten Flecken übersät, und ihre Unterlippe zitterte ebenso wie die Hand, die sie den beiden Polizisten zunächst schweigend zur Begrüßung entgegenstreckte.

„Guten Morgen", brachte sie schließlich hervor. Ihre Stimme klang heiser. Jakob fiel das leicht gerollte „R" in ihrer Sprache auf. Er erinnerte sich, was Karsten ihm unterwegs vorgelesen hatte. Natalia Teufel war als Natalia Koroljow in St. Petersburg zur Welt gekommen. Eine gebürtige Russin also.

„Entschuldigen Sie bitte", sagte sie, als sie einige Minuten später in einer riesigen Sitzlandschaft aus schwarzem Leder im Wohnzimmer Platz genommen hatten. Tränen schwappten aus ihren graublauen Augen.

„Ich kann ... es ... immer ... noch nicht ... fassen, dass Arik ... , dass er tot ist."

Sie schluchzte auf und verbarg ihr Gesicht hinter ihren Händen. Jakob fielen die sehr langen, sehr schmalen Finger mit den perfekt manikürten Nägeln auf und ihre knochigen Handgelenke. Überhaupt war alles an dieser hoch aufgeschossenen Frau dünn, beinahe mager mit Ausnahme ihrer Oberweite. Unter der seidenen Jacke zeichneten sich üppige Rundungen ab. Ihre nackten Füße, die einen ebenso gepflegten Eindruck machten wie die Hände, steckten in schwarzen Sandalen mit waghalsig hohen und dünnen Absätzen.

Armani, dachte Jakob. Er hatte ein Faible für gutes und teures Design. Und Klassiker wie diese

Schuhe mit den vielen Riemchen erkannte er sofort.

Karsten Klusener, der neben der Witwe Platz genommen hatte, reichte ihr wortlos ein Papiertaschentuch nach dem nächsten, denn sie heulte weiter Rotz und Wasser. Dann versiegte der Tränenstrom beinahe abrupt, und erstaunlich agil sprang sie auf.

„Ich mache jetzt Kaffee für uns." Ihre Stimme klang nasal - kein Wunder nach der ganzen Weinerei - aber entschlossen. Sie verließ das Wohnzimmer etwas schwankend. Jakob entdeckte eine halbleere Cognacflasche und ein benutztes Glas auf dem Couchtisch. Ob ihr unsicherer Gang am Konsum von zu viel Hennessy VSOP am Vormittag lag? Oder an den bleistiftdünnen, mindestens 12 cm hohen Absätzen? Karsten Klusener starrte Natalia Teufel mit offenem Mund hinterher.

„Wow", raunte er Jakob zu. „Die toppt echt jedes Klischee, oder? Meinst du, ihr Busen ist echt?"

„Das spielt für unsere Ermittlungen jetzt keine Rolle", erwiderte Jakob knapp und bestimmt. „Nicht nur von daher, auch sonst eine ganz falsche Frage, Karsten!"

Er überlegte, der Hausherrin in die Küche zu folgen, um ihr mitzuteilen, dass er gar keinen Kaffee mochte, ließ es aber bleiben, als er aus der angrenzenden Küche bereits den typischen Sound eines teuren Kaffeevollautomaten bei der

Arbeit vernahm.

Minuten später stand Natalia Teufel wieder vor ihnen. Sie hatte sich eine große schwarze Sonnenbrille aufgesetzt und balancierte auf der Fläche ihrer linken Hand ein silbernes Tablett, auf dem drei weiße Kaffeetassen, ein Kännchen mit Milch und eine Zuckerdose standen. Dann ging sie vor ihnen leicht in die Hocke und stellte das Tablett schwungvoll, aber so routiniert auf dem niedrigen Couchtisch ab, dass keine der randvollen Tassen überschwappte.

„Bitte, meine Herren. Bedienen sie sich!" Sie hörte sich jetzt gefasst an.

Weil Natalia Teufel sich etwas beruhigt zu haben schien, beschloss Jakob, ohne große Umschweife mit der Befragung zu beginnen. Karsten hatte ihn auf dem Weg im Auto bereits ausreichend gebrieft, so dass er alles Wesentliche zur Person parat hatte.

Natalia Teufel war 38 Jahre alt und 15 Jahre mit Arik Teufel zusammen, davon waren sie 12 Jahre verheiratet. Kurze Zeit, bevor sie ihren Mann kennengelernt hatte, war sie nach Deutschland gekommen. Das Paar hatte keine Kinder.

„Frau Teufel, wer könnte Ihrem Mann das angetan haben? Haben Sie irgendeine Vermutung? Hatte ihr Mann Feinde, die ihm nach dem Leben trachteten?"

Natalia Teufel nippte an ihrer Kaffeetasse, bevor sie antwortete.

„Ich weiß nicht ... natürlich gab es Neider. Arik

hat sich in dieser Stadt etwas aufgebaut. Seine Geschäfte laufen gut, sehr gut sogar. Aber richtige Feinde? Nicht, dass ich wüsste."

„Sie hatten Einblick in seine Finanzen?"

Natalia Teufels Mundwinkel deuteten ein Lächeln an.

„Bessere als mein Mann selbst, Herr Kommissar", antwortete sie. Es hörte sich selbstbewusst an.

„Ich habe in Russland Betriebswirtschaft studiert, und auch, wenn ich Arik kennenlernte, als ich für ihn als Kellnerin arbeitete, hat er schnell meine wirklichen Fähigkeiten erkannt. Damit meine ich nicht das, was sie beide vermutlich gerade denken, sondern mein Können im Zusammenhang mit allem, was mit Geld zu tun hat. Arik hat mir da sehr vertraut und gut daran getan. Wir führen seit Jahren ein durch und durch gesundes Unternehmen, auch weil ich Chefin der Finanzen bin."

Soviel, dachte Jakob, zum Klischee.

Natalia Teufel redete weiter.

„Mein Mann", - ihre Stimme wurde an dieser Stelle für einen Moment leiser und klang auch kurz wieder sehr traurig - „war ein Visionär. So etwas wie ein Steve Jobs der heimischen Gastronomie. Immer eine neue Idee. Immer am Puls der Zeit. Ständig am Ball für eine Innovation, für etwas, was es in der Region bislang noch nicht gab. Zuletzt hat er sich mit der Teufelsküche einen Traum erfüllt, ein echtes Gourmetrestaurant mitten in der westfälischen Provinz! Für die Einrichtung hat er sich von der Restaurantszene New Yorks inspirieren lassen und ist im letzten Jahr eigens dafür dort hingereist. Der Einfall, radikal regional zu kochen, kam ihm, nachdem er in Berlin ein Lokal mit ähnlichem Konzept besucht hatte. Sein ganzes Herzblut, das hat er mir vor kurzem erst noch gesagt, hat er in diesen Laden gesteckt. Und jetzt hat er da in seinem Blut gelegen, abgeschlachtet wie ein Stück Vieh. Mein Gott ... wer in aller Welt tut so etwas? Mein armer, armer Mann."

Trotz ihres emotionalen Ausbruchs behielt sie diesmal die Contenance und tupfte sich mit dem Ärmel ihres Oberteils nur leicht die Augen unter der Sonnenbrille. Karsten Klusener reichte ihr ein weiteres Taschentuch, das sie nicht benutzte, sondern in ihrer rechten Hand zusammenknüllte. Mit Daumen und Zeigefinger der linken Hand rupfte und zupfte sie an dem Papier herum, riss Streifen davon ab, die sie wiederum zu Kugeln formte und dann achtlos neben sich auf das teure Ledersofa warf.

„Warum war das Lokal in der letzten Zeit eigentlich geschlossen?", fragte Jakob.

„Ach, das war richtig blöd! Unsere Köchin wurde krank. Wir hatten enorme finanzielle Einbußen in den letzten Wochen. Ich habe Arik gesagt, dass er sich unbedingt um einen Ersatz kümmern muss. Aber davon wollte er nichts wissen. Er war so stolz, dass er sie anwerben konnte. Sie hat Gäste von nah und fern angelockt, weil sie seit Jahren einen ganz großen Namen in der Kochszene hat. Arik konnte sie einstellen, weil sie ihr eigenes Restaurant wegen finanzieller Probleme schließen musste. Ein Glücksgriff war die Frau. Jedenfalls, solange sie gesund und munter war. Doch dann ... "

Natalia Teufel sprach auch nach einer längeren Pause nicht weiter.

„Dann, was war dann?", fragte Karsten Klusener.

Die schöne Russin zögerte noch einen Moment, bevor sie dann doch weiter redete.

„Sie bekam irgendeinen psychischen Knacks, der sie von jetzt auf gleich aus der Bahn warf. Bisschen seltsam war die Frau immer, wenn Sie mich fragen. Aber das hat ja keinen interessiert, solange sie gekocht hat wie eine junge Göttin. Und das hat sie ohne Wenn und Aber! Sind Künstler nicht oft ein bisschen exzentrisch? Vielleicht gilt das auch für eine Kochkünstlerin. Aber egal. Ich hab' jedenfalls auf Arik eingeredet wie auf ein krankes Pferd, dass er unbedingt sofort einen neuen Koch braucht. Damit der Laden weiterläuft und wieder Geld in die Kasse kommt. Sie können sich nicht vorstellen, was man für laufende Ausgaben hat mit so einem Lokal. Miete, Löhne, Vorauszahlungen, Kosten für Kredite. Alles läuft weiter, und die Gäste laufen einem irgendwann weg in eine andere schicke Location mit gutem Essen und vergessen einen ganz schnell. Arik hat eine Vertretung für sie kategorisch abgelehnt. Ohnehin würde er so schnell niemanden finden, der es mit ihr aufnehmen könne, meinte er. Deshalb wollte er warten, bis sie wieder fit ist und hoffte einfach, dass das bald der Fall sein würde."

Jakob fand es an der Zeit, die Umstände der Tat wieder mehr in den Mittelpunkt des Gesprächs zu rücken.

„Haben Sie eine Ahnung, Frau Teufel, was Ihr Mann in seinem Lokal wollte? Hatte er nicht eigentlich vor gehabt, ins Kloster zu fahren, um sich zu entspannen?"

Sie schüttelte heftig mit dem Kopf. „Nein. Überhaupt keine Idee! Ich bin ja wie alle bis gestern davon ausgegangen, dass er sich im Kloster aufhält. Warum hat er mir nicht gesagt, dass er in Bad Salzdorf geblieben ist? Was hat er im Restaurant gewollt? Wen hat er dort getroffen? Wer hat ihn getötet? Ich habe nicht den leisesten Schimmer."

„Wann haben Sie ihren Mann das letzte Mal gesehen?"

„Dienstag vergangene Woche. Ich war einige Zeit nicht daheim, weil ich meinen Bruder in Frankfurt besucht habe."

„Und Sie haben auch nicht mit Ihrem Mann telefoniert?"

„Doch, natürlich habe ich mit ihm telefoniert. Zum letzten Mal am Donnerstag. Danach nicht mehr. Am Freitagabend hatte ich keine Zeit, mich bei ihm zu melden. Ich war zu einem Konzert in der Oper. Und dann dachte ich ja, dass er am Samstagmorgen ganz früh ins Kloster fährt. Wir haben nie telefoniert, wenn er dort war. Das war ja der Sinn seiner Aufenthalte in der Abtei. Er wollte Abstand zu allem. Absolute Ruhe. Er ist da hingefahren, um aufzutanken und sich zu erholen."

„Immer allein?", fragte Jakob. Täuschte er sich oder zuckte die Teufel bei dieser Frage etwas zusammen. Sie räusperte sich leicht, bevor sie antwortete.

„Für mich ist so was nichts."

Im Prinzip hatte sie seine Frage damit nicht beantwortet, aber Jakob beschloss, darauf nicht weiter einzugehen. Stattdessen wurde er in einer anderen Sache konkreter.

„Jetzt noch einmal ganz direkt gefragt, Frau Teufel. Wer könnte ein Motiv haben, Ihren Mann umzubringen? Sie haben vorhin von Neidern gesprochen. Wer genau war denn neidisch auf Ihren Mann? Können Sie uns dazu etwas sagen?"

„Cord Schnappmann fällt mir da sofort ein. Er versucht, Arik das Leben schwer zu machen, seit der ihm die alte Ruine von Kaiserhof vor der Nase weg geschnappt hat. Cord war auch deswegen stinksauer, weil er meinte, dass Arik ihm die Idee geklaut hat, nämlich in dem Gebäude Zimmer und Appartments für ein zahlungskräftiges, ökologisch orientiertes Publikum einzurichten. Das ist natürlich kompletter Blödsinn, was Cord da im Ort verbreitet hat. Von wegen Ideenklau! Das weiß doch jedes Kind, dass Öko und Bio derzeit boomen, auch im Tourismussektor. Arik hatte schon lange vor, in die Richtung zu investieren. Cord hat kaum etwas ausgelassen, um Arik Steine in den Weg zu legen. Er hat eine Demonstration gegen den Umbau organisiert oder besser gesagt organisieren lassen. Von seiner Schwester nämlich. Die sitzt im Stadtrat und gibt dort gern das grüne Gewissen der Nation. Die Demonstranten forderten, dass das Haus abgerissen und das Grundstück für eine Erweiterung des angrenzenden Kurparks genutzt werden soll. Völliger Blödsinn! Zumal der Kaiserhof unter Denkmalschutz steht. Aber Evelin, also Cords Schwester, hat ordentlich Stimmung gegen Arik gemacht und ihn in der Öffentlichkeit als Umweltsünder und profitgierigen Turbokapitalisten dargestellt, der für seine Projekte eiskalt über Leichen geht. Dabei hatten sie und mein Mann früher ein kleines - wie sagt man hier? - Krösken? - miteinander! Aber das ist schon lange her. Er hat das Ganze damals beendet. Seither hasst sie ihn leidenschaftlich. Arik ist ... war ... soll ich Ihnen das jetzt sagen? Egal. Es ist sowieso ein offenes Geheimnis in Bad Salzdorf, dass mein Mann ein wenig promiskuitiv veranlagt war. Dass Evelin oder Cord oder beide zusammen ihn aus Neid oder Rache umgebracht haben, kann ich mir aber nicht vorstellen."

„Promi... was?", fragte Karsten Klusener.

111

„Er war untreu", übersetzte Jakob. Dann wandte er sich wieder der Witwe zu: „Hatte ihr Mann seine Affären auch während Ihrer Ehe?"

Um Natalia Teufels Mund zeichnete sich für Sekunden ein schmerzlicher Zug ab. Kurz darauf gelang ihr allerdings bereits wieder ein recht souveränes Lächeln. Die Frau hatte ihre Emotionen jetzt gut im Griff.

„Ja", sagte sie mit fester Stimme.

„Im Prinzip war es so, dass ich die Frau war, mit denen er seine Freundinnen betrog. Und doch war Arik mir gegenüber loyal und ging ... wie soll ich es ausdrücken? Er ging diskret fremd. Das trifft es, glaube ich. Unsere Trennung stand nie zur Debatte. Arik liebte und brauchte mich, und ich liebte und brauchte Arik. Seine Affären änderten daran nicht das Geringste."

Jakob dachte, dass er wahrscheinlich nicht modern genug war, um das zu verstehen. Aber vielleicht war die Toleranz der schönen Natalia geheuchelt. Vielleicht war sie angesichts der Untreue ihres Mannes gar nicht so gelassen, wie sie es vorgab zu sein. Vielleicht hatte sie sich an ihrem Hallodri gerächt? Hatte ihn erst betäubt und in bewusstlosem Zustand die Kellertreppe hinunter gestoßen, ihn dann in den Kühlraum geschleppt, um ihn anschließend zu töten. Doch war sie dafür stark genug? Hatte sie einen Komplizen gehabt? Vielleicht einen Liebhaber?

„Sind Sie die Alleinerbin Ihres Mannes?", fragte Jakob.

„Das bin ich in der Tat", lautete die Antwort. Eine ganze Weile klangen ihre Worte in Jakobs Ohren nach.

Täuschte er sich? Oder war da der Hauch eines Triumphs zu hören?

SIRI

„Frau Osten! Sarah - Irina? Hal...lo?!"

Verdammt, wer weckte sie denn da auf? Hatte sie sich nicht gerade eben erst schlafen gelegt? Sie fühlte sich müde und wie zerschlagen. Kopfschmerzen hatte sie auch. Es hämmerte und wummerte jedenfalls ordentlich an ihrer linken Schläfe. Erst, als sie die Augen öffnete und nach oben an die Deckenlampen starrte - es waren in die Decke eingelassene kleine Strahler, die eine Art Sternenhimmel über ihr bildeten - dämmerte ihr, dass sie nicht zu Hause in ihrem Bett lag. Auch nicht in Jakobs Bett. Nein! Da würde sie ja nie mehr liegen.

Zwischen ihre Augen und die Decke schob sich ein Gesicht, das sie zunächst nur verschwommen wahrnahm. Als es sich deutlicher auf ihrer Netzhaut abzubilden begann, kam es ihr bekannt vor. Noch fiel ihr nicht ein, zu wem das zwar etwas besorgt, aber keineswegs aufgeregt dreinschauende menschliche Antlitz gehörte. Auf jeden Fall handelte es sich um das eines männlichen Wesens – sie erkannte deutlich einen Bart – das jetzt auch zu sprechen begann. Sie sah es zunächst daran, dass seine Lippen sich bewegten. Was der Mann sagte, kam erst mit Verzögerung bei ihr an.

„Hey, da sind Sie ja wieder, Frau Osten! Wie geht es Ihnen?"

Das war dieselbe Stimme, die sie zuvor schon gehört hatte - direkt, nachdem sie wach geworden war. Gehörte sie nicht diesem Arzt, der sie anfangs untersucht und dessen Mediationsveranstaltung sie geschwänzt hatte. Wann war das gewesen? Ihrem momentanen Gefühl nach vor Ewigkeiten. Sie fasste sich an die Stirn.

„Autsch!", sagte sie.

„Sie sind zwar relativ elegant zu Boden gegangen", konstatierte die Stimme über ihr. „Auf dem Weg nach unten war Ihnen aber dann eine Stuhlkante im Weg. Leider haben Sie als Resultat des Zusammentreffens 'ne dicke Beule davon getragen! Die wird noch ein wenig schmerzen in der nächsten Zeit. Die gute Nachricht ist, dem Stuhl ist nichts passiert!"

„Wenn ich wieder ganz zu mir gekommen bin, lache ich über diesen gelungenen Scherz", sagte Siri. Es klang matt. So matt, dass ihr die eigene Stimme fremd vorkam.

„Wie heißen Sie noch mal?", fragte sie dann das bärtige Gesicht mit den sanften braunen Augen, das sich immer noch über sie beugte.

„Ich bin Jasper Spielhagen. Ihr behandelnder Arzt. Freut mich, dass Sie zumindest vage Erinnerungen an mich zu haben scheinen, Frau Osten."

„Heißt das, es gibt Hoffnung für mich?" Siri versuchte sich aufzurichten.

Sie erkannte dabei, dass sie sich auf einer Art Behandlungsliege befand. Neben ihr piepste ein

Gerät und in ihren linken Arm tröpfelte der Inhalt einer über ihr baumelnden Infusionsflasche. Sie sank in die Waagerechte zurück.

„Nein! Nicht schon wieder", stöhnte sie. Es klang jämmerlich. Jedenfalls für ihre Verhältnisse.

„Ich fürchte schon", sagte Dr. Spielhagen.

„Sie hätten eben auf mich hören sollen."

„Wie bitte?", fragte Siri, immer noch ziemlich matt, aber auch ein kleines bisschen gereizt. „Was meinen Sie denn damit? Wenn Sie hier nicht in der Lage sind ... "

„Schhh!", fiel ihr der Arzt ins Wort. „Genau das meinte ich! Sie müssen einfach ruhiger werden."

„Hallo? Ich bin ruhig!" Ihr Tonfall war nicht so laut und ungehalten, wie sie es gern gehabt hätte.

„Ihr Herz erzählt etwas anderes."

„Ein Herz kann nicht reden."

Dr. Spielhagen verdrehte die Augen.

„Sie müssen immer das letzte Wort haben, oder?"

Siri wendete sich von ihm ab und schwieg.

„Und wenn sich abzeichnet", fuhr er fort, „dass das nicht klappen könnte, weil es tatsächlich ausnahmsweise jemand besser weiß als Sie, lassen Sie einen auflaufen. So wie mich jetzt. Super Strategie!"

„Wenn Sie es sagen", knurrte Siri und starrte von ihrer Liege aus weiter an die gegenüber liegende weiße Wand und den daran befestigten

116

Kalender mit Landschaftsaufnahmen, der für ein in Hoffnungstal ansässiges Unternehmen warb, das Baumaschinen vertrieb. „Ich frage mich allerdings, was das mit meiner Erkrankung zu tun haben soll."

„Das ist mal eine richtig gute Idee, dass Sie sich das fragen!", sagte Dr. Spielhagen ungerührt. „Für die nächste Zeit haben Sie beim Nachdenken über diese Frage auch keinerlei Ablenkung. Sie werden nämlich in das Krankenzimmer der Station verlegt. Dort bekommen Sie noch eine Infusion und werden kardiologisch überwacht."

„Ich werde was?"

Siri schnappte empört nach Luft. Dann drehte sie sich um und sah Jasper Spielhagen direkt in die Augen. „Hören Sie ... das ist ... das geht nicht! Ich bin total okay und ... will ... brauche ... das alles ... nicht!"

Warum klang sie bloß so wenig energisch? Der Arzt lächelte nachsichtig und tätschelte ihr zu allem Überfluss auch noch ihre Hand. *Als wäre ich eine demente Greisin. So eine Frechheit.* Siri spürte Wut in sich aufsteigen. Aber selbst die fühlte sich nicht so an, wie sie es von sich kannte. Es war eher ein leiser Anflug als die übliche kräftige Welle, die sie sonst spürte, wenn sie sich über etwas aufregte.

„Schwester Ulrike wird gleich kommen und Ihnen beim Umzug behilflich sein", sagte Dr. Spielhagen. Er klang unbeirrt ruhig und freundlich.

Siri schnaubte jetzt leise. Wenn sie bloß nicht

117

so schlapp und müde wäre. Dann würde sie dem Herrn Doktor und der Stationsschwester was husten. Und anschließend sofort das Weite suchen, 'raus aus dieser dämlichen Anstalt. Stattdessen schwieg sie. So lange, bis der Arzt sich von ihr verabschiedete und Schwester Ulrike auftauchte, die ihr lächelnd verkündete: „Dann mal ab in die Liegekur!"

„Ich habe es schon Dr. Spielhagen gesagt. Ich will das nicht ... ", setzte Siri an.

„Schaffen wir das zu Fuß oder soll ich 'nen fahrbaren Untersatz organisieren?", unterbrach sie die Krankenschwester.

„Ich laufe natürlich", sagte Siri patzig, setzte sich ruckartig auf und wollte flott von der Liege hüpfen, was ihr aber nicht gelang, weil ihr schwindelig wurde und ihr Herz schon wieder zu rumoren begann. Und warum in aller Welt fühlte sie sich so furchtbar kraftlos wie noch nie zuvor in ihrem Leben?

„So ein Mist!", entfuhr es ihr.

Was war denn mit ihr los? Warum fühlte ihr Körper sich an, als würde er nur noch aus Weichteilen bestehen? Sie protestierte schwach, als Schwester Ulrike sie unterhakte und mitsamt der an sie angeschlossenen Gerätschaften in das Zimmer nebenan geleitete, in dem ein Kranken-bett bereit stand. Auf der Bettdecke lag bereits ihr Schlafanzug. Siri kapitulierte. Kein Protest mehr und kein Widerstand. Wie ein gehorsames Kind, das zu Bett gebracht wird, zog sie sich aus, schlüpfte in den Schlafanzug und sank in die Kissen ihres Krankenlagers. Tränen schossen ihr in die Augen. Schnell zog sie sich die Decke über den Kopf, so dass sie die Stimme von Schwester Ulrike nur noch gedämpft vernahm.

„Ihren Kulturbeutel habe ich ins Bad gelegt. Klingeln Sie, wenn Sie was brauchen. Auch, wenn Sie auf die Toilette müssen oder so. Ich helf' Ihnen dann."

„Ja", sagte Siri so leise, dass Schwester Ulrike noch einmal nachfragte.

„Haben Sie mich verstanden, Frau Osten?!"

„Ja", wiederholte Siri.

„Das ist gut. Dann geh' ich jetzt, Frau Osten."

Als die Krankenschwester die Tür hinter sich schloss, spürte Siri, wie die Tränen begannen, aus ihr herauszufließen. Sie überschwemmten ihre Augen und liefen ihr über Gesicht und Hals, ohne dass sie etwas dagegen tun konnte. Sie begann zu schluchzen. So sehr, dass es ihren ganzen Körper erschütterte. Was hatte ihr der blöde Doc denn da in die Infusion getan? Gab es etwas, das derartige Weinkrämpfe auslösen konnte? Seltsame Bilder tauchten in ihrem Kopf auf. Von früher. Nicht von Joschi. Sondern von ihr selbst. Sie sah sich aufrecht in ihrem Kinderbett sitzen und auf einen grauweißen Teppich starren, der vor dem Bett lag. Sie war allein. Das Gefühl, von allen verlassen worden zu sein, war auf einmal da. Angekommen in der Gegenwart. Es war so groß, so absolut und so schmerzhaft, dass sie glaubte, es keine Sekunde länger ertragen zu können. Es wurde erst besser, als sie den Schrei hörte. Laut und schrill drang er an ihre Ohren. Es dauerte eine Weile, bis sie realisierte, dass sie selbst es war, die schrie. Kurz darauf spürte sie eine Hand auf ihrer Schulter. Sie gehörte Schwester Ulrike.

„Frau Osten! Augen auf und schauen Sie mich an! Ruhig, Frau Osten, ganz ruhig!"

Siri gehorchte. Sie blickte eine Weile in die tiefblauen Augen der Krankenschwester. Ihre Lider wurden schwer wie Blei. Sie fühlte sich so müde und erschöpft, dass sie jede Gegenwehr aufgab. Wie von selbst schlossen sich ihre Augen und sie glitt hinüber in einen tiefen Schlaf.

JAKOB

Nach dem Besuch bei Natalia Teufel fuhren Jakob und Karsten direkt weiter zu Luisa Oster. Sie war die Büromitarbeiterin der Teufel Gastro GmbH und die (wie sie zuvor am Telefon selbst von sich gesagt hatte) rechte Hand ihres – nun verstorbenen – Chefs. Zusammen mit einer Halbtagskraft und einer Auszubildenden kümmerte sie sich unter anderem um die Personalangelegenheiten und die Buchhaltung der GmbH. Luisa Oster könne der Polizei natürlich neben einer Inventarliste auch nähere Informationen über die in der Teufelsküche beschäftigten Mitarbeiter geben, hatte ihnen Natalia Teufel gesagt. Sie selbst habe ja mehr hinter den Kulissen gearbeitet und dabei übergeordnete Aufgaben erledigt. Mit den Leuten in den Lokalen habe sie kaum etwas zu tun gehabt. Jakob war nicht entgangen, was Natalia Teufel mit übergeordnet meinte. Für das Tagesgeschäft gibt es subalterne Mitarbeiter, Fußvolk wie Luisa Oster. Er konnte sich recht gut vorstellen, wie hoch der Grad der Beliebtheit war, den die Chefin bei den Mitarbeitern in der Firma genoss.

Die Büroräume des Unternehmens waren in einem hellgrün gestrichenen Flachdachbungalow untergebracht, der in einem Industriegebiet namens Hohner Striepen etwas außerhalb von Bad Salzdorf lag. Hier hatten sie sich mit Luisa Oster verabredet. Karsten hatte ein Treffen direkt in der Teufelsküche vorgeschlagen.

Jakob hatte entgegnet, ihm sei daran gelegen, die Büroräumlichkeiten zu sehen, um dort einen ersten Eindruck zu gewinnen. Daher hatten sie Luisa Oster informiert, dass sie sie zunächst an ihrem Arbeitsplatz besuchen und erst anschließend mit ihr und der Inventarliste in die Teufelsküche fahren würden.

Neben dem Eingang des Gebäudes prangte in großen Lettern der Name der Firma und ihr Logo: ein stilisierter roter Teufel, der statt eines Dreizacks Messer und Gabel in den Händen hielt und ausgelassen um einen Teller mit Essen tanzte.

Karsten Klusener betätigte die Klingel. Kurz darauf öffnete ihnen eine große, etwas stämmige Frau Anfang Dreißig mit einer akkurat geschnittenen Bobfrisur und modischer schwarzer Hornbrille die Tür. Sie stellte sich als Luisa Oster vor. Jakob nannte seinen und Karstens Namen sowie ihre Dienststelle und beide wiesen sich aus.

Es fiel sofort auf, dass Luisa Oster in puncto verweinte Augen der Frau ihres verstorbenen Chefs kaum etwas nachstand.

„Bitte", sagte sie mit leiser Stimme und wies auf eine offenstehende Glastür im Flur, den sie mittlerweile betreten hatten. „Nehmen Sie doch in unserem Besprechungsraum Platz! Möchten Sie Kaffee, Tee oder vielleicht ein Wasser?"

„Nichts, danke", sagten Jakob und Karsten

gleichzeitig.

Sie setzten sich an den großen ovalen Tisch aus hellem Holz. Luisa Oster folgte ihnen und ließ sich auf einem Stuhl gegenüber nieder. Vor ihr auf dem Tisch lagen ein Kugelschreiber und ein schmaler schwarzer Ordner, den sie jetzt aufklappte. Sie strich sich mit beiden Händen die kinnlangen schwarzen Haare hinter die Ohren, räusperte sich kurz und sah die beiden Männer durch die kreisrunden Gläser ihrer Brille an. Obwohl sie sich um einen professionellen Auftritt bemühte, wirkte sie nervös und aufgeregt. Jakob entging nicht, dass ihre Hände zitterten und ihre Augäpfel unruhig hin und her wanderten.

„Sie sind Luisa Magdalena Oster, geboren am 25. Juli 1984, wohnhaft in Bad Salzdorf, Dengelgasse 7. Sie sind ledig und seit vier Jahren Büromitarbeiterin der Teufel Gastro GmbH." Karsten machte das schon ziemlich routiniert, fand Jakob.

„Ich bevorzuge PA", wandte Luisa Oster ein.

„PA? Ähm. Versteh' ich nicht." Karsten kam jetzt doch kurz aus dem Konzept.

„PA für Persönliche Assistentin. Das ist meine Funktion im Unternehmen. Ich arbeite direkt der Geschäftsführung, also Arik ... ähm ... Herrn Teufel zu. Oder jedenfalls habe ich das bis zu seinem Tod getan."

Sie senkte den Blick.

„Wie kamen Sie in diese Position?", fragte Jakob.

„Ich habe in Paderborn Wirtschaft studiert. Kurz vor dem Master habe ich hier ein Praktikum gemacht und Arik ... Herrn Teufel ... nun ... ihm hat mein Einsatz und meine Arbeitsweise gefallen. Darum hat er mich direkt nach dem Examen eingestellt."

„Verstehe." Jakob nickte und legte anschließend den Kopf ein wenig schief. „Gestatten Sie mir die Frage. Sind Sie mit Ihrem Studium nicht ein wenig überqualifiziert für diese Stelle?"

Luisa Oster sah kurz auf und rollte hinter ihrer Brille genervt mit den Augen. Sie schien diese Frage nicht zum ersten Mal zu hören.

„Quatsch!", rief sie aus.

„Ich arbeite ... arbeitete ... gern mit und für den Herrn Teufel. Mein Arbeitstag ist abwechslungsreich, die Aufgaben anspruchsvoll, und die Bezahlung stimmt."

Was sollte sie auch sonst sagen? Jakob wechselte das Thema. „Wie ich sehe, Frau Oster, haben Sie etwas für uns vorbereitet."

Er deutete auf den schwarzen Ordner auf dem Tisch.

„Darum hatten Sie mich schließlich gebeten, nicht wahr?"

Mit resoluten Handbewegungen heftete sie die obersten Seiten aus und schob die Unterlagen über den Tisch.

„Bitteschön. Eine Liste aller Mitarbeiter, die bei uns derzeit beschäftigt sind. Geordnet nach den einzelnen Lokalen, in denen sie arbeiten. Zuerst finden Sie alle Festangestellten, danach die Aushilfen – jeweils alphabetisch nach Namen sortiert. Hinter den Namen stehen die jeweiligen Funktionen der Mitarbeiter in ihren Bereichen."

Ihre Erklärungen hörten sich ein wenig an, als habe sie im Alleingang ein völlig neues Periodensystem aller chemischen Elemente entwickelt und wartete jetzt nur noch auf die Nominierung für den Nobelpreis. Jakob sah sich die Aufstellung der Teufelsküche an. Die Küchenchefin, eine weitere Köchin sowie zwei Servicemitarbeiter waren fest angestellt. Daneben gab es noch einen Auszubildenden in der Küche, zwei im Service und zwei Aushilfen.

„Gab es beim Personal irgendwelche Konflikte? Oder Unstimmigkeiten zwischen den Mitarbeitern und Ihrem Chef?"

„Nicht, dass ich wüsste. Echt nicht. Weder in der Teufelsküche noch in den anderen Lokalen", sagte Luisa Oster und zuckte mit den Schultern. „Arik war ein fairer Chef. Für die Gastronomie sogar bemerkenswert fair. Für gewöhnlich geht's in der Branche ... nun ja - sagen wir mal so - robust zu. Klar hat er den Leuten auch was abverlangt. Aber er hat zum Beispiel immer Überstunden bezahlt, und es gab Weihnachtsgeld sowie Boni für gute Umsätze. Das ist woanders nicht so üblich."

„Könnten Sie denn für uns auch eine Liste der Mitarbeiter anfertigen, die in letzter Zeit ausgeschieden sind?", fragte Jakob.

„Nicht nötig", sagte Luisa Oster und griff zielsicher und mit Triumph im Blick nach einem weiteren Blatt in ihrem Ordner.

„Voila, Herr Kommissar! Hier habe ich sie schon!"

Jakob überflog die aufgeführten Namen auf der Seite. Es waren circa zehn. Luisa Oster starrte eine Weile wortlos auf die Tischoberfläche. Sie schien nachzudenken.

„Mir fällt gerade etwas ein! Mit Duncan gab es schon so ein kleines Problem", sagte sie schließlich mit gerunzelter Stirn.

Duncan Lewis, das erzählte sie den beiden Polizisten dann, hatte viele Jahre im Old Johnny an der Bar gearbeitet und war bei Gästen und Kollegen gleichermaßen beliebt gewesen. Auch Arik Teufel hatte große Stücke auf ihn gehalten.

„Duncan war als Barkeeper echt cool. Viele Gäste sind nur seinetwegen gekommen. Er besitzt diesen tollen englischen Humor" berichtete sie. „Dann ähnelt er auch noch ein bisschen einem ehemaligen britischen Fußballspieler ... "

„David Beckham?", fragte Jakob, weil das der einzige englische Fußballer war, den er kannte.

„Nee, der nicht, ich komm' gleich drauf. Ein noch älterer. Duncan ist ja auch schon über Fünfzig. Meine Mutter fand diesen Spieler früher toll. Daher kenne ich den überhaupt nur. Na, egal. Es gab jedenfalls eines Tages ein heftiges Zerwürfnis zwischen Arik und Duncan. Arik hat

126

ihm schließlich 5000 Euro angeboten als Abfindung, wenn er ohne Aufhebens geht. Erst wollte Duncan das nicht, hat dann aber das Geld doch genommen. Ich glaub', er hat mittlerweile in dem Burgerlokal an der B 1 angefangen."

„Wissen Sie, was der Grund für das Zerwürfnis war?", fragte Jakob.

„Gary Lineker", sagte Luisa Otter.

„Wer?"

„Sorry!" Luisa Oster lächelte jetzt. „Schlechtes Timing, Herr Kommissar. Mir war nur gerade eingefallen, wem Duncan ähnlich sieht. Gary Lineker. So heißt der Fußballspieler, den ich vorhin meinte."

„Ach so", sagte Jakob.
Er war kein großer Fußballfan. Von diesem Gary Soundso hatte er noch nie etwas gehört.

„Um nun ihre Frage zu beantworten", fuhr Luisa Oster fort, „keine Ahnung, wie und warum es zu dem Streit kam. Ich glaube, es hatte etwas mit Ariks Frau zu tun. Mit Natalia."

„Wie kommen Sie darauf?"

„Einige Zeit, bevor Duncan aufhörte, für uns zu arbeiten, bin ich mal 'rüber ins Old Johnny. Duncan hatte angerufen, die Zitronen seien ihm ausgegangen. Also hab' ich welche besorgt und sie ihm auch gleich selbst vorbeigebracht. Das war nachmittags und der Laden war noch leer. Und wie ich zur Vordertür 'reinkomme, höre ich schon, wie Arik 'rumbrüllt. Er und Duncan saßen an der Theke und stritten sich. Ich hab' nicht gleich begriffen, worum es ging. Schließlich habe ich aber einen Satz von Arik mitbekommen. 'Du lässt Natalia in Ruhe, kapiert!' Da hab' ich mich dann bemerkbar gemacht und gesagt, dass ich es bin, mit den Zitronen, und da sind beide schlagartig verstummt und haben so getan, als wäre eitel Sonnenschein zwischen ihnen."

Also doch. Cherchez la femme, dachte Jakob. Hatte die attraktive Natalia eine Affäre mit dem Barkeeper gehabt? War das der Grund, warum Arik Teufel sterben musste? War die Ermordung eine Gemeinschaftsaktion der beiden? Hatten sie ihr Opfer betäubt, die Treppe hinunter gestoßen und hatte einer von ihnen, dann vermutlich Duncan Lewis, ihm schließlich im Kühlraum die Kehle durchgeschnitten? Was hatte Natalia Teufel angegeben, wo sie zur Tatzeit gewesen war? Bei Verwandten in Frankfurt? Und hatte der Barkeeper ein Alibi?

Das mussten sie auf jeden Fall überprüfen. Doch zunächst gingen sie weiter mit Luisa Oster die aktuellen und die ehemaligen Beschäftigten aller Gastronomieobjekte von Arik Teufel durch. Allerdings gab es keine weiteren Hinweise auf Animositäten zwischen einzelnen Leuten vom Personal und ihrem Chef.

„Was ist mit der Küchenchefin der Teufels-küche?", fragte Jakob noch. „Frau Teufel meinte, sie wäre psychisch labil. Wissen Sie Näheres?"

„Schauen Sie", antwortete Luisa Oster, „ich

hab' hier einen Beleg, dass die Frau derzeit arbeitsunfähig ist. Für mehr darf und will ich mich nicht interessieren. Jedenfalls, solange der Chef - oder eben jetzt die Chefin - mir da keinen Auftrag erteilt. Also nein, ich hab' keine Ahnung, was der Frau fehlt."

Im BMW der Polizei fuhren sie schließlich zu dritt in die Teufelsküche. Karsten saß am Steuer, neben ihm Luisa Oster. Jakob war hinten eingestiegen. Er sah nach draußen in die Landschaft, während Karsten recht flott auf die B 1 fuhr und von dort aus wieder rechts in Richtung Ortsmitte abbog. Sie kamen durch einen Kreisel, in dessen Mitte ein merkwürdiges Objekt aus verrostetem Metall auf einem Grünsandsteinsockel stand.

Hilfe! Was in aller Welt ist das?, dachte Jakob. Dann erst erkannte er es: eine naiv gestaltete, gen Himmel gestreckte Faust. Auf dem Sockel war in großen Lettern das Wort „Havanna" eingraviert. Kurortkunst zum Zweiten! Jakob schüttelte sich. Das war ja fast noch abartiger als die nackten Zwerge in dem Brunnen vor Teufels Lokal. *Havanna?* Was in aller Welt hatte Havanna denn mit Bad Salzdorf zu tun? Die kubanische Metropole war ja wohl kaum eine Partnerstadt des beschaulichen westfälischen Kurorts. Ob dieser Künstler derselbe war, der die Geschmacksverirrungen vor der Teufelsküche verbrochen hatte? Oder hatte er einen „talentierten" Bruder, der sich auf Revolutionskunst spezialisiert und gute Kontakte zum Stadtrat hatte?

Jakobs nächster Gedanke galt dem Wetter. Der Nieselregen war in einen etwas stärkeren Niederschlag übergegangen, der – so verkündete es gerade die Ansagerin des WDR durch das Autoradio – oberhalb von 300 Metern in Schnee übergehen würde.

Dann setzte ein Musikstück ein, einer jener Pop Klassiker, auf die sich das vierte Programm des Senders in letzter Zeit spezialisiert hatte. Es handelte von den Vorzügen, ein Fels oder eine Insel zu sein. Ersterer fühlte keinen Schmerz, letztere weinte nie.

Jakob seufzte. Er war froh, dass sie kurz darauf das Restaurant erreichten und er sich nicht noch weitere melancholische Lieder anhören musste, die ihm zusätzlich zum Wetter die Stimmung vermiesten. Zusammen mit Karsten und unterstützt von Luisa Oster das Inventar der Teufelsküche auf Vollständigkeit zu überprüfen, würde ihn bestimmt vom Trübsal blasen ablenken.

So war es dann auch. Sie arbeiteten eine Stunde lang konzentriert und systematisch die vorhandene Liste ab, verglichen sie mit allen Einrichtungsgegenständen des Restaurants.

Friedrich Saathoff behielt am Ende recht. Es fehlte nichts. Kein Weinglas, keine Blumenvase, keine Kaffeetasse. Einfach nichts.

War die Tat ein geplanter, heimtückischer und mit großer Kälte begangener Mord, wie Saathoff es ebenfalls vermutet hatte? Konnte Duncan

Lewis der Täter sein? Konnte ein angeblich so netter und bislang völlig unbescholtener Barkeeper (sie hatten von unterwegs aus in Erfahrung gebracht, dass er nicht vorbestraft war) so etwas tun? War er angestachelt worden von seiner Geliebten, die zwar ihren untreuen Mann, nicht aber dessen Vermögen aufgeben wollte? Oder war alles doch ganz anders gewesen?

Jakobs Stimmung veränderte sich, während ihm diese Fragen durch den Kopf gingen. Ja, es war ein kalter und verregneter Dezembertag, und bald schon würde die Sonne wieder untergehen, ohne dass sie sich ein einziges Mal überhaupt am trüben Himmel gezeigt hatte. Aber hatte er sich eben noch gewünscht, ein Felsen oder eine Insel zu sein wie in dem Lied, das sie im Radio gespielt hatten, gab es in seinem Kopf auf einmal einen Gedanken. Einen, der sich allmählich in den Vordergrund schob und das Zeug hatte, ihn von allem, was ihn deprimierte (hauptsächlich Dinge, die mit der Trennung von Siri zusammenhingen), erfolgreich abzulenken.

Es gab einen Fall aufzuklären! Ein Tötungsdelikt, das höchstwahrscheinlich nicht die zufällige Tat eines ertappten Einbrechers war.

Es war sein Job, das zu tun!

Sie setzten Luisa Oster in ihrer Wohnung ab. Die hatte ihnen erklärt, sie sei müde und erschöpft und wolle daher nicht mehr an ihren Arbeitsplatz zurück, sondern lieber Feierabend machen. Tatsächlich sah sie auf einmal blass und überanstrengt aus. Ihre Augen wirkten glasig.

„Nur der Ordnung halber", sagte Jakob wie beiläufig zu ihr, „haben Sie eigentlich ein Alibi für
die Nacht, in der ihr Chef ums Leben kam?"

Er sah die Röte, die ihr ins Gesicht schoss, dicht
gefolgt von einem entrüsteten Ausdruck. Luisa
Oster sah plötzlich aus, als wolle sie Jakob
anspringen und ihm anschließend die Augen
auskratzen. Aber dann fing sie sich wieder.

„Ja", sagte sie knapp.

„Und wo waren Sie?"

„Ich war in meinem Bett."

„Kann das denn jemand bezeugen?"

„Klar", antwortete sie, „fragen Sie doch gern
meine Mutter. Wir leben zusammen. Mami ist an
MS erkrankt und benötigt mehrmals in der
Nacht meine Hilfe."

Auf dem Rückweg fuhren sie noch einmal an der
Havanna-Skulptur vorbei. Diesmal ballte Jakob
seine Faust und rief laut: „Venceremos!"

Karsten Klusener erschrak und bremste den
Dienstwagen abrupt ab. „Was ist los?", fragte er.

„Wir werden siegen, Karsten!", sagte Jakob und
lachte.

„Na klar, werden wir das", sagte Karsten und
gab wieder Gas, „schließlich sind wir die Guten!"

DORLE

Der Koffer stand fertig gepackt im Flur.
„Nimm' nicht zu viel mit, Liebes. Wir wollen
mit leichtem Gepäck reisen. Mit wenig Bal-
last. So, wie es sich für einen Neuanfang gehört."

Niemand hatte jemals mit so viel Wärme in
der Stimme „Liebes" zu ihr gesagt. Hatte
überhaupt jemand zuvor sie überhaupt „Liebes" genannt? Tränen schossen in ihre Augen. Glückstränen. Vor ihr lag nicht weniger
als ein neues Leben. Mit ihm, ihrem Traum-
mann an ihrer Seite und in einem Land, in
dem man nie dicke Wintersachen benötigte.

In dem Koffer befanden sich ein paar ihrer
sommerlichen Lieblingskleider und Schuhe,
zwei nach der neuesten Mode geschnittene
helle Leinenhosen mit dazu passenden Blu-
sen, natürlich auch Unterwäsche, Strümpfe
und ihre Kulturtasche. Die Bernsteinkette ihrer Mutter als einzige Erinnerung an die Familie, zu der sie einst gehört hatte, befand
sich bereits in ihrer Umhängetasche. Die anderen Dinge von damals – auch die Fotografi-
en – würde sie hierlassen. Vielleicht hatte Sascha, ihr Neffe und einziger noch lebender
Verwandter, Interesse daran. Sie hatte ihm
einen Brief geschrieben, in dem sie ihm alles
erklärte, und ihm auch etwas Geld überwie-

sen. Sascha war der Sohn von Gunda, der verstorbenen Schwester ihres Mannes, und ein guter Junge.

Noch einmal versicherte sie sich, dass sie ihren Pass, alle anderen wichtigen Papiere und den braunen Umschlag mit dem Bargeld dabei hatte. Ihren Schmuck hatte sie aus dem Lederkästchen genommen und in einen Beutel aus rotem Samt gelegt. Die Ketten, Armbänder, Ringe und Broschen, die ihr verstorbener Mann ihr im Laufe der Jahre geschenkt hatte, waren ein Vermögen wert. Sie hatte den Wert des Schmucks schätzen lassen. Ein höherer sechsstelliger Betrag. Das musste man Helmut wirklich lassen. Er war nie besonders nett oder zärtlich zu ihr gewesen, hatte sich aber auch nie lumpen lassen. Das Beste war immer gerade genug für seine Frau gewesen.

Die Flugtickets würde Georg nachher mitbringen. 20.000 Mark hatte sie ihm gestern gegeben als eine Art Abfindung für die Frau, die er heute Abend für sie verlassen würde. Ob er es ihr mittlerweile schon mitgeteilt hatte, dieser Frau mit den Eisaugen, die er angeblich nur für eine sehr kurze Zeit geliebt hatte. Nur ein Strohfeuer hatte er gesagt.

Trost hatte er sich von ihr damals versprochen, und die Kleine, die sollte doch auch gut versorgt sein, nachdem ihre Mama diesen schrecklichen und plötzlichen Tod erlitten hatte. Er selbst sei davon auch geschockt und gleichzeitig so traurig und einsam gewesen, dass es ihn zu einer Verbindung mit Lis gedrängt hatte. Lis, so hieß die Frau mit den Eisaugen, die ihm jetzt nichts, gar nichts mehr bedeutete.

Zuerst hatte er protestiert.

„Das mit Lis, auch das Finanzielle, das regele ich, Dorle. Damit sollst du nichts zu tun haben. Hörst du, das ist allein meine Sache!"

Doch sie, Dorle, hatte ihn angesehen und lächelnd erwidert, diese 20.000 Mark seien doch ein Klacks, und dass sie bereit wäre, alles, einfach alles zu geben für diese Chance, noch einmal ein neues Leben anzufangen. Auf der Sonnenseite des Lebens und mit ihm.

„Sieh' doch, Liebster", hatte sie gesagt, „wir sind doch jetzt wohlhabend genug, um den ganzen Rest unseres Lebens sorgenfrei zu leben."

Und wie sie sich auf die Kleine freute! Sie sah das herzförmige Gesichtchen vor sich, die großen ernsten Augen, die widerspenstigen dunklen Locken.

Mein Zigeunerkind, dachte sie. Ich lieb' dich ebenso sehr wie deinen Papa. Wirst sehen, alles wird gut mit uns dreien. Wir sind jetzt eine Familie, du, der Papa und ich. Nichts kann uns trennen. Sie hörte das glucksende Lachen der Kleinen. Zusammen hatten sie auf dem flauschigen Teppich in ihrem

Wohnzimmer vor dem Fernseher gelegen, hatten sich „Die kleinen Strolche" angeschaut und vor Vergnügen waren sie beide auf dem Boden herumgekugelt. Dann hatte die Kleine ihr verschwitztes Kinderköpfchen an Dorles Halsbeuge gelegt und sie fest mit ihren dünnen Ärmchen umschlungen. Immer noch hatte sie den Duft des Kindes in der Nase, spürte die Wärme des zierlichen Körpers und wie sie sich an sie gedrückt hatte und gar nicht mehr loslassen wollte.

„Alles wird gut!", sagte sie, jetzt laut.

Es gab einen Mann, den sie liebte und der sie liebte. So sehr, dass er bereit war, seine Frau für sie zu verlassen. Und es gab dieses Kind! Sie, der ein leibliches Kind zu haben nicht vergönnt gewesen war, würde ein Kind bekommen und es aufwachsen sehen. Alles würde sie geben, um dem dunkelhaarigen zarten Mädchen, das mit nicht einmal drei Jahren seine Mutter verloren hatte, endlich ein liebevolles Zuhause zu geben.

Mein Gott, wie sehr sie sich darauf freute. Als sie hörte, wie die Haustür aufgeschlossen wurde, sah sie auf die goldene Uhr an ihrem Handgelenk. Waren das schon die beiden? Warum so früh? Hatte er etwa alles schon erledigt?

„Georg? Sarina?", rief sie aufgeregt und eilte aus dem Wohnzimmer in den Eingangsbereich. Ihr Herz schlug höher. Sie zuckte ein wenig zusammen, als sie die Gestalt erkannte, die gerade die Wohnungstür hinter sich schloss.

„Du? Was willst du denn hier?", fragte sie.

SIRI

Allmählich gewann ihr waches Bewusstsein die Oberhand. Lange war sie immer wieder abgedriftet in jenes Zwischenreich, in dem Reales und Geträumtes ineinander fließen und nur schwer auseinanderzuhalten sind. Sie hörte, wie jemand ihren Namen sagte.

„Frau Osten!"

Dann wurde ihr klar, dass es die Stimme von Schwester Ulrike war, die an ihrem Bett stand.

„Sie sind ja immer noch hier", murmelte Siri. Schwester Ulrikes Reaktion war ein glockenhelles Lachen.

„Na, da hat aber jemand schön geschlafen!", amüsierte sie sich. „Es verhält sich nämlich so, liebe Frau Osten, dass ich über Nacht zu Hause bei meinen Lieben war und jetzt schon wieder hier bin. Es ist acht Uhr morgens!"

Siri setzte sich im Bett auf und schüttelte den Kopf.

„Das kann nicht sein!", sagte sie. „Sie haben mich doch gerade erst in dieses Zimmer gebracht und hier ins Bett gesteckt."

„Das war gestern Vormittag! Ich habe sie nachmittags der Kollegin von der Spätschicht übergeben. Sie haben geschlummert wie ein Baby, und das hat sich anscheinend die ganze Nacht über nicht verändert. Da hat Ihnen der Doktor wohl was richtig Schönes ins Fläschchen getan. Wie geht es Ihnen heute?"

Siri räkelte sich und stellte fest, dass sie und ihr Herz sich überraschend ruhig und gelassen anfühlten. Sie blickte durch das Fenster nach draußen in die Landschaft. Es hatte über Nacht geschneit. Das also war der Grund, warum es ihr so viel heller vorkam als am Morgen zuvor.

„Es geht mir besser", stellte sie fest.

„Was meinen Sie, wie es Ihnen gleich geht, wenn ich Ihnen das Frühstück gebracht habe", sagte Schwester Ulrike lächelnd und legte Siri liebevoll eine Hand auf die Schulter.

„Darf ich nicht in den Speisesaal?"

„Ab heute Mittag wieder. Ihr Kreislauf muss noch ein bisschen auf Trab kommen. Deshalb gibt's Zimmerservice. Gemütlich und nett ist 'ne Mahlzeit am Bett!"

Den letzten Satz sang Schwester Ulrike zu einer bekannten Schlagermelodie, bevor sie leichten Schritts aus dem Zimmer verschwand, um einige Minuten später mit einem Tablett zurückzukehren, auf dem sich Kaffee, Brötchen, Butter, Käse, Marmelade und eine Schüssel mit Müsli befanden.

„Wünschen Mylady direkt im Schlafgemach zu speisen, oder darf ich am Esstisch im Salon servieren?", fragte sie augenzwinkernd und deutete auf den kleinen Tisch vor dem Fenster.

„Gern am Tisch, danke", sagte Siri und stand auf. Weniger dynamisch, als sie es sich vorgenommen hatte und recht wackelig in den

Knien. Aber schließlich war sie auf den Beinen und stakste dem Frühstückstablett entgegen, das Schwester Ulrike mittlerweile abgestellt hatte.

„Guten Appetit", wünschte die ihr noch, bevor sie das Zimmer verließ, um sich um ihre anderen Patienten zu kümmern.

Nach dem Frühstück begann Siri sich zu langweilen und rang Schwester Ulrike die Erlaubnis ab, zumindest innerhalb der Klinik herumlaufen zu dürfen. Nach draußen in die Winterlandschaft wollte sie sie allerdings nicht lassen.

„Um zehn will der Doc Sie in seinem Zimmer sehen. Fragen Sie ihn doch einfach, ob sie schon wieder 'raus an die Luft dürfen!"

Siri nickte. Sie ging auf ihr normales Zimmer, um sich dort zu duschen und frische Sachen anzuziehen. Danach begann sie mit einem Rundgang durch die Klinik. Sie bummelte an der Rezeption vorbei, wo sie eine Weile lang die tropischen Fische in dem riesigen beleuchteten Aquarium beobachtete, das gegenüber der Empfangstheke stand. Das war eine Beschäftigung, die ihr doch sicherlich das Lob Dr. Spielhagens einbringen würde, überlegte sie. Ruhig, entschleunigend und wie hieß das derzeit sehr moderne Wort? Achtsam? Wenn der Arzt sie denn sähe ... Denn Dr. Spielhagen hatte sicher derzeit anderes zu tun, als wohlwollend ihre meditativen Anstrengungen zur Kenntnis zu nehmen. Wahrscheinlich saß er in der Frühstückpause oder leitete das Sockenseminar, aus dem sie gestern geflohen war.

Siri zog weiter, nachdem sich der kleine Clownfisch, dessen Route kreuz und quer durch das Aquarium sie verfolgt hatte, in einer Unterwasserpflanze versteckt hatte und nicht mehr zum Vorschein kam. Sie blickte kurz in die Cafeteria in der Hoffnung, die nette Ärztin wiederzusehen, mit der sie tags zuvor einen Kaffee getrunken und geplaudert hatte, aber sie war nicht da. So holte sie sich im Foyer eine Tageszeitung und setzte sich damit auf eine Polsterbank in den verglasten Anbau, von dem aus man in den Garten schauen konnte. Der Himmel war jetzt tiefblau, die Sonne schien und der glitzernde Schnee auf den Wegen und in den Bäumen ließ die Landschaft auf einmal so licht erscheinen, dass sie kaum wiederzuerkennen war.

Schön, dachte Siri. Dann fiel ihr Blick auf die erste Seite der Zeitung in ihrer Hand. Was da stand, war weniger schön. „Gewaltverbrechen in Bad Salzdorf. Kripo bildet Mordkommission", lautete die Schlagzeile.

Siri las weiter. „Der bekannte Gastronom Arik Teufel wurde vorgestern mit durchschnittener Kehle im Kühlraum seines Restaurants 'Teufelsküche' aufgefunden. Die Polizei selbst, die zunächst nur von einem Einbruchsdelikt in dem Lokal ausgegangen war, fand die Leiche. Teufel gehörten mehrere gastronomische Objekte im Kurort. Das Team der Kripo tappt noch völlig im Dunkeln, was das Motiv der Tat und mögliche

Tatverdächtige anbelangt."

Siri sah rasch in ihrem Handy nach, wo Bad Salzdorf lag. Das war gar nicht weit weg von Hoffnungstal! Am liebsten wäre sie sofort dorthin gefahren und hätte den Kollegen ihre Hilfe bei der Aufklärung angeboten. Wie schön das wäre, wenn es ginge, dachte sie und wurde ein wenig melancholisch.

Energisch blätterte sie auf die nächste Seite der Zeitung um und versuchte, sich zur Ablenkung in die Berichterstattung über die Probleme junger Eltern zu vertiefen, die in Hoffnungstal keine Ganztagsbetreuung für ihre Kinder fanden. Mit mäßigem Erfolg. Über den gefeierten Auftritt einer bekannten Sopranistin im Heimathaus des Ortes und darüber, dass der Weihnachtsmarkt in der Kreisstadt bislang weniger Besucher zu verzeichnen hatte als in den Jahren zuvor, las sie ebenfalls nur flüchtig hinweg. Sie dachte über das Tötungsdelikt in Bad Salzdorf nach und darüber, wie viel lieber sie sich an den Ermittlungen beteiligt hätte, anstatt in dieser Klinik zu sitzen und zum Nichtstun verdammt zu sein.

Dann hörte sie eine leise Stimme neben sich.

„Haben Sie mein Buch?"

Sie zuckte kurz zusammen, weil sie überhaupt nicht mitbekommen hatte, dass sich jemand neben sie gesetzt hatte. Als sie aufblickte und die kleine Gestalt neben sich sah, dämmerte es ihr.

Da war sie! Die Frau aus dem Wald. Sie saß mit sehr viel Abstand zu ihr auf der dunkelblau gepolsterten Bank. Siri blickte in ein schmales ernstes Gesicht mit auffällig großen Augen, die, wie sie jetzt erst feststellte, eine sehr ungewöhnliche Farbe hatten, die sie an Bernstein erinnerte. Die Frau war nicht größer als ein zwölfjähriges Kind und sehr zierlich. Ihr dunkles, etwas strubbeliges Haar stand nach allen Seiten vom Kopf ab. Eine tiefe Falte auf der hohen Stirn und viele weitere, feinere Falten um Augen und Mund verrieten, dass die Frau dem Kindesalter schon länger entwachsen war. Siri schätzte sie auf Ende Vierzig. Ihre Waldbekanntschaft trug heute eine enge schwarze Hose, eine schwarze Softshelljacke und darunter einen grauen Rollkragenpullover. Klobige Doc Martens Boots ließen ihre Beine noch dünner aussehen, als sie es ohnehin schon waren.

„Gut, dass wir uns doch noch wiedersehen", sagte Siri, „ich hab' Sie schon verzweifelt gesucht. Sie waren wie vom Erdboden verschluckt nach unserem Treffen im Wald. Oh ja, ich hab' ihr Buch. Es ist in meinem Zimmer. Ich hol' es Ihnen sofort."

Die Frau nickte. „Ja bitte!", sagte sie dann. Obwohl sie wieder sehr leise sprach, klang es sehr bestimmt.

Siri sprang auf und ging schnellen Schritts in Richtung ihres Zimmers. Die leichten Schwindelgefühle ignorierte sie. War ja klar, dass ihr Kreislauf noch nicht ganz wieder auf Touren war.

Keine fünf Minuten später tauchte sie etwas

143

außer Atem und mit dem Buch in der Hand wieder auf. Gern hätte sie die Frau gefragt, was es mit dem Gedicht darin auf sich hatte, warum in aller Welt sie sich überhaupt mit Gedichten eines persischen Dichters beschäftigte und wie sie auf diesen Rumi gekommen war. Aber dann sagte sie sich, dass sie das nun wirklich überhaupt nichts anging. So hielt sie ihr einfach nur wortlos das Buch entgegen.

Erst in diesem Moment fiel es ihr auf. Die Gesichtsfarbe der Frau war so weiß wie die Wand, vor der sie saß. Sie hatte die Zeitung, die Siri beiseite gelegt hatte, als sie auf ihr Zimmer gegangen war, auf dem Schoß und starrte mit weit aufgerissenen Augen darauf.

„Was ist mit Ihnen? Ist Ihnen nicht gut?", fragte Siri.

Die Frau antwortete nicht. Sie sprang auf. Die Zeitung rutschte dabei auf den Boden, wo sie sie achtlos liegen ließ. Für einen kurzen Moment trafen sich ihr und Siris Blick. Siri sah Angst und Entsetzen in den Augen der Frau.

„Hey", versuchte sie es noch einmal. „Sagen Sie mir doch, was los ist! Kann ich Ihnen irgendwie helfen?"

Die Frau blieb stumm. Dann riss sie plötzlich Siri das Buch aus der Hand und rannte davon, als sei eine Meute wilder Tiere hinter ihr her.

Siri hob die Zeitung auf. Hatte ein Artikel im Hoffnungstaler Anzeiger die Frau so verstört? Wenn ja, konnte es ja wohl kaum der über die

Besucherfrequenz des diesjährigen Weihnachtsmarkts gewesen sein. War es der Bericht über den ermordeten Bad Salzdorfer Gastronomen gewesen? Ob sie ihn gekannt hatte? Siri spürte, dass sie ganz kribbelig wurde. Konnte sie herausfinden, ob das so war? Allein der Gedanke daran schien ihre Selbstheilungskräfte derart zu aktivieren, dass sie sich plötzlich kein bisschen schwindelig oder schwach mehr fühlte. Im nächsten Augenblick spurtete sie hinter der Kindfrau her.

Zunächst kam sie nicht weit. In Höhe der Tür zur Cafeteria rannte sie direkt in Dr. Spielhagen und den Becher mit Kaffee, den der in der Hand hielt.

„Aua!", sagte er, nachdem ihm der halbe Inhalt des Bechers über seinen Kittel geschwappt war. „Sie schon wieder!"

„Oh nein!", rief Siri. „Wie leid mir das tut, Herr Doktor. Aber wie gut, dass Sie Milchkaffee trinken. Der ist zum Glück ja nicht so heiß." Dann rannte sie ungestüm weiter, ohne ihr Opfer noch eines weiteren Blicke zu würdigen. Wohin konnte die Frau gerannt sein? Auf ihr Zimmer schon mal nicht, denn dann hätte sie die andere Richtung, die zum Bettentrakt, einschlagen müssen. Dass sie zu den Therapieräumen im Untergeschoss wollte, war eher unwahrscheinlich. Siri fiel ein, dass es in der unteren Ebene einen Glasgang gab, der den Altbau mit dem neuen Trakt der Klinik verband. In diesem Gang gab es eine weitere Tür nach draußen in einen eher abgelegenen Teil des Gartens, in dem es eine Raucherecke gab. Dort könnte sie vielleicht sein. Siri raste die Treppe ins Untergeschoss hinunter und den Gang entlang bis zu der Tür und kurz darauf ins Freie. Dann stoppte sie jäh ihren schnellen Lauf.

Tatsächlich, dort war ihre Waldfee! Sie saß allein auf einer Bank unter einer Überdachung, die an eine Bushaltestelle erinnerte, und rauchte eine Zigarette. Dabei starrte sie geistesabwesend wie ins Unendliche und bemerkte Siri, die sich ihr vorsichtig näherte, zunächst nicht. Als sie dann doch schließlich auf die Kommissarin aufmerksam wurde, zuckte sie zusammen und wollte aufspringen. Siri hinderte sie daran, indem sie die Frau mit festem Griff in ihre Sitzposition zurückdrängte.

„Wenn sie jetzt einfach mal hier sitzen bleiben und mir erklären, warum Sie ständig vor mir abhauen als wär' ich der Teufel persönlich und nicht mit mir reden, lass' ich sie danach sofort wieder los", sagte sie bestimmt.

Die Frau schwieg.

„Ich halte das noch lange aus" sagte Siri.

„Das ist Freiheitsberaubung", flüsterte die Frau so leise, dass sie kaum zu verstehen war.

„Quatsch", sagte Siri resolut. „Ich will doch nur von Ihnen wissen, warum Sie ständig derart panisch sind und vor mir wegrennen. Brauchen Sie Hilfe?"

„Nein." Die Frau zog an ihrer Zigarette und pustete den Rauch mit gesenktem Kopf in Richtung Boden.

„Ich heiße Siri Osten und Sie?"

Keine Antwort. Gerade, als Siri ihre Frage wiederholen wollte, begann die Frau doch wieder zu sprechen.

„Iris Orbach", wisperte sie angestrengt. Siri hätte gern gefragt, warum es ihr offenbar schwer fiel zu sprechen, aber dann tat sie es doch nicht.

„Freut mich, Iris", sagte sie stattdessen. „Ich darf doch Iris zu Ihnen sagen, oder? Kann ich vielleicht eine Zigarette von Ihnen haben?"

Iris Orbach nickte. Sie reichte Siri ein zerdrücktes Päckchen mit Filterzigaretten und ein rotes Plastikfeuerzeug, auf dem ein kleiner schwarzer Teufel abgebildet war, der statt eines Dreizacks Messer und Gabel in seinen Händen hielt. Darunter stand eine Art Slogan: „Höllisch gut! Teufelsküche Bad Salzdorf."

„Moment", sagte Siri, „dieses Feuerzeug, das ist doch ... stammt das nicht aus diesem Lokal, in dem der Besitzer tot aufgefunden wurde. Genau. Teufelsküche. So heißt das Lokal. Es stand in der Zeitung. Haben Sie es gerade auch gelesen, Iris? Waren Sie deshalb so schockiert? Haben Sie etwas damit zu tun?"

Iris schwieg. Dann nickte sie gleich mehrmals hintereinander.

„Sind Sie aus Bad Salzdorf? Kannten Sie den Toten?"

Kopfschütteln, dann erneutes Nicken. Siri ging allmählich die Geduld aus.

„Was denn jetzt? Ja? Nein? So werde ich wirklich nicht schlau aus Ihnen."

Eine zartes Lächeln umspielte den Mund ihrer Gesprächspartnerin, bevor sie weiter redete: „Nein, ich komme nicht aus Bad Salzdorf. Ja, ich habe da eine Zeit lang gearbeitet. In der Teufelsküche. Der Tote war mein Chef. Arik Teufel. Ich habe bis eben nicht gewusst, dass er tot ist. Jemand hat ihn umgebracht."

So viele Wörter am Stück, dachte Siri. Das ist bisheriger Rekord.

„Tut mir leid", sagte sie dann.

„Es nennt sich selektiver Mutismus", erklärte Iris Orbach.

„Was jetzt?", fragte Siri.

„Mutimus ist die medizinische Bezeichnung für krankhaftes Nichtreden. Selektiv ist er, wenn man manchmal doch spricht. So wie ich jetzt gerade mit Ihnen."

„Sind Sie deswegen hier, also in der Reha?"

„Deswegen nicht. Es ist nicht heilbar. Ich habe das seit meiner Kindheit. Mal mehr, mal weniger ausgeprägt. Hier bin ich wegen Panikattacken."

„Tja", sagte Siri. „Niemand ist umsonst hier. Das behaupten die Damen an meinem Tisch jedenfalls. Panikattacken haben Sie? Da können wir uns die Hand reichen."

Ihr Gegenüber zuckte die Schultern. Siri wech-

148

selte das Thema. „Haben Sie vielleicht eine Ahnung, wer Ihrem Chef das angetan hat?"

Iris trat mit gesenktem Kopf die Zigarette aus, hob die Kippe auf und warf sie in den Müllbehälter neben sich. Sie blieb dabei stumm. Siri hatte den Eindruck, dass ihre Sprechzeit vorbei war.

„Mann", sagte sie und versuchte unbeschwert und fröhlich zu klingen, „da hab' ich doch ganz vergessen, Iris, dass ich eine mit Ihnen rauchen wollte. So was! Bleiben Sie noch bei mir, bis ich damit fertig bin, ja?"

Iris Orbach sagte keinen Mucks, blieb aber sitzen. Siri nahm eine Zigarette aus der Schachtel, steckte sie sich in den Mund und zündete sie mit dem Teufelsfeuerzeug an. Mutig nahm sie einen Zug und unterdrückte Ekel, Hustenreiz und aufkommende Erinnerungen an ihren geschiedenen Mann. Zusammen mit ihm hatte sie ihre letzte Zigarette geraucht. Zehn Jahre war das jetzt bestimmt her.

Die Stille zwischen den beiden Frauen wurde nur davon unterbrochen, dass Siri beim Auspusten des Zigarettenrauchs hin und wieder leise Geräusche von sich gab und dazwischen etwas lautere Huster. Nach ein paar Zügen hatte sie sich fast schon wieder an den Geschmack gewöhnt. Sie drückte die Kippe an der Sohle ihres Schuhs aus und warf sie ebenfalls in den Mülleimer.

„Na dann", sagte sie und erhob sich, „ich bin übrigens Polizistin und könnte bei den zuständigen Kollegen nach dem derzeitigen Stand der Ermittlungen in dem Fall fragen. Also, falls es Sie interessiert."

Iris Orbach schüttelte den Kopf.

„Zimmer 23 auf Station 6. Dort finden Sie mich, falls Sie es sich anders überlegen", erklärte Siri und nahm gleichzeitig Kurs auf die Tür, durch die sie zurück ins Gebäude wollte. Als sie diese gerade öffnen wollte, begann Iris Orbach doch noch einmal zu sprechen. Siri blieb stehen und drehte sich zu ihr um.

„Der Stand dieser Ermittlungen interessiert mich nicht", sagte Iris Orbach, „aber ich möchte Ihnen etwas anderes erzählen."

JAKOB

Die Geschwister Schnappmann bewohnten unweit vom Zentrum des Kurorts gemeinsam eine etwas heruntergekommene Villa aus den 1950er Jahren. Das Haus stand in einer ruhigen Seitenstraße, die von alten Kastanien gesäumt wurde. Das Viertel wirkte gediegen, und die anderen Gebäude in der Straße waren in weit besserem Zustand als der Wohnsitz der Schnappmanns. Der ehemals weiße, mittlerweile jedoch stark angegraute Putz an der Fassade, blätterte an vielen Stellen ab. Auch am Holz der schönen Sprossenfenster hatte der Zahn der Zeit genagt. Sie waren nur einfach verglast und von Fensterläden umrahmt, deren Anstrich fast völlig verschossen, aber ursprünglich wohl einmal grün gewesen war. Offensichtlich hatte das Haus seit seiner Bauzeit mit Ausnahme des Dachs, das neu zu sein schien, noch keine grundlegende Renovierung erlebt. Eine halbrund geformte Außentreppe aus hellem Stein führte zu einer braun gestrichenen Eingangstür mit einer mittig eingelassenen Milchglasscheibe. Der Türknauf war aus Messing. Seine Form erinnerte an ein Segel.

Cord Schnappmann war 50 Jahre alt und arbeitete als freiberuflicher Journalist. Er residierte in der ehemals als Arztpraxis genutzten großzügigen Wohnung im Parterre. Seine Schwester Evelin hatte sich im Dachgeschoss eingerichtet. Beide waren alleinstehend und hatten keine Kinder. Das Haus hatten sie von ihren Eltern geerbt, die beide in Bad Salzdorf als niedergelassene Ärzte gearbeitet hatten, vor vielen Jahren aber bereits verstorben waren. Die Wohnung in der mittleren Etage war vermietet an ein älteres Ehepaar, das in der Algarve überwinterte.

„Beides pensionierte Lehrer. Die können sich so was leisten", kommentierte Cord - Jakobs Ansicht nach überflüssigerweise - als er ihn und Karsten Klusener an der Wohnungstür seiner Mieter vorbei die Treppe hinauf führte, zum - wie er sich ausdrückte - „kuscheligen Nest" seiner um ein Jahr jüngeren Schwester. Bereits als er die beiden Polizisten begrüßte, hatte er ihnen mitgeteilt, dass es bei ihr gemütlicher und üblicherweise auch aufgeräumter sei als bei ihm. Von daher sei ihm lieber, dass die Befragung, vor der man sich nun wohl einmal nicht drücken könne, in ihren Räumlichkeiten stattfände.

So stiefelten die drei Männer die hellgrün gestrichene Holztreppe, auf der altmodische, mit Messing-Stangen befestigte rote Sisalteppiche lagen, nach oben. Die Wohnungstür im Dachgeschoss war in einem so grellen Pink gestrichen, dass Jakob bei ihrem Anblick kurz zusammenzuckte. Sie war nur angelehnt. Schnappmann stieß sie mit dem Fuß auf, betätigte danach erst zweimal die Klingel und betrat den Flur, ohne auf eine Reaktion seiner Schwester zu warten. Jakob und Karsten warteten zunächst diskret vor

152

der Tür, wurden aber vom Hausherrn gebeten, es ihm nachzutun und ebenfalls einzutreten.

„Besuch, Ev!", rief er mit dröhnender Stimme und schob die beiden Männer regelrecht in das kleine Wohnzimmer hinein. In dem stand die Bewohnerin auf einem quietschgrünen Flokatiteppich vor einer Dachgaube mit drei kleinen Fenstern - in lila Leggins, einem gelben Trägerhemdchen und auf ihrem Kopf. Evelin Schnappmann schien es farbenfroh und sportlich zu mögen.

„Hi", sagte sie und machte vorerst keine Anstalten, ihre Position aufzugeben.

Ihr Bruder forderte Jakob und Karsten auf, sich auf zwei mit indischen Mustern bedruckten Sitzkissen neben dem Flokati niederzulassen. Er selbst versenkte seine mindestens hundert Kilo Lebendgewicht in einen grauen Ohrensessel, über dessen Lehne eine Decke aus bunten Häkelquadraten geworfen war.

Erst jetzt senkte Evelin Schnappmann nacheinander ihre muskulösen Beine nach unten und richtete sich anschließend langsam auf. Dann rutschte sie auf ihren Knien zu den drei Männern, warf sich eine andere bunte Häkeldecke über, die neben ihr auf dem Boden lag, und setzte sich im Schneidersitz in die Runde. Erwartungsvoll blickte sie erst Jakob und dann Karsten an. Dabei wickelte sie eine Strähne ihres rötlichen, sehr lockigen Haars um ihren rechten Zeigefinger. Sie war laut Karstens Angaben 49 Jahre

153

alt, wirkte aber sehr viel jünger, fast noch mädchenhaft. Ihre rosige Gesichtsfarbe, die wachen,
hellgrünen Augen und ein paar Sommersprossen, die auf ihrer hübschen kleinen Nase herum-
tanzten, verliehen ihr etwas Frisches und Un-
kompliziertes. Jakob konnte sich gut vorstellen,
dass Arik Teufel ein Auge auf Evelin Schnappmann geworfen hatte, wie seine Witwe ihnen bei
ihrer Befragung anvertraut hatte. In ihrer natür-
lichen Art kam ihm Evelin wie ein Gegenentwurf
zu Natalia Teufel vor.

Es war Cord Schnappmann, der das Gespräch
eröffnete. „Ich verstehe immer noch nicht, was
genau Sie jetzt von uns wollen", brummte er.
„Stehen wir unter Verdacht? Müssen wir mit
Sippenhaft rechnen?"

Der Sessel ächzte bedenklich unter seinem Gewicht. Runzelte seine im Vergleich zu ihm zart
gebaute Schwester deswegen ihre hohe Stirn?
Oder gab es dafür einen anderen Grund?

„Nun", erwiderte Jakob, „wie ich Ihnen bereits
vorhin am Telefon mitteilte, als ich Ihnen unseren Besuch ankündigte: Wir müssen allen möglichen Anhaltspunkten nachgehen. Zum Beispiel,
wer könnte ein Motiv gehabt haben, Arik Teufel
zu töten? Wir wissen, dass Teufel Ihnen die Ruine des alten Kaiserhofs sozusagen vor der Nase
weggeschnappt hat. Und dass Sie und Ihre
Schwester daraufhin nicht amüsiert waren und
mächtig Stimmung gegen sein Bauprojekt
gemacht haben. Dabei hatten Sie ursprünglich

ein ganz ähnliches Konzept beim Umbau des Hauses verfolgt wie ihr Konkurrent oder nicht?"

Cord Schnappmanns breites Gesicht lief dunkelrot an. Mit einer unwirschen Geste strich er sich das kinnlange, ergrauende Haar aus der Stirn. Er schnaubte und bewegte sich unruhig in seinem Sessel hin und her. Der protestierte, indem er noch lauter ächzte als zuvor.

„Was heißt hier, wir haben ein ähnliches Konzept gehabt?", fragte der Journalist ärgerlich und blickte dabei finster in die Runde, „Evelin und ich haben Arik überhaupt erst auf die Idee einer Sanierung des Komplexes gebracht! Wir hatten doch zuerst die Idee, dort unter optimaler Nutzung der alten Bausubstanz Ferienwohnungen zu bauen, die auf der Idee des green building basieren, also auf ökologischen und nachhaltigen Prinzipien. Meine Schwester ist Architektin und Baubiologin, eine echte Expertin ihres Fachs. Mit ihr hätte es das Original gegeben. Arik ging es doch nur um Rentabilität und Profit. Was der da umgesetzt hat im Kaiserhof ist reinster fake, alles nur pseudo, das können Sie mir glauben! Sein Marketing war allerdings wie immer ausgezeichnet. Darauf versteht er sich. Ansonsten sind diese sogenannten Kaiserlichen Bioappartements die reinste Mogelpackung. Viel Schein, kein Sein. Schauen Sie, Evelin und ich, wir hätten echte Nachhaltigkeit realisiert. Zum Beispiel wollten wir das alte Parkett und die Steinfußböden ausbessern, aber ansonsten im Haus belassen. Auch vieles andere hätten wir behutsam renoviert. Wir wollten nicht alles 'rauskloppen und neu machen. Uns schwebte ein eleganter Vintagestil vor. Einiges im Haus war noch vollkommen intakt. Der Kaiserhof wäre ein einzigartiges Ziel hier in der Region geworden. Aber Arik? Arik hat seine Gastroarchitekten da durchgejagt, alles wurde entkernt, als Schutt auf die Müllkippe gebracht, und dann wurde radikal modernisiert. Einen hässlichen Anbau hat er auch noch genehmigt bekommen. Das ist doch alles andere als ökologisch, selbst wenn die Betten in den Schlafzimmern angeblich aus Zirbenholz sind. Und den besonderen Charme des alten Komplexes hat er gleich mit ruiniert. Jetzt ist alles 08/15, ohne Sinn und Verstand. Totrenoviert, so wie überall. Und von wegen Denkmalschutz, kommen Sie mir bloß nicht damit um die Ecke. Die Gemeinde hat da doch nur debile Vollhorste beschäftigt. Korrupte obendrein! Ich bin übrigens bereits dabei, das Ganze im Rahmen einer Reportage schonungslos aufzuarbeiten. Ein bekanntes Nachrichtenmagazin hat bereits Interesse an meiner Story angemeldet."

Evelin Schnappmann nickte eifrig. Karsten nutzte eine Atempause Cord Schnappmanns, um dessen Tiraden zu unterbrechen.

„Als klar wurde, dass Sie beide nicht die neuen Betreiber des Kaiserhofs werden würden, sind Sie Sturm gelaufen gegen das Projekt. Sie haben sich sogar dafür eingesetzt, dass der Kaiserhof abgerissen und das Grundstück zur Erweiterung des Bad Salzdorfer Kurparks genutzt wird."

„Das letzte, was unser Ort brauchte, war doch ein weiteres Großprojekt à la Teufel", ließ sich Evelin Schnappmann jetzt vernehmen. „Sanfter Tourismus, für den mein Bruder und ich uns hier seit Jahren stark machen, hat gegen Leute wie Arik und seine Buddies keine Chance. Die sind im Prinzip wie die Mafia."

Im Gegensatz zu ihrem Bruder sprach sie eher ruhig und wirkte besonnen. „Insofern ist es aus vielen Gründen legitim, dass wir uns gegen dieses Bauvorhaben stark gemacht haben, Cord und ich. Wenn Sie uns unterstellen, wir hätten uns gegen den Ausbau der Immobilie engagiert, nur um Arik in die Suppe zu spucken und zwar, weil er uns bei deren Versteigerung damals überbieten konnte, dann ist das schlicht nicht die Wahrheit!"

„Wenn man Arik Teufels Witwe Glauben schenken möchte", erwiderte Jakob, und er mochte nicht, was er jetzt sagte, aber es musste sein, „hatten Sie noch einen ganz anderen Grund, ihm in die Suppe zu spucken, Frau Schnappmann."

Evelin Schnappmanns Hals und ihre Wangen wurden innerhalb weniger Sekunden von einer intensiven Röte geflutet.

„Ach", sagte sie und zog ihre perfekt geformten Augenbrauen nach oben, „musste Natalia es mal wieder loswerden? Konnte Sie es nicht für sich behalten? Also ja. Ich will ehrlich zu Ihnen sein. Es stimmt, was Sie Ihnen offenbar erzählt hat! Arik und ich kennen uns schon seit unserer gemeinsamen Schulzeit. Damals fing es mit uns an. Wir passten nie wirklich zusammen. Viel zu viele unterschiedliche Ansichten und Werte. Aber wir konnten niemals ganz voneinander lassen. Es gab halt immer mal wieder ... tja ... wie soll ich es nennen ... Rückfälle? Ich weiß, dass sich das für Sie vermutlich etwas seltsam anhört."

Jakob dachte an Siri und dass ihm das, was Evelin Schnappmann da gerade schilderte, eher bekannt als seltsam vorkam. Außerdem wurde ihm klar, dass Natalia Teufel ihnen nicht die ganze Wahrheit über die Beziehung ihres Mannes zu Evelin Schnappmann erzählt hatte. Offenbar war da mehr gewesen als ein kleines Krösken. Oder hatte Natalia diese Wahrheit gar nicht gekannt?

„Wann haben Sie Arik Teufel das letzte Mal lebend gesehen, Frau Schnappmann?"

Sie senkte den Blick und nestelte an einem Zipfel Häkeldecke, blickte aber einen Moment später bereits wieder auf und Jakob direkt in die Augen. „Das war, bevor er ins Kloster wollte. Ich konnte ihn diesmal dort nicht treffen, weil ich ihm ..."

„Wie jetzt?", fiel ihr Bruder ihr ins Wort.

„Ja, Cord, so war es! Arik und ich haben das jedes Jahr zusammen gemacht. Jetzt schau' bloß nicht so entsetzt."

Auch Cord Schnappmann hatte offensichtlich

keine Ahnung gehabt, dass die Affäre seiner Schwester mit dem Erzrivalen auch weiterhin angedauert hatte und erst durch dessen Tod beendet wurde. Er schnappte laut nach Luft und rief dann aus: „Und ich Trottel dachte, du wärst zum Yogaworkshop!"

„Das war ich ja auch. Also in diesem Jahr. Arik war echt sauer, weil ich nicht mitwollte ins Sauerland. Aber ich war so wütend auf ihn wegen der ganzen Geschichte mit dem Kaiserhof, dass ich es diesmal nicht über mich bringen konnte. Ich konnte einfach nicht so tun, als sei nichts gewesen. Aber dann wollte ich ihn vor seiner Abreise doch noch gern treffen."

Evelin Schnappmann hob ihren Kopf und nahm wieder Blickkontakt zu Jakob auf, was ihr jetzt schwer zu fallen schien. Sie schluckte mehrmals, bevor sie weiter redete.

„Wir konnten ohne einander nicht, Arik und ich, auch wenn wir uns ständig bekriegt haben. Ich habe ihn zu mir zum Essen eingeladen, am Abend, bevor er los wollte ins Kloster. Gegen elf hat er sich von mir verabschiedet."

„Wohin wollte er da?"

„Direkt nach Hause, um zu schlafen. Er hatte ja vor, am nächsten Morgen ganz früh aufzubrechen."

„Aber er muss seinen Plan geändert haben, denn er ist nicht heim, sondern in sein Lokal gegangen. Haben Sie eine Idee, warum er das getan hat?"

„Nein", sagte Evelin Schnappmann.

„Und was das Essen bei Ihnen anbelangt, es gab Wildschweinbraten, Rosenkohl, Knödel und reichlich Rotwein, stimmt's?"

Evelin Schnappmann nickte stumm. Dann schaute sie erneut zum Boden und beschäftigte sich wieder mit ihrer Decke.

„Sein Lieblingsessen", sagte sie leise. Es klang sehr traurig. Sie schaute auf und sah Jakob fragend an. „Woher wissen Sie, was wir gegessen haben an dem Abend?"

„Von der Rechtsmedizin", sagte Jakob. „Die haben unter anderem auch den Mageninhalt des Opfers untersucht. Wir wissen also jetzt, dass Sie es waren, Frau Schnappmann, mit der Herr Teufel seine letzte Mahlzeit eingenommen hat. Kann jemand bezeugen, dass ihr Liebhaber an jenem Abend gegen 23:00 Uhr ihr Haus allein verlassen hat?"

„Nein. Nicht, dass ich wüsste."

„Was ist mit Ihnen, Herr Schnappmann? Haben Sie vielleicht mitbekommen, dass Herr Teufel bei Ihnen im Haus war und auch, wann er wieder gegangen ist?"

„Was war das für ein Tag?"

„Das war am letzten Freitag", sagte Karsten.

„Da war ich mit Sicherheit nicht zu Hause, sondern beim Doppelkopfabend mit den Kollegen aus der Redaktion. Wir treffen uns zweimal im Monat freitags im Old Johnny zum Kartenspielen. Das geht immer bis in die Puppen."

160

„Okay" sagte Jakob. „Das lässt sich überprüfen. Und vermutlich auch, wie lange sie exakt da gewesen sind."

„Ich hätte Arik gar nicht zu mir eingeladen, wenn Cord daheim gewesen wäre", gestand Evelin Schnappmann.

„Weil du mir schon vor einiger Zeit erzählt hattest, zwischen dir und Arik sei jetzt definitiv finito!", knurrte ihr Bruder. „Und ich Trottel habe dir natürlich geglaubt."

Schnappmann wandte sich jetzt an die Polizisten. „Ev hatte immer schon einen Hang zu allem, was kompliziert ist. Eine normale Beziehung? Viel zu langweilig! Dagegen sorgt so eine On und Off Geschichte mit dem Lieblingsfeind für bedeutend mehr Thrill. Arik und sie bekriegen sich seit Jahren politisch im Stadtrat. Nach den Sitzungen haben sie sich oft hier oben erst weiter gestritten, um dann zusammen in die Kiste zu hüpfen. Stimmt's Ev? Dass sie sich auch regelmäßig in diesem Kloster übereinander hergemacht haben, wusste ich bisher noch nicht. Außerdem war ich der Auffassung, dass meine Schwester nach der Sache mit dem Kaiserhof endgültig einen Schlussstrich unter diese verhängnisvolle Affäre gezogen hätte. Nun ja, nach Ariks Ableben wird es endgültig keine weitere Fortsetzung von 'Sie küssten und sie schlugen sich' geben. Ich bin da echt froh drüber. Das Haus hier ist hellhörig, wissen Sie. Eickhoffs, also die Mieter aus der mittleren Etage, hatten sich in

161

der Vergangenheit des öfteren bei mir beschwert, wenn Ev und Arik sich lautstark auseinandersetzten und sich anschließend auch nicht gerade leise wieder versöhnten."

„Ach was!", sagte Evelin Schnappmann. „Das mit Eickhoffs hör' ich ja zum ersten Mal von dir, Cord." Jetzt klang sie gar nicht mehr ruhig und besonnen.

„Na, ich wollte dich damit nicht so direkt konfrontieren, Schwesterherz. Das wäre doch sehr indiskret und auch ein bisschen peinlich gewesen."

„So einfühlsam kenne ich dich noch gar nicht. Geschweige denn so prüde."

„Kannst du mal sehen!"

„Mich hier vor der Polizei bloß zu stellen, passt allerdings wohl kaum zu deiner neu entdeckten Sensibilität."

Jakob beendete den Schlagabtausch der Geschwister, indem er Evelin Schnappmann ins Wort fiel und noch einmal auf ihr Alibi zu sprechen kam. „Es kann also niemand bezeugen, dass Sie ab ca. 23 Uhr an dem fraglichen Abend in Ihrer Wohnung zurückgeblieben sind, nachdem Arik Teufel gegangen war? Im Prinzip, Frau Schnappmann, heißt das, Sie hätten ihm ebenso gut in sein Lokal folgen und ihn dort töten können."

Evelin Schnappmann zuckte mit den Schultern, die anschließend ein wenig zu beben begannen. „Aber ich habe es nicht getan", sagte sie leise.

„Niemals hätte ich Arik so etwas antun können. Ich liebte ihn doch! Viel mehr, als ich mir selber jemals eingestehen konnte. Jedenfalls, als Arik noch lebte. Der Himmel weiß, wie sehr ich mir gerade wünsche, dass er noch bei mir wäre." Tränen kullerten über ihr Gesicht und sie schniefte leise.

„Oh Mann", sagte Karsten, nachdem er und Jakob das Haus der Schnappmanns wieder verlassen hatten und in ihr Auto stiegen, das sie unter einer der hohen Kastanien in der Straße geparkt hatten. „Das ist jetzt die dritte Frau, die - scheint's - aus Liebe um den Typen trauert. Der muss ja ein echter sexy Womanizer gewesen sein. Und das in dem Alter!"

„Stimmt", sagte Jakob.

„Allerdings frage ich mich, ob die Tränen der guten Evelin echt gewesen sind."

„Warum? Ist dir was an ihr aufgefallen, das dir einen Anlass dazu gibt?"

„Nicht direkt", erklärte Karsten. „Aber sie spielt seit Jahr und Tag zusammen mit meiner Mutter bei den Salzdorfer Theaterleuten mit. Das ist eine Laienspieltruppe im Ort, die jedes Jahr zwei Stücke im Kurhaus aufführt. Letztens erst haben sie den Sommernachtstraum auf westfälisch gegeben. Das war echt witzig! Aber was ich eigentlich sagen wollte. Laut meiner Mutter ist Frau Schnappmann sehr begabt als Schauspielerin. Weswegen sie zu Mamas Ärger meistens die weibliche Hauptrolle ergattert."

Karsten war ja wirklich bestens vor Ort vernetzt, dachte Jakob. Ob sein Insiderwissen am Ende auch dazu beitragen konnte, den Mord an Arik Teufel aufzuklären?

„Gut zu wissen", sagte er zu seinem jungen Kollegen, bevor er den Motor startete. „Wir sollten die beiden Schnappmanns also im Auge behalten. Zumal die gute Evelin kein Alibi hat. Und das von Cord müssen wir auch überprüfen."

DORLE

Sie hatte keine Chance, und eigentlich wusste sie es sofort. Da war zu viel Kälte, zu viel Hass und vor allem zu viel Entschlossenheit in diesen Augen. Der Schlag traf sie so heftig, dass sie zu Boden ging. Sie fühlte grell den Schmerz in ihrem Gesicht. Als sie sich kurz wieder aufrappelte, sah sie das Blut auf ihrem Kostüm. Sie fasste sich an die schmerzende Stelle, und auch ihre Hand war voller Blut. Stöhnend stützte sie sich an der hellen Wand ab, vor der sie mit vorgebeugtem Oberkörper kniete. Um sich dann doch mit sehr viel Anstrengung Stück für Stück wieder aufzurichten. Ein wenig Hoffnung schimmerte für den Bruchteil einer Sekunde in ihr auf. Konnte sie vielleicht doch noch fliehen? Vielleicht, wenn sie sich wehrte? Aber nein. Es würde hier enden, ihr Leben. Sie wusste es.

Die Person, die sie attackierte, war viel zu stark, und sie selbst viel zu schwach für eine Gegenwehr. Dieser Schlag ins Gesicht war nur der Anfang. Es war aus, aus und vorbei. Sie würde keine Zukunft haben mit Georg und der Kleinen. Sie würde sterben. Jetzt und hier. Denn, was da jetzt wieder direkt vor ihren Augen blitzte, war nichts anderes als ein Beil. Ein kleines scharfes Beil. Sie kannte es gut, denn es stammte aus ihrer eigenen

Küche. Oft genug hatte sie es benutzt, und daher kannte sie das Geräusch, wenn seine Kante auf Knochen traf, die unter der Wucht des Aufpralls zersplitterten.

Das letzte, was sie hörte, war ihr eigener schriller Schrei. Noch einmal flog ihr Leben an ihr vorbei, in dem sie soviel Schrecken und soviel Gewalt erlebt hatte. Sie sah ihre lieben Eltern, die sich an den Händen hielten und sie anlächelten. Und Harald, ihren frechen kleinen Bruder mit den roten Haaren und den Sommersprossen. Dann noch Margarethe, ihre jüngere Schwester mit dem weizenblonden Haar. Sie sah sich selbst, wie sie ihren Freund Peter küsste, den sie bald schon heiraten wollte.

Sie waren alle umgekommen, damals auf dem Gut in Ostpreußen. Auch Peter, der gerade zu Besuch gewesen war. Alle waren gestorben, umgebracht von Menschen, die nur noch Rache kannten und nichts anderes mehr in ihr Herz ließen. Die wahllos töteten. Die ihre ganze Familie auf dem Gewissen hatten. Obwohl die ihnen nicht das Leid zugefügt hatte, für das sie jetzt an ihnen Vergeltung übten. Ihre Familie war unschuldig gewesen, und doch waren alle mit Ausnahme von ihr ermordet worden. Erschossen von russischen Soldaten. Niedergemetzelt. Ohne Gnade. Ohne Mitleid. Nur sie, Dorothea, war ihnen entkommen. Sie hatte sich auf dem Dachboden verstecken und von dort aus später fliehen können. Hilflos hatte sie den Tod ihrer Lieben miterleben müssen. Nichts hatte sie für ihre Rettung tun können. Und jetzt holte sie das Schicksal ein. War es vermessen von ihr gewesen zu glauben, sie könne glücklich sein? Vielleicht war gut und richtig, was hier gerade geschah, denn es erlöste sie davon, sich schuldig zu fühlen für ein Leben, das sie hatte, während es allen anderen in ihrer Familie vor der Zeit genommen worden war. War es nicht sogar besser, einen Tod zu sterben, wie ihn die anderen gestorben waren? Brutal, qualvoll und sinnlos. So fühlte sie sich in den letzten Momenten ihres Lebens wenigstens jenen verbunden, deren Verlust sie nie verwunden hatte. Verbunden im Leid und im Schmerz.

Zu einem längeren Glück hatte es eben am Ende auch für sie nicht gereicht, und das war jetzt noch nicht einmal schlimm. Sie haderte keine Sekunde. War da nicht Liebe gewesen?

So viel Liebe. Für ihre Mutter, ihren Vater, für Harald und Margarethe. Für Peter. Und zum Schluss auch für ihn und für die Kleine – auch, wenn sie sich offenbar in einer Sache verrechnet hatte. Die Liebe … die Liebe höret niemals auf.

Das waren ihre Gedanken, als ihr Herz ein letztes Mal schlug und ihr Leben mit einem Ausatmen endete.

IRIS

„Ich träume von einer toten Frau. Fast jede Nacht. Es ist immer derselbe Traum. Derselbe Alptraum, um genau zu sein. Das geht so viele Jahre schon, dass ich gar nicht mehr weiß, wann das angefangen hat. Ich glaube, ich träume von dieser toten Frau, seit ich denken kann."

„Warum ist die Frau gestorben?"

„Sie ist alt. Doch eigentlich noch nicht so alt, dass sie deswegen sterben musste, glaube ich. Ich weiß gar nicht, was sie hat. Sie liegt am Boden auf dem Rücken, mit ihren Händen auf der Brust. Ich kann ihr Gesicht niemals sehen. Es ist bedeckt mit einem weißen Tuch. Es könnte ein Schleier sein. Er ist aber nicht so durchsichtig, dass ich darunter etwas erkennen kann."

„Ein Schleier? Nicht vielleicht eine Decke? Vielleicht wurde sie zugedeckt."

„Eher ein Schleier. Denn sie ist ja auch eine Braut!"

„Eine Braut? Woher wissen Sie das?"

„Ich weiß es. Sie trägt ein weißes Kleid wie alle Bräute. Ihres ist allerdings nicht ganz weiß. Es hat auch kleine schwarze Punkte. Und diese Flecken."

„Welche Flecken?"

„Das könnten Blutflecken sein. Ich habe solche Angst. Es ist unheimlich, weil der Raum so groß und so leer ist. Das Fenster steht offen und eis-

168

kalte Luft weht hinein. Es ist Winter. Draußen schneit es. Und es gewittert. Krachbumm. Der Donner ist schrecklich laut. Mir dröhnen die Ohren. Und Blitze leuchten auf. Zackzackzack. Immer wieder, und dann ist es ganz hell im Zimmer."

„Das Zimmer ist komplett leer?"

„Da ist nichts. Kein Stuhl. Kein Tisch. Nichts. Nur die Braut. Sie liegt auf dem Boden neben einer Wand. Die Tapete an dieser Wand hat ein Muster. Rote Hände."

„Rote Hände? Könnten das Abdrücke von blutigen Händen sein?"

„Das denke ich auch. Aber sie macht mich darauf aufmerksam, dass es ein Tapetenmuster ist."

„Sie? Wen meinen Sie? Sie haben doch gesagt, die Frau ist tot."

„Ja, die Brautfrau ist tot. Doch da ist noch eine andere Frau mit mir in diesem Zimmer. Die Kindfrau. Sie sagt es mir."

„Da ist also doch noch jemand außer Ihnen und der Toten. Eine weitere Frau. Wie heißt sie?"

„Ich weiß es nicht. Ich kann sie gar nicht leiden. Sie sagt, die Braut hat ihre Hand rot bemalt, und dann hat sie die auf die weiße Wand gedrückt. Um dort ein Muster zu machen. Im Kindergarten habe ich auch so ein Muster gedruckt. Auf meine Schürze. Wir haben dazu Kartoffeln genommen. Keine Hände."

„Iris, wie alt sind Sie in dem Traum?"

169

„Vier. Ich bin vier Jahre alt."

„Ist da noch ein Mensch außer den beiden Frauen?"

„Ja! Ein Mann. Er spricht mit mir. Später aber erst. Nicht in dem leeren Zimmer. Ich sehe nur seine Hände. Das ist schade. Ihn mag ich. Er hat eine schöne Stimme. Ich will so gern auch sein Gesicht sehen."

„Wer könnte er sein?"

„Ich glaube, er ist mein Vater. Er sagt Sarina zu mir? Die Frau, die ich nicht mag, nennt mich auch so."

„Dann ist sie Ihre Mutter!"

„Nein, nein! Mama ist tot! Sie ist in die Schlucht gefallen."

„In eine Schlucht? In welche Schlucht, Iris? Wo denn? In welchem Ort? Wann?"

„Ich weiß es nicht. Ich will jetzt aufhören. Da ist so viel ... zu viel ... Böses. Ich brauche Zeit. Ich brauche eine Pause."

SIRI

Siri hatte alles, was Iris Orbach ihr erzählt hatte, aus dem Gedächtnis protokolliert. Das hatte erstaunlich gut geklappt, fand sie, als sie jetzt, einen Tag später, diese Aufzeichnungen noch einmal las. Aber ergaben sich daraus genügend Anhaltspunkte, um etwas über die Herkunft ihrer Mitpatientin herauszufinden? Und würde sie klären können, ob der Traum ein reales Ereignis abbildete? Vielleicht ein Verbrechen, dessen Zeugin Iris als Kind gewesen war? Es waren Antworten auf diese Fragen, die sich Iris Orbach von Siri erhoffte. Nachdem sie der Kommissarin nach längerem Schweigen von dem rätselhaften Traum, der sie seit Jahrzehnten verfolgte, erzählt und sich dabei wie ein kleines Kind angehört hatte, hatte sie für Siri auch noch ihre Lebensgeschichte zusammengefasst, soweit sie ihr bekannt war. Darüber hatte sie wie eine erwachsene Frau geredet, allerdings monoton und scheinbar ohne emotionale Beteiligung.

Iris Orbach war ein Findelkind. Im Alter von ungefähr vier Jahren hatte man sie allein auf dem Frankfurter Hauptbahnhof aufgefunden. Sie hatte dort auf am Gleis auf einer Bank gesessen. Mutterseelenallein und, wie sie es ausdrückte, totenstumm. Das Ehepaar, das ihre Verlassenheit zuerst bemerkt und die Bahnhofspolizei informiert hatte, nahm sie zu sich und adoptierte sie später auch. Ellen und Julius Orbach gaben viel Geld aus, um etwas über die Herkunft des Mädchens herauszufinden, dem sie den Vornamen Iris gaben. Die leiblichen Eltern des Kindes konnten nie ermittelt werden. Erst allmählich und mit der Unterstützung von Ärzten, Psychologen und Logopäden begann die kleine Iris nach und nach wieder zu sprechen. Aber was genau passiert war, wie sie auf den Bahnsteig gekommen war, ob sie dort ausgesetzt wurde, von wem und warum, darüber konnte sie bis heute keine Auskunft geben. Auch der akribische Abgleich der Behörden mit vermisst gemeldeten Kindern ihres Alters führte zu keinem Ergebnis. Eine genetische Untersuchung, die erst vor wenigen Jahren durchgeführt worden war, ergab zwar eine hohe Wahrscheinlichkeit, dass sie oder ein Teil ihrer Vorfahren aus dem südlichen Alpenraum stammten, aber auch daraus hatte sich nichts Konkretes im Hinblick auf ihre Herkunftsfamilie ableiten lassen. „Ich bin aus dem Nichts gekommen", hatte sie zu Siri gesagt, „und das einzige, was mich mit diesem Nichts verbindet, ist ein ebenso seltsamer wie schrecklicher Traum."

Ob Siri tatsächlich etwas herausfinden konnte, was Iris weiterhelfen würde? Schließlich hatten das schon andere vor ihr versucht. Erfolglos. Aber welche Mittel und Möglichkeiten hatte sie für ihre Suche von der Reha aus überhaupt? Immerhin ihr Notebook!

Siri war froh, dass sie das bereits etwas altersschwache Gerät in die Klinik mitgenommen hatte. Ein Zugang für das WLAN war umgehend über die Rezeption freigeschaltet worden, nachdem sie diesen noch vor dem heutigen Frühstück für sich bestellt hatte. Sie saß, das Notebook aufgeklappt vor sich, auf dem Bett in ihrem normalen Zimmer, das sie zum Glück wieder hatte beziehen dürfen. Dr. Spielhagen hatte sie tags zuvor noch einmal untersucht und danach nichts dagegen gehabt, sie aus dem Krankenzimmer zu entlassen. Leider war sie zu diesem ärztlichen Termin zu spät erschienen. Irgendwas lief immer schief mit diesem Dr. Spielhagen! Aber hatte sie denn ahnen können, dass Iris Orbach um zehn vor zehn anfangen würde, gesprächig zu werden, zehn Minuten vor dem Date bei ihm? Natürlich hatte der eingestellte Alarm ihres Handys den Termin lautstark angemahnt, doch sie hatte diesen einfach weggedrückt und war erst zu ihrer Untersuchung geeilt, nachdem das Gespräch mit Iris Orbach beendet war. Siri erinnerte sich, wie sie außer Atem zwanzig nach zehn vor der Tür angekommen war, aus der Dr. Spielhagen gerade heraustrat. Er blieb vor ihr stehen und sah sie lange schweigend an. „Ja, ich weiß, dass das jetzt ziemlich doof ist", hatte sie gesagt und kleinlaut nach unten auf ihre Turnschuhe geschaut. „Aber

ich hatte ... äußerst wichtige ... ähm ... Er ... "
„Ermittlungen" wäre ihr beinahe herausgerutscht. Zum Glück nur beinahe. „Erfahrungen",
vollendete sie stattdessen. „So", hatte Dr. Spielhagen gesagt und seine Stirn dabei in Falten gelegt. „Und welcher Art, wenn ich Sie das fragen
darf, waren die?" „Nun, ich habe Ihre Entspannungsübungen auf meinem Bett gemacht. Dabei
muss ich mich dann so doll entspannt haben,
dass ich prompt vergessen habe, zu Ihnen zu
kommen." „Interessant", hatte er bemerkt.

Täuschte sie sich jetzt oder hatte das ziemlich
spöttisch geklungen?

„Ja, es war sehr interessant", hatte sie bekräftigt und dabei an das Gespräch mit Iris Orbach
gedacht. „Sie haben Glück!" hatte Dr. Spielhagen
ihr dann erklärt, „zwei Minuten später wäre ich
weg gewesen. Oder vielleicht haben Sie auch
Pech, und zwar dann, wenn Sie es darauf angelegt hatten, mich nicht mehr anzutreffen. Wie
auch immer. Könnte es sein, dass Sie mit Regeln
und Vereinbarungen manchmal Schwierigkeiten
haben?" Er hatte den Kopf etwas schief gehalten,
während er so mit ihr sprach. „Und könnte es
sein", hatte Siri gekontert, „dass Sie immerzu
das Verhalten anderer Menschen analysieren
müssen? Liegt das wohl an Ihrem Beruf?" Sie
hatte selbst gemerkt, dass sie sich ziemlich pampig anhörte, redete aber dennoch weiter. „Es ist
genau so, wie ich es Ihnen gesagt habe, Dr. Spielhagen! Ich habe mich heute Morgen nach dem

174

Frühstück noch einmal hingelegt, habe diese Entspannungsübungen von Ihnen gemacht, also in der Stille gelegen, und dann habe ich ..." „Seltsam nur", war ihr Dr. Spielhagen freundlich ins Wort gefallen, „dass Sie mir um Viertel vor Zehn in der Cafeteria in meine Kaffeetasse gerannt sind und sich um kurz nach Zehn direkt unterhalb meines Fensters sehr angeregt mit einer Mitpatientin unterhalten haben. Ich habe ein wenig nach draußen geschaut, nachdem Sie nicht auftauchten und mir Schwester Ulrike am Telefon sagte, sie seien nicht im Krankenzimmer, sondern unterwegs. War das übrigens die Frau Orbach, mit der Sie da gesprochen haben?" Wie blöd war sie gewesen, dass sie erstens nicht daran gedacht hatte, dass Spielhagen natürlich versucht hatte, sie telefonisch an den Termin zu erinnern und zweitens, er Iris und sie von seinem Fenster aus hatte sehen können. „Tja", hatte sie dann noch zu ihm gesagt, „da haben Sie mich wohl ertappt, Herr Doktor. Ich fand es so faszinierend, dass mir diese Frau, die ja, wie Sie vielleicht wissen werden, nicht gerade redselig ist, sehr viel erzählt hat. Das war interessant, richtig spannend war das und ich ..." „Schon gut, Frau Osten. Sie brauchen mir jetzt nicht die nächste Ausrede zu präsentieren. Kommen Sie einfach in Gottes Namen 'rein, damit ich Sie untersuchen kann." Er hatte sich ein wenig resigniert angehört, und sie hatte mit leichtem Triumph in der Stimme gesagt: „Klar", deswegen bin ich schließlich gekommen, wenn auch ein ganz kleines bisschen verspätet. Ich denke übrigens, Sie können mich ohne weiteres auf mein Zimmer zurückverlegen." „Das werde ich entscheiden. Nach meiner Untersuchung", hatte ihr Arzt erwidert und dann etwas spitz hinzugefügt: „Und das, was Sie denken, spielt dabei eine nicht so wesentliche Rolle. Mich allerdings würde interessieren, wie Sie sich heute fühlen." Siri hatte sich an ihr Vorhaben erinnert, im eigenen Interesse die brave und gefügige Patientin zu geben. „Es geht mir sehr viel besser", hatte sie geflötet und war froh gewesen, dass immerhin das der Wahrheit entsprach. Weil auch Dr. Spielhagen dann nach seiner kurzen Untersuchung mit ihrem Gesundheitszustand zufrieden gewesen war, hatte sie die Krankenstation und Schwester Ulrike wieder verlassen und auf ihr Zimmer zurückkehren dürfen. Das hatte sie freudig getan und dort also am Abend alles, was Iris Orbach ihr erzählt hatte, notiert. Immer wieder hatte sie dabei überlegt, was es mit Iris' Traum auf sich haben konnte. Lag ihm ein reales Ereignis zugrunde? Hatte sie als Kind ein Verbrechen beobachtet? Was hatte es mit dieser Krankheit von ihr, diesem Mutismus, auf sich? War so etwas angeboren oder eine Reaktion auf ein schweres seelisches Trauma?

Auch jetzt, einen Tag später, stellte sie sich wieder dieselben Fragen. Sie nahm einen Schluck

Kaffee aus dem Becher, den sie sich aus dem Speisesaal mitgenommen hatte. Dann startete sie das Notebook. Obwohl sie sich von einer Internetrecherche nicht allzu viel versprach, schlug ihr Herz auf einmal wieder schneller. Doch diesmal machte es ihr keine Angst. Sie lächelte sogar.

„'n gutes Rennpferd ist vorm Start nervös", sagte sie zu sich selbst. Das war einer der vielen Wahlsprüche gewesen, die ihr ehemaliger Vorgesetzter Hubert Mallottke, genannt Mallo, gern von sich gegeben hatte.

„Danke Mallo!", sagte sie. „Wenn du mir jetzt noch verraten würdest, wonach ich hier anfangen soll zu suchen. Ehrlich gesagt, hab' ich grad keinen richtigen Plan."

„Du willst also lieber noch nicht anfangen?", fragte Mallo in ihrem Kopf, um ihr anschließend zu raten: „Dann musst du eben warten!"

„Aber worauf?", fragte Siri im imaginären Dialog mit ihrem ehemaligen Chef diesen zurück.

„Darauf, dass du anfängst."

Genau so etwas hätte Mallo ihr geantwortet! Um dann dröhnend über seinen eigenen Witz zu lachen. Okay, dachte Siri, fang also an. Sie holte tief Luft und tippte zwei Wörter: „Iris" und dann „Orbach". Anschließend betätigte sie die Entertaste.

Das Rennen war eröffnet.

JAKOB

Jakob saß an seinem Schreibtisch im Büro und versuchte, die bisherigen Ermittlungsergebnisse in einer Präsentation zusammenzufassen. Karsten Klusener unterstützte ihn dabei. Am frühen Morgen bereits hatte der Alte Fritz eine Besprechung anberaumt und die beiden dann damit beauftragt. Er wolle, wie er sich ausdrückte, für die am nächsten Tag anstehende Pressekonferenz „tippitoppi" gewappnet sein. Zur weiteren Vorbereitung auf den Termin mit Presse, Rundfunk und Fernsehen hatte Friedrich Saathoff sein historisches Wolljackett mit einer Kleiderbürste bearbeitet und dann zum Auslüften an das geöffnete Fenster des Waschraums in der Männertoilette des Präsidiums gehängt. Seit der Aktion saß Karsten Klusener schniefend mit roter Nase und geschwollenen Augen an seinem Arbeitsplatz. Er litt an Hausstauballergie, tat aber klaglos sein Bestes, um abzuarbeiten, was Jakob ihm aufgetragen hatte. Seine Niesattacken versuchte er möglichst diskret in Richtung seiner rechten Armbeuge zu lenken.

Nach der Mittagspause verabschiedete sich der Chef mit dem Hinweis, er habe noch einen wichtigen Termin mit dem Staatsanwalt.

„Rack und Klusener, ich verlasse mich drauf, dass ich den ganzen Bums für die Konferenz morgen um Punkt acht auf dem Schreibtisch liegen habe. Klaro, die Herren?"

Ohne eine Reaktion seiner beiden Untergebenen abzuwarten, entschwand er aus dem Büro.

„Von wegen Termin mit dem Staatsanwalt", knurrte Jakob, „ich wette, der muss sich für morgen noch ein passendes Hemd zu seinem Retrojackett besorgen."

„Tschi ... tschi ... tschi", kam es aus Karsten Kluseners Richtung.

„Oh Mann, Karsten", sagte Jakob. „Kann ich vielleicht was für dich tun?"

„Nö. Alles ... tschi ... tschi ... tschippitoppi", lautete dessen Antwort.

Beide lachten.

Zum Glück hatte Karsten bereits vor seinen Niesanfällen wichtige Telefonate geführt. Er hatte Michail Koroljow, Natalia Teufels Bruder, in Frankfurt angerufen. Der hatte bestätigt, dass seine Schwester ihn, seine Frau Alexandra und die beiden Kinder in der fraglichen Zeit besucht hatte. Man hatte die Tage weitgehend gemeinsam verbracht, bis auf den letzten Freitagabend. An dem hatte Natalia ein Konzert in der Alten Oper besucht, so Koroljow. Allein. Vivaldis „Vier Jahreszeiten" in einer modernen Version hatte auf dem Programm gestanden. Er und seine Frau waren an dem Abend auf der Weihnachtsfeier seines Arbeitgebers, einer großen Investmentbank, gewesen und erst in den frühen Morgenstunden nach Hause gekommen. Die Kinder Kolja und Carlotta hatten bei Freunden über-

179

nachtet. „Sie haben Ihre Schwester also an dem Abend und in der darauffolgenden Nacht nicht mehr gesehen, Herr Koroljow?", hatte Karsten gefragt. „Nein. Erst am nächsten Tag, also Samstag gegen Mittag, bei einem recht späten Frühstück. Ihr Auto stand aber bereits wieder neben unserer Einfahrt, als wir am frühen Morgen nach Hause kamen." Karsten hatte auf Nachfrage auch heraus bekommen, dass Natalia Teufel mit ihrem Porsche Macan zur Alten Oper gefahren war. Ihr Bruder war darüber verwundert gewesen, da seine Schwester ungern mit dem Auto in die Stadt fuhr. Eigentlich hatte er angenommen, dass sie sich ein Taxi zur Oper nehmen würde. „Hat Sie Ihnen gesagt, warum sie sich so entschieden hat?", hatte Karsten wissen wollen. „Ich habe sie danach nicht gefragt", hatte Koroljow erwidert.

„Theoretisch", sagte Jakob jetzt zu Karsten, „hätte die Teufel es ja schaffen können, die Tat zu begehen. Von Frankfurt nach Bad Salzdorf bist du laut Routenplaner keine drei Stunden unterwegs. Mit diesem Schlitten und nachts geht es wahrscheinlich sogar schneller. Sie gibt vor, in der Oper zu sein, ist stattdessen nach Hause zum Lokal ihres Mannes gefahren und hat ihn getötet. Anschließend geht es direkt zurück zum Bruder, und sie könnte sogar vor ihm und seiner Frau wieder eingetroffen sein."

„Uff. Das wär' aber, wenn sie es praktisch umgesetzt hat, ganz schön sportlich", erwiderte

Karsten. „Und abgebrüht dazu!"

„Aber möglich!"

„Soll ich mal checken, ob die in der Tiefgarage am Opernplatz 'ne Kamera haben, die aufnimmt, wer 'rein und 'rausfährt."

„Auf jeden Fall, Karsten. Tu das! Arik Teufel ist laut Mageninhalt, der dem gemeinsamen Essen mit Frau Schnappmann am Freitagabend entspricht, in dieser Nacht ermordet worden. Seine Frau ist die Alleinerbin. Da sollten wir sehr genau überprüfen, was sie in der Tatnacht getrieben hat."

„Was ist mit diesem Duncan Lewis? Wenn er und Natalia tatsächlich eine Affäre haben, hat sie ihn vielleicht angestiftet. Dann war er es, und sie konnte sich gemütlich in ihrem Opernsessel zurücklehnen und ihn die Drecksarbeit machen lassen."

Jakob nickte, ging aber zunächst nicht weiter darauf ein. „Was ist mit dem Alibi von Cord Schnappmann?", fragte er.

„Seine Aussage stimmt. Er hat mit seinen Kollegen Karten gespielt. Um ein Uhr hat das Old Johnny allerdings dicht gemacht, und die vier Buddies sind nach dem Doppelkopfabend heimwärts gewankt. Tristan Zschocke, er ist der Chefredakteur vom Bad Salzdorfer Boten, der Fotograf der Lokalredaktion Manfred Mester und der Volontär Christian Kiefer haben mir unabhängig voneinander erzählt, dass sie nicht nur in ihre Karten, sondern auch ziemlich tief ins Bierglas geschaut haben. Nachdem das Old Johnny geschlossen wurde, haben sie sich noch weitere – ich zitiere - 'kleine Absacker' bei Zschocke zu Hause einverleibt. Es gab etliche Runden Gin Tonic. Zschocke hatte sturmfrei, das hat er mir echt wörtlich so gesagt! Seine Frau war zu Besuch bei ihrer Tochter in Berlin. Schnappmann hatte nach diesem Herrenabend so einen auf, dass er sich ein Taxi bestellen musste, obwohl er praktisch um die Ecke wohnt. Ich hab' mit dem Fahrer gesprochen, der ihn nach Hause gebracht hat. Er war ziemlich besorgt, ob sein Fahrgast es überhaupt schaffen würde, die Eingangstreppe zu seinem Haus hoch zu steigen. Seinen Worten nach war der gute Cord blau wie eine Strandhaubitze. Der Chauffeur hat netterweise gewartet, bis Schnappmann oben angekommen ist. Das hat er dann auch irgendwann bewältigt, auf allen Vieren, und es schließlich einige Minuten später sogar hinbekommen, seine Haustür zu öffnen. Der nette Taxifahrer ist erst wieder los, nachdem Schnappmann im Haus verschwand und die Tür hinter sich geschlossen hatte."

„Hat er dir auch gesagt, wann das war?"

„Gegen halb drei morgens. Etwas zu spät, um anschließend noch Teufel zu betäuben, die Treppe 'runter zu schubsen und ihm mit dem Messer die Kehle aufzuschlitzen. Zumal unser Herr Schnappmann volltrunken war."

„Vielleicht liegt das schauspielerische Talent in der Familie", entgegnete Jakob. „Der gute Cord könnte eine Show abgezogen haben und war vielleicht in Wirklichkeit viel nüchterner."

Karsten seufzte. „Wir können also weder Natalia Teufel noch Cord Schnappmann aus dem Kreis der Verdächtigen ausschließen. Evelin Schnappmann hat gleich zugegeben, dass sie für die Tatnacht kein Alibi hat."

„So ist es", sagte Jakob. „Und ich hab' noch etwas, das zu denken gibt. Natalia Teufel hat ihren Mann angerufen, an jenem Abend, als sie in der Oper war, zu einem Zeitpunkt, als Vivaldi in vollem Gange war. Der Anruf wurde angenommen. Das Gespräch war laut der Verbindungsdaten, die ich von Arik Teufels Handynetzanbieter erhalten habe, zwei Minuten lang. Hatte sie uns nicht erzählt, dass sie am Donnerstag zuvor das letzte Mal mit ihrem Mann gesprochen hat?"

„Jep", sagte Karsten.

„In den nächsten Tagen gab es etliche Leute, die versucht haben, ihn zu erreichen. Seine Frau ist allerdings nicht darunter. Vielleicht, weil sie ihn im Kloster wähnte."

„Oder sie hat ihn nicht mehr angerufen, weil sie wusste, dass er nicht mehr am Leben war", warf Karsten ein.

„Auch eine Option", stimmte Jakob zu. „Sie wusste es, weil er von ihr selbst oder von ihrem Liebhaber und Komplizen Duncan Lewis, dem lustigen Barkeeper, ins Jenseits befördert wurde. Oder von beiden zusammen."

„Ich habe übrigens recherchiert, dass Mr. Lewis

183

weiterhin in diesem Burgerladen an der alten B 1 arbeitet. Was meinst du, befragen wir ihn heute noch?"

„Warum nicht?", fragte Jakob. „Krieg mal 'raus, ob er da ist. Ich könnte mir gut einen Burger zum Abendessen vorstellen. Was meinst du?"

Karsten wurde ein wenig rot im Gesicht. „Ähm", sagte er.

„Hast du schon was anderes vor?"

„Das nicht ... aber... also ... ich ess' ja kein Fleisch."

„Na, wenn's weiter nichts ist! Die haben da bestimmt auch was Vegetarisches im Angebot."

„Stimmt. Dann echt gern. Super Idee, Jakob. Und danke!"

„Wofür?"

„Weil du keinen der üblichen Sprüche zu meinem kleinen Spleen von dir gegeben hast, so wie die Kollegen in der Polizeischule zum Beispiel."

„Wie jetzt?"

„Na, so Kommentare wie: 'Bist du 'n Mädchen?' Oder auf die ganz lustige Art: 'So ein Schwein kann ja wegrennen, aber der arme Salat?'"

„Der zweite ist doch ganz witzig."

„Wenn man es zum siebten Mal hört, nicht mehr." Karsten verdrehte genervt die Augen. Jakob versuchte ihn aufzuheitern.

„Mir liegt es völlig fern, dich damit aufzuziehen, Karsten. Ehrlich! Wenn du es mit mir und meiner Fleischeslust aushältst, hast du heute Abend um sieben ein Date mit mir. Vorausgesetzt, der Schuppen hat geöffnet und Mister Lewis ist im Dienst."

„Das finde ich heraus. Aber eine Frage noch, Jakob."

„Ja?"

„Worauf beziehst du Fleischeslust jetzt genau?"

Jetzt errötete Jakob. Hatte er da mal wieder einen sprachlichen Lapsus begangen?

„Ähm, natürlich auf das Fleisch von den Burgern. Weil, was mich anbelangt, habe ich Lust darauf, einen Burger aus Fleisch zu essen."

„Logisch", sagte Karsten. Er wirkte erleichtert. Jakob nahm sich vor, ihn irgendwann zu fragen, ob und warum er das gewesen war.

JASPER

Dr. Jasper Spielhagen konnte sich nicht gut auf die Abschlussberichte, die bis zum nächsten Entlasstag vorliegen mussten, konzentrieren. Insgesamt zehn davon standen auf seiner Liste. Sie mussten spätestens bis zum Dienstag fertig gestellt werden. Fakt war, dass er bislang noch nicht einmal mit dem ersten angefangen hatte.

Es stand in der Zeitung, die immer noch aufgeschlagen vor ihm über seiner Computer Tastatur lag. Immer wieder starrte er (verdammt, warum eigentlich, etwa um sich zu quälen?) auf die fast viertelseitige Annonce unter der Rubrik Familienanzeigen.

Friederike & Frido - JA, WIR TRAUEN UNS JETZT EINFACH, stand da. Natürlich in Fettdruck und dem Foto eines Strands mit zwei eng umschlungenen Gestalten als Hintergrund. Über dem Text schwebte das Symbol der ineinander verschlungenen Ringe. Weil das offenbar immer noch nicht ausgereicht hatte, um auf die größte Liebe aller Zeiten hinzuweisen, gab es die Zeilen eines bekannten Dichters obendrauf. Liebe, wurde dieser zitiert, habe keinen anderen Wunsch als sich selbst zu erfüllen.

Ich kotz' gleich, dachte Jasper verbittert, schluckte stattdessen aber nur mehrmals. Keinen anderen Wunsch. Von wegen! Der Alltag seiner Ehe mit Freddie hatte zum Schluss nur noch aus ihren - praktisch unerfüllbaren - Wünschen bestanden. Er sollte mehr bei ihr zu Hause sein, gleichzeitig aber auch mehr Geld verdienen, um ihr den Lifestyle zu ermöglichen, auf den sie glaubte, ein natürliches Anrecht zu haben, und zu dem ein eigenes Reitpferd ebenso gehörte wie Gesangsunterricht, exklusive Designermöbel und teure Reisen. Ferner wollte sie mehr Aufmerksamkeit, mehr Nähe, mehr Abenteuer, mehr Loyalität, mehr Erotik, mehr Zuwendung, kurz: mehr von allem! Nie war es genug, was er ihr bot, fast wie in dem Märchen vom Fischer und seiner Frau. Freddie war nie zufrieden, egal wie sehr er sich für sie ins Zeug legte. Eigentlich war sie ständig traurig, enttäuscht, verletzt, manchmal auch zornig. Er hatte Schuld, sie war das Opfer.

Jasper seufzte. Würde es diesem Frido mit ihr auch so ergehen? Würde sie dem auch an den Kopf werfen, was *sie* sich alles gewünscht und nicht bekommen hatte und wie frustriert sie darüber sei. Würde sie ihrem zweiten Mann auch eines Tages den Ehering vor die Füße schleudern mit den Worten: „Das billige Ding kannst du übrigens auch wiederhaben!"

Genau das hatte sie ihm angetan, bevor sie gegangen war. Ein letzter großer Auftritt. Das ganz große Drama - hollywoodreif.

Danach hatte sie ihn kaltblütig ausgezogen bis aufs Hemd, hatte alles abgeräumt, was abzuräumen war. Finanziell stand sie dank ihres Ex-manns, also seinetwegen, richtig gut da. Kein Wunder, dass sie mit Frido am Strand von Bali wandeln, sich kostspielige Heiratsanzeigen und eine Feier in einer angesagten Hochzeitslocation leisten konnte.

Neben Bitterkeit erfasste Jasper manchmal Rachsucht. Er hoffte dann, Frido würde seine Ex-frau über den Tisch ziehen - so, wie sie es mit ihm getan hatte! Eine Weile genoss er das süße Gefühl der Genugtuung angesichts der Vorstel-lung, dass Freddie mit dieser Ehe selbst einmal richtig auf die Schnauze fallen würde.

Was ihm zu schaffen machte, war auch, wie sehr er seine Frau geliebt hatte. War sein Ver-stand so vernebelt gewesen, dass er nicht mitbe-kommen hatte, mit was für einer nichtsnutzigen und egoistischen Tussie er da verheiratet gewe-sen war?

Er raffte die Zeitung zusammen, zerknüllte sie und warf sie in den Behälter für das Altpapier. *Schluss. Aus. Vorbei. Du wirst der Ziege keine Träne mehr hinterher weinen.* Entschlossen wollte er sich seinen Berichten zuwenden, doch seine Gedan-ken schweiften erneut ab. Diesmal zu seiner Patientin Sarah Irina Osten, der Kriminal-kommissarin mit den Herzproblemen und den unordentlich zusammengebundenen, blonden Haaren. Er erinnerte sich an die letzten, irgend-wie lustigen Zusammentreffen mit ihr und lächelte.

Etwas hatte sie an sich, das er sehr mochte. Etwas, das ihm sagte, dass sie in einer komplizierten Gefühlslage war und doch über sich selbst lachen konnte. Dass sie neben Humor auch Anstand hatte und erfrischend uneitel war, was ihr Äußeres anbelangte. Sie erschien ihm plötzlich wie die Antithese seiner geschiedenen Frau, und genau das machte sie umso attraktiver für ihn. Was ihn brennend interessierte, war, wie sie es geschafft hatte, einen Zugang zu Iris Orbach zu finden, der rätselhaftesten Patientin, die er jemals behandelt hatte. Seit Wochen war es ihm nicht gelungen, sie zum Sprechen zu bringen. Doch dann wurde er zufällig Zeuge, wie die Osten und sie sich angeregt miteinander unterhielten. Leider hatte er von seinem Fenster aus nicht hören können, worüber.

Jasper hätte zu gern gewusst, was das Thema dieses Gesprächs gewesen war. Gab es etwas, worüber die Orbach reden konnte? Hatte er es im Unterschied zu der jungen Kommissarin bloß noch nicht entdeckt? Plötzlich hatte er eine Idee. Er nahm einen Stift und kritzelte ein paar Sätze auf seinen Notizblock. Anschließend riss er das Blatt ab und schob es in die Akte von Iris Orbach, die neben ihm auf dem Schreibtisch lag. Ein Blick in seinen Kalender bestätigte ihm, dass die Patientin am Montag einen Termin für ein Einzelgespräch hatte.

Es ist einen Versuch wert, dachte er, bevor er

sich endlich daran machte, den ersten Patien-
tenbericht zu erstellen.

SIRI

Auf der Suche nach Informationen über Iris Orbach überlegte Siri, wie eigentlich früher recherchiert wurde? Sie konnte sich nur noch dunkel
an internetlose Zeiten erinnern. In ihrem beruf-
lichen Leben hatten ihr Google und Co. immer
schon zur Verfügung gestanden. Klar, die Er-
mittler früherer Zeiten hatten auch etwas über
Zeugen oder tatverdächtige Personen und ihre
Lebensumstände herausgefunden. Es war nur
viel umständlicher gewesen und hatte mehr Zeit
in Anspruch genommen. Sie hingegen hatte es
keine halbe Stunde gekostet, eine ganze Menge
über die Frau aus dem Wald, deren Namen sie
nun wusste, zu erfahren.

Iris Orbach war von Beruf Köchin. Nicht irgendeine Köchin, sondern eine sehr gute und erfolg-
reiche! Mit 23 war sie als deutsche Nachwuchs-
köchin des Jahres ausgezeichnet worden. In
Deutschland, der Schweiz und Österreich hatte
sie in bekannten Restaurants gekocht. 2001 war
sie Souschefin in einem renommierten Sternelo-
kal namens Taube am Tegernsee geworden und
mit Anfang vierzig hatte sie sich mit einem
eigenen Gasthaus in der Nähe von Weimar
selbständig gemacht. Orbachs Keller, wie sie ihr
Lokal nannte, hatte trotz herausragender Urteile
über die Qualität der Küche aufgrund finan-

zieller Schwierigkeiten vor zwei Jahren schließen müssen. Kurz darauf hatte dann Arik Teufel,
der ermordete Gastronom, sie als Köchin ange-
worben. Die Gastrokritiker überschlugen sich
mit den Bewertungen von Orbachs Kochkünsten:
„Die junge Wilde am Herd greift nach den Ster-
nen. Spektakulär, was Orbach auf die Teller zau-
bert", schrieb einer von ihnen. Und ein anderer
fand: „Wo Raffinesse und Bodenständigkeit eine
perfekte geschmackliche Synthese eingehen, da
kocht Iris Orbach."

Eine Lobeshymne reihte sich an die andere.
Über Iris Orbachs privates Leben fand Siri jedoch
nur eine kleine Meldung in der Onlineausgabe
einer auf Klatsch und Tratsch spezialisierten
Illustrierten: „Aus für die Ehe von Iris Orbach
und Raul Mueller. Die Starköchin und der
bekannte Kunstmaler geben ihre Trennung bekannt. Das Paar war fast zehn Jahre verheiratet
und hat keine Kinder." Dieser Artikel war vor
der Schließung ihres Lokals veröffentlicht
worden, und Siri überlegte, ob die finanziellen
Schwierigkeiten, in die Orbach offenbar recht
plötzlich und trotz guter Frequentierung ihres
Restaurants hineingeraten war, mit einer teuren
Scheidung zu tun hatten.

In der Zeit ihrer Selbständigkeit war Iris Orbach Jurorin der populären Kochshow „Mit 7
Köpfen an den Töpfen". Siri, die selbst nicht
besonders begabt am Herd war, und sich für
derlei Sendungen schon gar nicht interessierte,

hatte bis dahin noch nie davon gehört. Sie schaute sich auf Youtube eine Folge mit Iris Orbach an und hätte sie fast nicht erkannt. Das pechschwarz gefärbte Haar war mit einem gewagten Undercut in Form gebracht. Nase und Ohren zierten etliche Piercings. Die Kochjacke leuchtete in einem hellen Lila in die Kamera und das Halstuch war neongelb. Ihr fiel auf, dass Orbach in der Sendung keine Spur einer Sprachhemmung zeigte, wenn sie die Zubereitung ihrer Gerichte kommentierte.

Wie hatte sie ihre Krankheit noch mal genannt? Siri erinnerte sich: selektiver Mutismus. Über bestimmte Dinge und Themen konnte Iris Orbach durchaus reden, hieß das. Wie man aus einer Rinderlende ein Filet Wellington 2.0 zubereitete, schien dazu zu gehören.

So aufschlussreich die Informationen im Internet über Iris Orbachs berufliche Karriere waren, beim Versuch, so auch etwas über ein Verbrechen herauszufinden, scheiterte Siri. Logisch eigentlich, dachte sie. Denn wenn es den Mord an dieser Braut tatsächlich gegeben hatte, dann war das zu einer Zeit gewesen, als Iris Orbach noch gar nicht so hieß. Sie hatte ihren Namen ja von ihren Adoptiveltern bekommen. Wie wurde sie in ihrem Traum genannt?

Sarina. So hatte der Name gelautet. Siri versprach sich nicht viel von ihrem nächsten Versuch. Spuren von einem Verbrechen, das sich (wenn überhaupt) vor über 40 Jahren ereignet hatte, im Internet zu finden, war mehr als unwahrscheinlich. Dennoch gab sie nacheinander die Begriffe „Tod, Mord, Verbrechen, Braut, Sarina" bei Google ein und schließlich auch noch „1972". In diesem Jahr war Iris vier Jahre alt gewesen. Und los!

Wieder klopfte ihr Herz laut, und dann noch lauter, als sie sah, dass es tatsächlich einen Treffer gab. Es handelte sich um den Hinweis auf ein vor einigen Jahren erschienenes Buch mit dem Titel „Schaurige Verbrechen. Wahre Kriminalgeschichten aus Westfalen" - ein im Selbstverlag erschienenes Werk eines pensionierten Polizisten namens Hans Joachim Piepenbreier.

Als Siri ihren Fund anklickte, gelangte sie zu einer Seite aus dem Buch. Alle von ihr eingegebenen Begriffe waren darin gelb markiert. Sie begann den kurzen Text zu lesen. Bereits nach dem zweiten Satz stockte ihr der Atem und ihr Herz klopfte ihr jetzt bis zum Hals.

Was in aller Welt war das? Konnte es wahr sein? Gab es da tatsächlich einen Zusammenhang? Worauf war sie da gestoßen?

In diesem Moment meldete sich ihr Handy mit den bevorstehenden Terminen des Tages. Sie musste ihre Nachforschungen unterbrechen, um zu ihren Anwendungen zu gehen. Ziemlich viele waren das heute, so dass sie nicht einmal eine längere Mittagspause haben würde.

„Blöde Reha", entfuhr es ihr. Einen Moment lang überlegte sie, ihre Therapien zu schwänzen.

Aber das würde wieder zu Diskussionen mit Dr. Spielhagen und Zweifeln an ihrer Bereitschaft zur Kooperation führen. Das konnte sie sich nicht mehr erlauben. Schweren Herzens klappte sie ihr Notebook zu und machte sich auf den Weg zu ihrem Termin. Die Kriminalgeschichten aus Westfalen mussten bis zum Abend warten.

JAKOB

„B One", das an der gleichnamigen ehemaligen Bundesstraße gelegene Burgerlokal, war bereits kurz nach 18 Uhr proppenvoll. Zum Glück hatte Karsten einen Tisch für Jakob und sich reserviert, als er sich erkundigt hatte, ob Duncan Lewis am Abend dort anzutreffen war.

„Natürlich bin ich hier. Teetime bei der Queen war gestern", sagte der ehemalige Barkeeper des Old Johnny, der den Anruf an seiner neuen Wirkungsstätte selbst entgegen genommen hatte. Er klang etwas gereizt, worüber auch der kleine Scherz und sein sympathischer britischer Akzent nicht hinweg täuschen konnten. Ob es wegen der Arbeit, dem Besuch der Polizei oder aus einem ganz anderen Grund war, blieb Duncan Lewis' Geheimnis.

Er empfing Jakob und Karsten mit routinierter Freundlichkeit und brachte sie persönlich an einen Tisch am Fenster, durch das man in ein wenig idyllisches Industriegebiet blicken konnte, das grell erleuchtet war. Es gab dort einen Raiffeisenmarkt, die Niederlassung einer bekannten amerikanischen Motorradmarke, ein Outlet für Gartenmöbel, einen Gastrogroßhandel und eine Tankstelle.

„Anheimelnd ist die Lage des Lokals ja nicht gerade", bemerkte Jakob, nachdem sie sich gesetzt, bei Duncan Lewis Getränke bestellt und einen ersten Blick in die Speisenkarte geworfen hatten.

„Aber wie in den USA und insofern passend für einen Burgerladen", erwiderte Karsten und bekam einen leicht melancholischen Blick. „In Illinois, wo ich mein Austauschjahr in der elften Klasse verbracht habe, liegen die Restaurants auch oft inmitten von Gewerbeansiedlungen."

Jakob sagte nichts. Da konnte er nicht mitreden. Noch nie war er auf der anderen Seite des Atlantiks gewesen, und er war sich noch nicht einmal sicher, ob es ihn reizen würde, jemals dort hinzureisen. Karsten dagegen schien ein echtes Faible für die Vereinigten Staaten zu haben, jedenfalls für die Gegend, in der er sich aufgehalten hatte. Er begann, sich leidenschaftlich über die Sehenswürdigkeiten von Chicago auszulassen und von den Naturschönheiten an den Großen Seen zu schwärmen.

Jakob beschäftigte sich mit der Speisenkarte. Als Duncan Lewis persönlich die Bestellung aufnahm, orderte er für sich einen kleinen klassischen Burger, eine Kinderportion Süßkartoffel-Pommes und einen Beilagensalat mit Vinaigrette. Er wusste ziemlich genau, was Siri dazu gesagt hätte. Jedenfalls in jenen Tagen, als sie noch mit ihm essen ging: „Willst du mich verklappsen, Jakob? Ist das alles, was du zu dir nimmst?"

Sie hätte sich so etwas wie einen Doppel Whopper Burger Spezial plus mit extra Käse und eine große Portion Pommes mit viel Mayo und Ketchup geordert und - noch während sie alles verdrückte - überlegt, ob sie Blaubeerpfannkuchen mit Sahne oder Waffeln mit Vanilleeis und Ahornsirup zum Dessert nehmen sollte. Jakob hatte noch nie eine Frau gekannt, die (ohne auch nur den Anflug eines schlechten Gewissens zu haben) so hingebungsvoll und hemmungslos schlemmen konnte wie Siri.

„Ich krieg' einfach ganz miese Laune, wenn ich zu wenig esse", pflegte sie zu sagen. Weder vor großen Pizzen mit doppelt Mozzarella, noch vor riesigen Portionen Pasta oder Mantatellern XXL machte sie halt. Ihre Kleidergröße 42 sei - so hatte sie immer behauptet – eine Garantie für die allerhöchste Lebenszufriedenheit, die eine Frau haben konnte. Wozu sollte sie eine Diät halten?

Jakob seufzte. Diese Zeiten waren vorbei. Aus Kummer über die Trennung von Joschi hatte Siri aufgehört zu essen. Innerhalb weniger Wochen war sie so klapperdürr geworden, dass alle ihre Sachen an ihr herum schlotterten und Jakob sich echte Sorgen um ihr Wohlbefinden machte. Abgelenkt durch seine Erinnerungen hörte er gerade noch, was Karsten für sich bestellte: einen großen Veggie Burger mit Salat und French Fries. Karsten schien auch gern zu essen, solange es kein Fleisch war.

Duncan Lewis war nach ihrer Bestellung zurück an den Tresen geeilt, wo er Getränke für die beiden blond gelockten Serviererinnen bereitstellte. Die hübschen jungen Frauen ähnelten sich wie ein Ei dem anderen. Ob es Zwillinge waren, fragte sich Jakob. Er beobachtete, wie sie leichtfüßig durch den Gastraum flitzten und die Gäste bedienten. Sie trugen Jeans, schwarze T-Shirts, rote Turnschuhe und lange, rotweiß-karierte Schürzen. Neben den Getränken bugsierten sie riesige Teller, auf denen turmhoch Essen aufgestapelt war, an die Tische. Ob er Siri hier zum Essen einladen sollte, überlegte Jakob. Vielleicht würden die überdimensionalen, kunstvoll angerichteten Burger und die üppigen Beilagen sie von ihrem Kummer ablenken und ihr Appetit, gute Laune und etwas Gewicht zurückbringen.

Plötzlich erinnerte er sich an ihren letzten Anruf. Mist, dachte er. Hatte sie ihn nicht um einen Gefallen gebeten? Er sollte die Halterin eines Fahrzeugs für sie feststellen. Und was hatte er getan? Gekränkt, weil sie auf seine Nachrichten nicht reagiert hatte, wollte er sie warten lassen. Doch dann hatte er die Sache komplett vergessen. Wie blöd! Denn das hatte ihre Laune sicher überhaupt nicht verbessert. Im Gegenteil. Bestimmt war sie richtig sauer auf ihn. Er hatte es mal wieder verbockt.

„Jakob?"

Erst jetzt bemerkte er, dass Karsten ihn am Ärmel zupfte, offenbar schon seit geraumer Zeit und um auf sich aufmerksam zu machen.

„Karsten?"

„Hast du dir darüber schon Gedanken gemacht?"

Jakob hatte keinen blassen Schimmer, wovon Karsten redete. Offenbar hatte der junge Kollege mit ihm gesprochen, während er ganz woanders gewesen war.

„Nicht wirklich", sagte er.

„Ich schon!" Karsten blickte ihn eifrig an.

„Dann leg' mal los", versuchte es Jakob, der wegen seiner mentalen Abwesenheit keinen Schimmer hatte, wovon Karsten redete.

„Wir könnten die Befragung von Duncan Lewis so anlegen, dass wir ihn direkt mit dem konfrontieren, was Luisa Oster beobachtet hat. Mal schauen, wie seine Reaktion ausfällt, wenn wir ihm auf den Kopf zusagen, dass er offenbar mit Natalia Teufel verbandelt war ... oder ist! Und ihr Komplize gewesen sein könnte."

„Hm", antwortete Jakob, froh, dass er den Gesprächsfaden jetzt, da er wusste, dass es um eine Strategie für das Verhör von Duncan Lewis ging, wieder aufnehmen konnte, „lass' es uns sachte angehen, Karsten. Sonst mauert Lewis vielleicht von Anfang an, und wir kriegen gar nicht aus ihm 'raus."

Karsten nickte. „Ist vielleicht besser", stimmte er zu. In diesem Moment schleppte eins der blonden Mädchen zwei Teller an den Tisch und stellte sie schwungvoll vor den beiden Polizisten ab.

„'n guten!", wünschte sie und flitzte wieder davon. Jakob blickte entgeistert auf seinen „kleinen" Burger und die „Kinderportion" Pommes. Der große ovale Teller war komplett bedeckt mit den beiden Komponenten. Der Beilagensalat wurde extra gereicht - in einer Art Suppenschüssel.

„Äh, was ist das?", fragte er.

Karsten grinste ihn an. „Die sind hier berüchtigt für ihre extremen Portionen." Anschließend hievte er mit beiden Händen seinen riesigen fleischfreien Burger, der Jakob an die runden Kissen auf dem Sofa seiner Großmutter erinnerte, in Richtung Mund.

„Jetzt nicht dein Ernst, oder?", nuschelte Karsten, nachdem er von seinem gigantischen Brötchen abgebissen hatte. Er deutete mit dem kleinen Finger seiner rechten Hand auf Jakobs Hände, mit denen der gerade zu Messer und Gabel griff. In diesem Moment tropfte ein Klacks rote Soße von Karstens Burger auf den Ärmel seines hellgrauen Sweatshirts. Jakob fühlte sich daraufhin mehr als bestärkt in seiner Entscheidung, seinen Burger mit Hilfe des Bestecks zu essen. Karsten leckte ungerührt die Soße von seinem Pullover und rieb dann mit seiner Serviette an dem Fleck herum. Das Brötchen balancierte er währenddessen auf einer Hand.

Jakob schauderte es angesichts dieser Aktion seines Gegenübers, und er blickte deshalb schnell nach unten auf seinen Teller. Er schob das Brötchen beiseite. Dann schnitt er den Hackfleischklops in kleine Häppchen, die er mit der Gabel zum Mund beförderte. Nachdem er das Fleisch und die Hälfte seiner Beilagen verzehrt hatte (das Brötchen hatte er nicht einmal angerührt), legte er Messer und Gabel zur Seite und tupfte sich sorgfältig seinen Mund mit der Serviette ab.

„Was ist das denn? Hat es dir nicht geschmeckt?", fragte ihn Karsten, der seinen Teller längst blitzblank gegessen hatte.

„Ich bin satt", verkündete Jakob.

Karsten sah ihn ungläubig an, erwiderte aber nichts.

Als Duncan Lewis zu ihrem Tisch kam, erkundigte er sich sofort, ob etwas mit Jakobs Essen nicht in Ordnung gewesen sei.

„Im Gegenteil. Es war ausgezeichnet", sagte Jakob, um dann auf den eigentlichen Grund ihrer Anwesenheit in dem Lokal zu sprechen zu kommen. „Haben Sie jetzt Zeit, um mit uns zu reden, Herr Lewis? Wir würden Sie, wie telefonisch angekündigt, gern ein paar Dinge fragen."

Lewis ließ seinen Blick durch das gut besetzte Lokal schweifen und schaute dann zur Eingangstür. Weitere Gäste strömten geradezu von draußen herein.

„Wenn's sein muss" antwortete er. „Geben sie mir drei Minuten, ja? Ich muss eine Vertretung für die Theke organisieren." Routiniert griff er nach den beiden Tellern und entschwand mit ihnen. Er steuerte auf eine der Servierkräfte zu und wies sie an, seinen Job an der Theke zu übernehmen. Dann brachte er die Teller zu einer Durchreiche neben dem Tresen, ließ sich von der Kollegin ein Mineralwasser einschenken und kehrte mit dem Glas in der Hand zurück zu Jakob und Karsten an den Tisch.

„Ja?", sagte er und setzte sich zu den beiden Polizisten. Jakob fielen seine müden und dunkel umschatteten Augen auf.

„Herr Lewis, Sie waren bis vor einiger Zeit Mitarbeiter von Arik Teufel, der, wie Sie wissen, in der vergangenen Woche einem Gewaltverbrechen zum Opfer gefallen ist. Wir möchten Ihnen ein paar Fragen zu ihrem ehemaligen Chef stellen."

„Und was genau wollen Sie von mir wissen?" Es klang pampig.

„Zum Beispiel, warum Sie vor einigen Monaten aufgehört haben, für Herrn Teufel zu arbeiten? Wie man hört, haben Sie sich nicht gerade im Guten voneinander getrennt, oder?"

„Ja, das stimmt. Wir hatten Streit", gab Lewis sofort zu.

„Und worüber?"

„Es ging um das Old Johnny und wie es zu führen ist. Arik hatte riesigen Erfolg mit seinem neuen Restaurant, das voll durch die Decke ging und hatte doch schon wieder neue Eurozeichen in den Augen. Er wollte dem Old Johnny ein komplett anderes, angeblich zeitgemäßeres Konzept verpassen. Ich war dagegen, und das habe ich ihm auch sehr deutlich mitgeteilt."

„Was genau haben Sie ihm gesagt?"

„Nun, dass ich es für bescheuert halte, aus dem Old Johnny so einen schicken, aber total gesichtslosen Durchschnittsladen zu machen. Dass dieses Lokal von seiner Tradition lebt - wie ein echter englischer Pub! Dass wir tolle Stammgäste haben. Dass praktisch alle Generationen aus dem Ort sich gern im Old Johnny aufhalten. Plus vieler Kurgäste und Touristen. Und dass das doch Konzept genug ist!"

„Und wie lautete die Antwort ihres Chefs?"

Duncan Lewis schnaubte leise und die beiden Enden seines Schnäuzers vibrierten dabei. Gleichzeitig verdrehte er seine sehr hellen, blauen Augen. „Dass er sich von Tradition nichts kaufen kann. Dass es ihm um Zukunftsfähigkeit geht, und man heutzutage am Ball bleiben muss, wenn man ein Unternehmen erfolgreich führen will. Blablabla. So typische Sprüche von Arik eben! Der hielt sich halt immer für den Größten, Besten und Mächtigsten ... und irgendwie war er das leider auch ... " Er gab einen genervten Ton von sich.

„Haben Sie daraufhin gekündigt?"

Ducan Lewis zögerte kurz, bevor er antwortete.

„Nicht gleich. Aber mir wurde klar, dass ich nicht mehr ewig für Arik arbeiten wollte. Jedenfalls nicht in so einer Schickimicki Bar, wie er sie plante."

„Aber das Old Johnny ist bislang doch noch gar nicht umgestaltet worden", erwiderte Karsten.

„Es gab das Jobangebot hier", sagte Lewis. „Das war gut genug, um sofort bei Arik auszusteigen und hier anzufangen. Ich wusste ja, wenn Arik sich etwas in den Kopf setzt, bringt ihn nichts mehr davon ab, zur Tat zu schreiten. Er hätte bald mit dem Umbau vom Old Johnny angefangen."

„Und wofür gab es die Abfindung?", schaltete sich Jakob ein. „Ich meine 5.000 Euro sind ja kein Pappenstil. Wofür zahlte Ihnen Teufel denn soviel Geld, wenn Sie ohnehin weg wollten?"

„Wofür? Hören Sie! Ich hab' zwanzig Jahre meines Lebens für ihn hinterm Tresen gestanden." Täuschte sich Jakob oder füllten sich Augen von Duncan Lewis tatsächlich gerade mit Tränen?

„Gerade noch schildern Sie uns Arik Teufel als eiskalten Geschäftsmann, und dann soll er Ihnen aus Sentimentalität und Dankbarkeit soviel Kohle 'rüber geschoben haben? Tut mir leid, Herr Lewis, das klingt für mich nicht sehr glaubwürdig."

Karsten lief zu investigativer Hochform auf. Jakob beschloss, ab jetzt den verständnisvollen Gegenpart zu übernehmen, damit sich der frühere Barkeeper des Old Johnny nicht allzu sehr in eine Ecke gedrängt fühlte.

„Oder gab es einen anderen Grund für Ihr Zerwürfnis mit Arik Teufel und für diese Abfindung?", fragte er mit sanfter Stimme.

„Nein! Es gab keinen anderen Grund! Arik hat das aus Anerkennung für meine Arbeit gemacht und trotz unserer Auseinandersetzung. Weil ich mir nämlich die ganzen Jahre lang für ihn und seine Kneipe den Arsch aufgerissen habe. Ich war immer loyal und nie krank! Und das wusste selbst jemand wie Arik Teufel zu schätzen. Weil es nämlich fuckin' selten geworden ist, dass Leute so eine Einstellung zu ihrem Job haben wie ich!"

„Kannten Sie zufällig auch Natalia Teufel, die Frau Ihres ehemaligen Chefs?", fragte Jakob.

„Natürlich kannte ich die Chefin", kam es prompt zurück. Vielleicht ein bisschen zu prompt?

„Näher?" Jakob sah Duncan Lewis freundlich, aber bestimmt in die Augen.

„Was meinen Sie mit näher, Herr Kommissar? Wie soll ich das verstehen?"

„Wie verstehen Sie es denn?" Jakob blieb ruhig.

„Wir ... ich ... ich und Natalia, wir sind immer gut miteinander ... ausgekommen." Lewis wirkte jetzt sehr nervös und sah, während er weiter sprach, zur Seite. „Wir waren mal Kollegen. Natalia hat als Kellnerin im Old Johnny angefangen, damals, als sie nach Deutschland kam."

„Sie ist eine sehr schöne Frau", sagte Jakob.

„Allerdings", stimmte Lewis ihm zu.

„Waren oder sind Sie in Frau Teufel verliebt?"

Weder Karsten noch Jakob entging, dass der

Barkeeper mehrmals hintereinander schluckte, bevor er antwortete. „Ich fand ... finde ... sie hinreißend. Aber ich hatte doch nie eine wirkliche Chance im direkten Vergleich mit Arik. Natalia ist nicht nur schön und klug, sie wusste auch immer, was sie wollte. Nämlich all das, was sie jetzt hat. Und das konnte Arik ihr bieten." Lewis senkte seinen Blick. Er wirkte plötzlich bedrückt und traurig.

„Sie waren in sie verliebt", sagte Jakob leise, „und etwas sagt mir, dass Sie es immer noch sind."

Lewis reagierte nicht. Er starrte in sein Glas und schwieg.

„Herr Lewis?"

„Und wenn schon."

„Sie ist jetzt frei für Sie", sagte Karsten. „Und Geld hat sie auch, denn wir wissen von ihr selbst, dass sie nicht leer ausgehen wird."

„Nein, nein ... ", beeilte sich Duncan Lewis zu entgegnen, „so, wie Sie es vermuten, ist es ganz und gar nicht!"

„Herr Lewis", sagte Jakob jetzt unvermittelt, „wo waren Sie in der Nacht von Freitag auf Samstag der vergangenen Woche?"

„Ich war hier. Ich war arbeiten."

„Wer kann das bezeugen?"

„Das Küchenpersonal. Und natürlich Jessie und Jackie, die beiden Mädels, also die beiden Kolleginnen vom Service."

„Die beiden, die heute auch da sind."

„Ja."

„Nun, das lässt sich schnell überprüfen. Wie lange hatten Sie Dienst?"

„Lassen Sie mich überlegen. Ich meine, es war nicht ganz so viel los wie heute. So ungefähr bis Mitternacht? Ich glaube, um diese Zeit sind die letzten Gäste gegangen."

„Wo sind Sie danach hin?"

„Direkt nach Hause in meine Wohnung in Bad Salzdorf. Ich war ziemlich kaputt von der Schicht und bin sofort ins Bett."

„Leben Sie allein?"

„Wie man's nimmt. Ich hab' einen Kater. Er heißt Bertie. Wir haben so 'ne Art Männer WG." Er grinste. „Aber ein Alibi kann mir mein Mitbewohner natürlich nicht liefern."

„Das ist echt schade", sagte Jakob. „Aber lassen wir es für heute erst einmal dabei. Bringen Sie uns die Rechnung!"

„Er hatte eindeutig ein Motiv. Eigentlich sogar zwei Motive! Einmal die Rache für die Sache mit dem Old Johnny. Und dann Natalia ... jedenfalls wenn er was hatte mit ihr oder zumindest hinter ihr her war", meinte Karsten, nachdem Lewis ihren Tisch verlassen hatte.

„Mag sein. Aber haben wir Beweise? Das sind alles reine Vermutungen."

„Luisa Oster hat doch gehört, dass Teufel Lewis aufgefordert hat, die Finger von Natalia zu lassen. Wollen wir ihm nicht wenigstens sagen, dass wir das wissen?"

„Wenn deine liebe Seele damit Ruhe hat, dann sag' es ihm eben."

Karsten lachte. „Das mit der lieben Seele sagt meine Omi auch immer."

Wieder eine Redewendung, die er streichen musste, dachte Jakob.

Lewis kam an den Tisch und hielt den beiden Polizisten ein Smartphone mit einem großen Display entgegen, auf dem ihr Verzehr aufgelistet und der Rechnungsbetrag angezeigt wurde.

„Zahlen Sie zusammen oder getrennt? Ich kann Ihnen auch einen Beleg ausdrucken oder zwei", sagte er.

Jakob winkte ab. „Nicht nötig."

Er fischte zwei Scheine aus seiner Geldbörse und legte das Geld auf den Tisch. „Danke, Herr Lewis. Das stimmt so!"

„Noch eine letzte Frage, bevor wir gehen", setzte Karsten an. „Luisa Oster hat Arik Teufel während eines Disputs mit Ihnen sagen hören, dass Sie Natalia Teufel in Ruhe lassen sollen."

„So", sagte Lewis. Sein Mund wurde schmal. „Hat sie das? Ehrlich gesagt kann ich mich daran nun überhaupt nicht erinnern, und da Arik Teufel, der einzige, der das bezeugen könnte, nicht mehr unter uns weilt, steht ja wohl Aussage gegen Aussage. Oder sehe ich das falsch?"

Karsten schwieg. Mit dieser Antwort schien er nicht gerechnet zu haben.

„Da haben Sie natürlich vollkommen recht,

Herr Lewis", sprang Jakob für ihn ein, „allerdings ist schon ein wenig seltsam, dass Sie uns jetzt auf einmal auf so eine Tour kommen, wo Sie doch ganz einfach hätten sagen können: 'Nein, das hat Arik Teufel nie zu mir gesagt! Da muss sich Frau Oster wohl verhört haben.'"

Lewis nahm die Geldscheine an sich und sagte: „War das dann alles? Ich muss jetzt wirklich weiterarbeiten. Sie sehen ja, was hier los ist."

Jakob nickte. „Für heute, ja. Sie halten sich aber bitte zu unserer Verfügung, Herr Lewis!"

Kurz befragten die beiden Polizisten noch Jessie und Jackie, die beiden Serviererinnen. Die bestätigten, dass Duncan Lewis am fraglichen Freitagabend zusammen mit ihnen gearbeitet hatte. Gegen Mitternacht hätten sie das Lokal gemeinsam mit ihm verlassen.

„Danach hätte er die Tat durchaus noch begehen können", meinte Karsten.

„Ja", stimmte Jakob ihm zu, „aber auch wenn ich jetzt mal annehme, er hat was mit Natalia, meinst du, dass er fähig ist, wegen ihr oder für sie zu morden?"

Karsten schwieg daraufhin. Seite an Seite gingen die beiden Männer zum Auto, das auf dem Parkplatz neben dem Restaurant stand. Das Wetter war ungemütlich. Schneeregen und ein unangenehmer Wind sorgten dafür, dass beide froren, als sie in den BMW einstiegen.

„Und nun?", fragte Karsten und rieb seine Hände aneinander.

„Zeit für dich, Feierabend zu machen! Ich bring' dich heim." Jakob startete den Motor und fuhr los.

„Und was machst du, Jakob?"

„Ich geh' noch mal an den Schreibtisch und vervollständige den ganzen Bums, mit dem der Alte Fritz morgen die Presse beeindrucken will."

„Du, Jakob", sagte Karsten. „Ich hab' zwar mein freies Wochenende, aber ich könnte dir doch dabei helfen."

„Das kommt nicht in Frage. Auf gar keinen Fall", entgegnete Jakob. Er gab Gas und lenkte den Dienstwagen in Richtung der Autobahnauffahrt.

SIRI

Siri saß in der Sitzecke neben dem Empfang der Klinik und starrte auf den Bildschirm des Computers. Längst war es draußen dunkel geworden. Das Abendessen war vorbei und damit auch die Hektik des Tages. Ganz allmählich senkte sich wohltuende Stille über die Klinik. Keine Patienten in Bademänteln oder Sportbekleidung rannten in den Gängen mehr mit dem Klinikpersonal um die Wette. Nur noch vereinzelt schlenderten die Menschen durch die Eingangshalle und die Flure und wirkten dabei entspannt. Einige davon steuerten auf die Cafeteria zu. Sie war um diese Uhrzeit schon geschlossen, wurde aber dennoch gern als abendlicher Treffpunkt genutzt. Man konnte Getränke aus einem Automaten ziehen und es sich dann an den Tischen gemütlich machen, um Karten oder Mensch ärgere dich nicht zu spielen, gemeinsam zu basteln oder einfach nur einen kleinen Plausch zu halten.

Änschela und Miss Schtuddgadd bummelten an Siri vorbei, und ihr entging nicht, dass die Damen ihre Köpfe zusammen steckten und miteinander tuschelten, als sie Siri bemerkten. Dann trafen die beiden zwei männliche Patienten und man begrüßte sich gegenseitig mit großem Hallo, Wangenküsschen und viel Geschnatter der Frauen. Gemeinsam zogen die vier in Richtung Cafeteria weiter.

Siri las gerade zum dritten Mal im Internet den Ausschnitt aus dem Buch „Schaurige Verbrechen. Wahre Kriminalgeschichten aus Westfalen" mit der Überschrift „Mord in Bad Salzdorf". Genau dieser Text war es, der alle Begriffe enthielt, nach denen sie am Morgen gesucht hatte: Tod, Mord, Verbrechen, Braut, Sarina, 1972.

„Am 13. März **1972** wurde im bekannten Hotel Kaiserhof in Bad Salzdorf seine ehemalige Besitzerin, die 50jährige Witwe Dorothea **Braut**mann, ermordet aufgefunden. Jemand hatte der vermögenden Frau ein Beil aus ihrer eigenen Küche mehrmals mit großer Wucht in den Kopf und in den Brustkorb gerammt. Der Mörder wollte entweder auf Nummer Sicher gehen oder er war in eine Art Blutrausch verfallen. Brautmann hatte den Kaiserhof einige Tage vor ihrem **Tod** an eine Hotelkette verkauft. Den Verkauf vermittelt hatte der 51jährige Immobilienmakler Georg Roye, der schnell in Verdacht geriet, der Täter zu sein. Er wurde später von seiner erst 20jährigen Frau Lis schwer belastet, die aussagte, ihr Mann habe mit ihr, seiner Tochter aus erster Ehe und dem Geld der Frau **Braut**mann ein neues Leben in Südamerika anfangen wollen. Offenbar hatte er der vermögenden Frau Gefühle vorgegaukelt und ihr versprochen, sich für sie von seiner Familie zu trennen. **Braut**mann hatte ihm laut Aussage von Lis Roye nicht nur seine Provision, sondern fast die gesamte Kaufsumme in bar ausgehändigt. Bei seiner Verhaftung bestritt Roye, das **Verbrechen** begangen zu haben. An dem Beil waren keine Fingerabdrücke entdeckt worden, und auch andere Spuren, die ihn als Täter überführt hatten, fehlten. Man stellte sich auf einen langen Strafprozess ein, zu dem es dann aber gar nicht mehr kam. Denn Roye konnte aus der Untersuchungshaft fliehen, rannte bei der sich anschließenden Verfolgungsjagd durch die Polizei vor ein fahrendes Auto und verstarb noch am Unfallort. Das von ihm veruntreute Geld tauchte nie wieder auf, und auch der wertvolle Schmuck der Ermordeten blieb für immer verschwunden. Lis Roye verließ zusammen mit Royes vierjähriger Tochter **Sarina** unmittelbar nach dem Tod ihres Mannes Bad Salzdorf. Die Spur der beiden verliert sich in Frankfurt, wo sie auf einen Flug nach New York gebucht waren. Es ist davon auszugehen, dass sie jenseits des Großen Teichs ein neues Leben begonnen haben. Der brutale **Mord** an Dorothea **Braut**mann ist wohl das spektakulärste **Verbrechen**, das sich jemals in dem beschaulichen Kurort ereignete."

Ob die kleine Sarina (Siri zweifelte nicht daran, dass es sich um das später Iris genannte Mädchen handelte) tatsächlich 1972 mit eigenen Augen gesehen hatte, wie Georg Roye den Mord an Dorothea Brautmann begangen hatte? Hatte dieser Schock sie verstummen lassen? Aus einer Frau mit dem Nachnamen Brautmann, dem

Mordopfer, war in Iris' Traum die Gestalt einer Braut geworden. So etwas war ja psychologisch betrachtet gar nicht abwegig. Herr Freud hätte daran sicherlich Freude gehabt, überlegte sie. Siri erinnerte sich, wie Iris Orbach das Kleid der toten Frau in ihrem Traum beschrieben hatte.

„Es ist allerdings nicht ganz weiß. Es hat auch kleine schwarze Punkte."

Aufgeregt betrachtete sie das Foto von Dorothea Brautmann, das unterhalb des Textes zu sehen war. Angeblich war es kurz vor ihrem Tod entstanden und zeigte die Frau in einem klassischen Kostüm aus einem Stoff mit winzigen schwarzweißen Karos.

„Kleine schwarze Punkte" hatte Iris gesagt. Hatte sie in Wirklichkeit also gar kein Brautkleid, sondern dieses Kostüm gesehen? Hatte die Frau es getragen, als sie umgebracht wurde?

Siris innere Anspannung wuchs.

Vieles deutete darauf hin, dass Iris Orbachs Traum davon handelte, was sie als Kind mit eigenen Augen gesehen hatte. Einen Mord, den ihr leiblicher Vater begangen hatte, um sich zu bereichern. Und gerade, über vierzig Jahre später, wurde Bad Salzdorf erneut von einem Mord erschüttert, der es an Schaurigkeit und Brutalität mit dem von damals aufnehmen konnte. Damit nicht genug, gab es eine Verbindung zwischen den beiden Verbrechen. Iris Orbach selbst war diese Verbindung. Denn es war ihr Chef, der umgebracht worden war.

Warum war Iris überhaupt an den Ort ihrer Kindheit zurückgekehrt? War sie in das aktuelle Verbrechen verstrickt, vielleicht sogar die Täterin? War sie eine eiskalte Mörderin - so wie ihr Vater ein eiskalter Mörder gewesen war? Was war ihr Motiv? Und warum hatte sie Siri von ihrem Traum erzählt? Doch wohl kaum, um ausgerechnet eine Kommissarin auf sich als Verdächtige im Mordfall Arik Teufel aufmerksam zu machen.

Sie musste unbedingt noch mehr herausfinden.

Wo war Lis Roye, die Stiefmutter von Sarina? Lebte sie noch? Konnte man sie ausfindig machen? Warum hatte Iris keine Erinnerung mehr an sie? Wie war das vierjährige Mädchen aus den USA zurückgekommen und zum Frankfurter Bahnhof gelangt? Oder waren Lis und sie nie nach New York geflogen? Siri wollte gerade Google auf Lis Roye ansetzen, als sie plötzlich angesprochen wurde.

„Hallo, Frau Hauptkommissarin auf Reha, wie geht's Ihnen? Fehlt Ihnen die Arbeit ? Suchen Sie deswegen jetzt schon online nach Verbrechern?"

Siri erschrak.

Sie zuckte zusammen, und ihr Herz begann zu klopfen - so, als ob ihr Gefahr drohte. Wer redete da mit ihr? Die burschikose Stimme, die sie aus ihren Nachforschungen zurück in die Realität der Klinikeingangshalle geholt hatte, kam von einer Person, die hinter ihr stand. Siri drehte sich um und sah vor sich die sympathische

Ärztin, die sie vor einigen Tagen in der Cafeteria kennengelernt hatte.

„Ach Sie sind's, Dr. Hausner", rief sie überrascht. „So spät noch hier?"

Ihr Herz beruhigte sich augenblicklich, als sie erkannte, wer mit ihr geredet hatte. Sie freute sich, die Frau zu sehen, schloss die Internetseite und wandte sich ihr zu.

„Mögen Sie ein Bier mit mir trinken?", fragte sie. „Ich glaub', es gibt nur alkoholfreies, aber alles ist besser als der Hagebuttentee, den sie zum Abendessen servieren. Brrrr. Haben Sie vielleicht ein Glück, dass Sie hier nicht interniert sind."

Dr. Amanda Hausner lachte Siri an und schüttelte dann den Kopf. Sie trug diesmal einen hellblauen Pullover, dazu eine blaue Jeans und hochhackige Stiefeletten aus feinstem braunem Leder.

„Aber ja. Gern. Nehm' ich an", sagte sie.

Siri stand auf, und Seite an Seite gingen die beiden Frauen in die Cafeteria. Während Dr. Hausner sich an einen freien Platz an einem der Tisch setzte, holte Siri zwei Flaschen alkoholfreies Weißbier und zwei Gläser.

„Prost", sagte Dr. Hausner, nachdem Siri ihr eingeschenkt hatte. „Wie schön, liebe Frau Osten, dass wir uns wiedersehen, nicht wahr? Läuft's gut mit der Reha? Geht's mit Ihrem Herzen denn jetzt besser?"

Zum ersten Mal bemerkte Siri den leichten Dialekt, den die Ärztin sprach.

Wonach klang der? Süddeutschland?

„Danke, mir geht es gut!", sagte sie. „Nach unserer Begegnung in der Cafeteria hatte ich noch eine klitzekleine Schwächeattacke. Aber jetzt ist alles im grünen Bereich. Dr. Spielhagen ist zufrieden mit mir, obwohl ich ständig meine Termine bei ihm verpenne. Und Sie? Erneut in ärztlicher Mission hier, Dr. Hausner? Oder ist das schon wieder zu neugierig gefragt?"

Amanda Hausner lachte erneut und winkte dann ab. „Nein, nein. Das ist es nicht! Auf gar keinen Fall. Ja, ich war heute wieder bei meiner Patientin. Es geht ihr von Tag zu Tag ein wenig besser. Mehr verrate ich Ihnen nicht, sonst geht's wieder an die Schweigepflicht, gell? Dafür bin ich jetzt auch mal neugierig. Womit beschäftigen Sie sich denn zurzeit? Sie waren ja ganz vertieft in Ihr Notebook, haben mich erst gar nicht bemerkt. Ermitteln Sie etwa von hier aus in einem Fall, Frau Kommissarin?"

Sie drohte Siri mit dem Zeigefinger, zwinkerte ihr aber gleichzeitig zu.

„N...nein ... iwo", stotterte Siri. Sie log ungern und konnte es auch nicht besonders gut. „Nur ein h...historischer Fall, längst aufgeklärt. Ich kann's einfach nicht lassen. Also nicht so ganz."

„Bisserl a Workaholic sind's, kann das sein?", fragte Dr. Hausner und wurde plötzlich ernst. „Sie sollten's a mal ausspannen, liebe Frau Osten, sich erholen, Abstand gewinnen. Und dazu gehört, den Beruf auch mal für ein Weilchen außen vor zu lassen."

„Das tu' ich ja - im Prinzip", knurrte Siri. „Aber irgendeinen Sinn brauch' ich schon, sonst werd' ich rammdösig. Ich hab' halt wenig Interessen außer an meiner Arbeit. Das war immer schon so. Ich weiß gar nicht, was mich mehr langweilen würde" - sie deutete auf die Nebentische - „Mau-Mau, Mensch ärgere dich nicht oder Makramee. Aber wie gesagt, es ist kein aktueller Fall, und ich beschäftige mich nur theoretisch damit."

Dr. Hausner lächelte jetzt nachsichtig. „Ich hab' Akupunkturnadeln dabei, Frau Osten. Sie hatten's doch ein Interesse daran. Für heut' würd' sich das gut ausgehen. Ich hab' Zeit übrig. Was halten Sie von einer Behandlung oben auf Ihrem Zimmer? Wir könnten damit schön die für Sie und Ihr Herz so wichtige Entspannung unterstützen. Einfach nicht an den Job und an die Pflicht denken, kann Ihnen nur gut tun. Wer weiß, vielleicht erwärmen's sich dann sogar für Makramee. Es ist meditativ und derzeit wieder sehr in."

„Danke. Lieber nicht!" Siri hörte selbst, wie brüsk sich das anhörte. Sie fühlte sich gereizt, und wenn das der Fall war, kam ihr jegliche Diplomatie abhanden. Dr. Hausner hatte sie an einem neuralgischen Punkt getroffen. Sie liebte ihre Arbeit, und sie brauchte sie nun mal auch als Kompensation für alles Mögliche. Na und?

Wieso war das denn nicht in Ordnung? Was war schlimm daran? Warum hackten in letzter Zeit alle deswegen auf ihr herum? Warum begriff denn keiner, dass Ablenkung durch die Arbeit das Einzige war, das ihre Trauer um Joschi in Schach halten konnte. Sie und Makramee ... Was für ein Schwachsinn!

„Ich berechne Ihnen natürlich nichts dafür, wenn's das ist", erklärte die Ärztin. „Nicht, dass Sie meinen, ich möcht' ein Geschäft mit Ihnen machen. So ist's nämlich nicht! Ihr Wohlergehen liegt mir am Herzen, Frau Osten. Ich mag Sie. Sie sind eine außergewöhnliche Frau. Aber ich glaube, Sie wissen gar nicht ... "

Siri meinte auf einmal, bei Dr. Hausners vermeintlich wohlwollenden Worten einen Unterton herauszuhören, der ihr ganz und gar nicht gefiel. „Nochmals danke, aber meine Antwort heißt immer noch nein", sagte sie. „Ich bin müde und möchte einfach nur noch ins Bett gehen. Liegt wohl am Bier. Vielleicht hätte ich doch besser beim Anstaltstee bleiben sollen." Sie stand auf.

Dr. Hausner lächelte sie weiter unverdrossen an.

„Vielleicht ein andermal? Ich tue das wie gesagt wirklich sehr gern für Sie."

Sie klang wie die Güte in Person, aber ihre Art machte Siri aggressiv. Nur kurz ergriff sie die Hand, die ihr die Ärztin jetzt zum Abschied entgegen streckte. Wie schon bei ihrer ersten Begegnung bemerkte Siri die Tätowierung an ihrem Handgelenk. Ihr war immer noch nicht ein-gefallen, was sie darstellte, aber sie hatte auf einmal das Gefühl, dass sie jetzt kurz davor stand.

„Gute Nacht, Frau Osten. Ruhige Träume wün-sche ich Ihnen und viel Glück weiterhin!"

„Ja", sagte Siri nur.

Schon auf dem Weg zu ihrem Zimmer überlegte sie, dass das jetzt blöd von ihr gewesen war. Wie aus dem Nichts war ihre schlechte Laune aufge-taucht. Warum hatte sie so aufgebracht reagiert? Die Frau hatte es gut mit ihr gemeint. Und sie? Sie hatte sich davon aus unerfindlichen Gründen provoziert gefühlt. „Manchmal habe ich das Gefühl, du erträgst es nicht, wenn man nett zu dir ist." Das hatte Jakob zu ihr gesagt und sich dafür eine harsche Entgegnung eingefangen.

„Selten so was Dämliches gehört, Jakob!"

Schlafen konnte sie lange nicht. Sie wälzte sich im Bett umher, stand wieder auf, startete noch einmal ihr Notebook und suchte im Internet nach Lis Roye.

Ohne Erfolg. Es gab keine einzige Frau dieses Namens im World Wide Web.

Zum Zeitpunkt des Todes von Georg Roye war seine zweite Frau - Lis - erst zwanzig Jahre alt gewesen, erinnerte sie sich. Wahrscheinlich war, dass sie wieder geheiratet und den Namen ihres neuen Mannes angenommen hatte. War Lis in den USA geblieben? Oder war sie zusammen mit der kleinen Sarina nach Deutschland zurückgekehrt? Aber warum hatte sie das Kind dann allein gelassen?

Sie schlief schließlich ein, doch sie schlief schlecht, träumte wirres Zeug von gleich mehreren toten Bräuten und einem Mann, dem zwei krumme Hörner aus dem Kopf ragten. Damit war natürlich Arik Teufel gemeint, wie ihr selbst bereits während des Traums aufging. Traumdeutung konnte ein regelrechtes Kinderspiel sein!

Wieder wurde sie wach und dachte auf einmal, es wäre vielleicht doch gar keine schlechte Idee gewesen, sich von Dr. Hausner ein paar Akupunkturnadeln setzen zu lassen. Vielleicht hätte ihr das ruhigere Träume beschert. Solche, wie die Ärztin sie ihr beim Abschied gewünscht hatte.

Genug mit der Grübelei, dachte Siri und schlummerte noch einmal ein. Prompt träumte sie von Dr. Hausner und einer großen Fläche mit weißen Blumen. Lilien, dachte sie und glaubte auf einmal, dass das ein sehr wichtiger Gedanke war. Allerdings verflüchtigte er sich schnell, und als sie am Morgen vom Alarm ihres Handys erwachte, hatte sie keine Erinnerung mehr an ihn.

JAKOB

Tatsächlich war der ganze Bums fertig. Und Jakob war es auch. Übernächtigt rieb er sich die Augen. Ihm fiel ein, dass er zum Glück und für alle Fälle in seiner Schublade eine Zahnbürste und eine kleine Tube Zahnpasta deponiert hatte. Immerhin seine Zähne, die er eine Viertelstunde später gründlich damit geputzt hatte, fühlten sich frisch an. Was man vom Rest seines Körpers und auch von seiner sonstigen Verfassung nicht sagen konnte.

„Schon da, Rack?", lautete die rhetorische Frage des Alten Fritz, als er um Punkt neun Uhr in sein gelüftetes Jackett und eine Wolke Irish Moos gehüllt, ins Büro schneite. Das Hemd, das er trug, schien tatsächlich eine Neuanschaffung zu sein. Jakob hatte es jedenfalls noch nie an ihm gesehen. Sollte sein Chef tatsächlich in sein Outfit investiert und die Konjunktur des Bielefelder Einzelhandels angekurbelt haben? Leider stand ihm die Farbe überhaupt nicht, und Jakob fragte sich, wer ihm zu der farblichen Kombination von mitternachtsblauem Hemd und orangebraunbeige karierter Jacke geraten hatte. Karl Lagerfeld konnte es schon mal nicht gewesen sein.

Er verkniff sich, seinem Chef zu sagen, dass er die komplette Nacht am Schreibtisch zugebracht hatte, um die Pressekonferenz vorzubereiten.
„Die Pressefuzzis warten schon unten im Konfe-

renzraum", knurrte Saathoff. „Eigentlich haben wir ja 'nen Pressesprecher für so was."

Der „Pressesprecher" hieß Isabel Balks und befand sich seit einiger Zeit in Elternzeit, was für den Alten Fritz üblicherweise ein gefundenes Fressen war, um sich über seine recht eigenen Ansichten zum Thema „Frauen im Berufsleben" auszulassen. Heute hatte er dafür keine Zeit. Wortlos streckte er seine rechte Hand aus. Seine Finger vollzogen kleine fordernde Bewegungen, die verdeutlichen sollten, was er anschließend auch noch mit deutlichen Worten kundtat.

„Gib' mal 'rüber, was du da verzapft hast, Junge!"

Jakob spürte, wie Groll in ihm aufkam, beeilte sich aber zu sagen: „Alles fertig und hier drin." Gleichzeitig ärgerte er sich augenblicklich über sich selbst und seinen zu eiligen Gehorsam. Warum ließ er Saathoff nicht einfach mal ein bisschen zappeln? Schließlich wollte der doch was von ihm und nicht umgekehrt.

Er überreichte dem Hauptkommissar dennoch den schwarzen Ordner mit übersichtlich geordneten Dokumenten, anhand derer alle Fakten zum aktuellen Stand der Ermittlungen auf einen Blick zu erkennen waren. Jakob selbst hätte sein Notebook mit in eine solche Veranstaltung genommen, aber er wusste, dass Saathoff es immer noch ausgedruckt bevorzugte.

Sein Vorgesetzter ließ sich ächzend auf seinen Schreibtischstuhl fallen, blätterte mit Gutsherrenblick kurz durch die von Jakob bereit gestellten Papiere und sprach anschließend des Westfalen größtes Kompliment aus: „Da kannste ja mal nix von sagen." Er redete allerdings mehr mit sich selbst als mit seinem Oberkommissar, stand anschließend umständlich auf, klemmte sich den Ordner unter den Arm und schickte sich an, das Büro zu verlassen.

„Und tschüss", rief er Jakob noch zu, bevor er die Tür hinter sich zuwarf.

„Gern geschehen", sagte Jakob in Richtung der geschlossenen Tür.

Er seufzte, stand auf und öffnete beide Flügel des Bürofensters, damit sich der intensive Duft nach Aftershave, den sein Chef im Raum hinterlassen hatte, verflüchtigen konnte. Kalte Luft strömte herein, und Jakob blieb eine Weile vor dem offenen Fenster stehen, in der Hoffnung, sich nach einigen Atemzügen vielleicht etwas munterer zu fühlen. Bibbernd blickte er eine Weile in die Grünanlagen hinter dem Präsidium und in das Geäst eines kahlen Baumes gegenüber vom Fenster. Sein Atem bildete in der Winterluft weiße Fahnen, die sich rasch verflüchtigten. Vereinzelt rieselten kleine Schneeflocken aus dem grauen Himmel herab auf den Boden. Am Tag zuvor hatte Tauwetter eingesetzt. Die dünne Schneedecke, die sich ohnehin nur abseits der großen Straßen hatte behaupten können, war bereits fast wieder verschwunden. Nur hier und da gab es auf den Fußwegen des kleinen Parks, auf seinen Rasenflächen und Beeten noch kleine Schneeteppiche. Die allerdings könnten sich sogar halten. Denn gegen Abend erwartete der Wetterdienst des WDR (Jakob hatte sich zuvor die Acht-Uhr-Nachrichten im Radio angehört) wieder kühlere Temperaturen und oberhalb von 300 Metern sogar Dauerfrost.

Jakob fror angesichts dieser Aussichten noch mehr, und so schloss er die Fensterflügel schneller, als er es vorgehabt hatte. Er setzte sich zurück an seinen Schreibtisch und gähnte mehrmals. Selbst mit Frischluft konnte er gegen die bleierne Müdigkeit, die sich in jeder Zelle seines Körpers breit zu machen schien, nichts ausrichten.

Im Gegenteil. Jetzt war ihm obendrein auch noch eiskalt. Was gäbe er darum, nach Hause fahren zu können, sich in sein warmes Bett zu legen, dort aufzuwärmen und vor allem auszuschlafen! Er lehnte sich weit nach hinten über die Rückenlehne seines Stuhls und gähnte noch einmal ausgiebig. Danach beschloss er, seinen Schreibtisch aufzuräumen und begann, die wenigen Unterlagen auf seinem Schreibtisch zu sortieren, geordnet in einer Schublade abzulegen und alles, was nicht mehr benötigt wurde, in die Schredderkiste zu seinen Füßen zu werfen.

Schnell waren die wenigen Gegenstände auf seinem Schreibtisch so übersichtlich angeordnet, wie er es liebte. Sein Blick fiel auf den

226

kleinen Notizblock neben dem Telefon. Er entdeckte das Autokennzeichen, das er vor einigen Tagen darauf notiert hatte und erinnerte sich wieder, dass er Siri immer noch eine Auskunft schuldig war. Obwohl sich das schlechte Gewissen darüber prompt einstellte, zögerte er, ihren Auftrag zu erledigen. Es hätte bedeutet sie anzurufen, und darauf hatte er gerade überhaupt keine Lust. Ihre Stimme am Telefon zu hören, würde bedeuten, die nächsten Stunden, ja vielleicht sogar Tage, wieder unentwegt an sie zu denken.

Wollte er das?

Aber dann fiel ihm ein, dass es ihr sehr wichtig gewesen war. Warum stellte er sich bloß so an! Sie hatte ihn schließlich nur um einen kleinen Gefallen gebeten. Warum konnte er ihr den nicht einfach erfüllen und die Sache dann abhaken?

Er tippte das Kennzeichen in seinen Computer. Die Halterin des Fahrzeugs mit dem Kennzeichen BSA-IO-68 hieß Iris Orbach und war in Bad Salzdorf, Goethestr. 17, gemeldet. Jakob runzelte die Stirn und starrte auf das Ergebnis, das ihm der Bildschirm anzeigte. Das war doch - er schaute kurz in seiner elektronischen Ermittlungsakte nach - aber ja! Das war der Name der Küchenchefin in der Teufelsküche, dem Restaurant des Mordopfers. Was hatte Siri denn mit der zu schaffen?

Er ärgerte sich jetzt, dass er nicht schon früher nach der Fahrzeughalterin recherchiert hatte.

227

Hielt sich die Orbach etwa in Siris Nähe auf? Vielleicht sogar in ihrer Rehaklinik? War das reiner Zufall? Aber warum wollte Siri ihr Kennzeichen überprüfen? Jakob musste sich eingestehen, dass er nicht mehr wusste, was sie ihm als Grund genannt hatte. In diesem Augenblick wurde die Tür aufgerissen, und ein Mann stürmte herein.

Jakob zuckte zusammen.

Der Mann war kein geringerer als Dr. Karl Bökenhans, der Stellvertreter der Polizeipräsidentin.

Der große, dunkelhaarige Mann mit den Segelohren, die ihm im Präsidium den Spitznamen „Prinz Charlie von Bielefeld" eingebracht hatten, baute sich vor Jakobs Schreibtisch auf und klang etwas atemlos, als er ohne Umschweife anfing zu sprechen: „Oberkommissar Rack. Ich muss Sie bitten einzuspringen und auf der Stelle in der Pressekonferenz zur Mordsache Teufel zu übernehmen. Hauptkommissar Friedrich Saathoff muss notärztlich versorgt werden. Atemnot und starke Schmerzen im Brustbereich. Er sagte mir gerade, sie seien fast so gut im Thema wie er."

„Was?" Jakob bemerkte, wie erschrocken sich seine Frage anhörte. „Ist es ein Herzinfarkt?"

Er dachte an Saathoff und an seinen minderjährigen Sohn, den er allein großzog, nachdem sich seine Frau vor ein paar Jahren von ihm getrennt hatte. Sicher, der Mann war ein Rüpel

228

und nervte ihn zudem tagtäglich mit seiner unsäglichen Art zu kommunizieren, seinem schlechten Geschmack und seinen seltsamen altwestfälischen Ansichten. Aber das jetzt, das war doch das Letzte, was er für ihn gewollt hatte. Jakob senkte betroffen den Kopf. Schuldgefühle überkamen ihn. Einen Herzinfarkt hatte er dem Alten Fritz natürlich niemals gewünscht. Aber doch des öfteren einen längeren Aufenthalt in der Wüste oder einem anderen abgelegenen Ort! Einen, von dem aus er ihm nicht ständig auf den Geist gehen konnte. Da hieß es wohl, Abbitte zu leisten.

„Das ist ... , das tut mir so leid", stammelte er.

„Ja, mir auch, Herr Rack. Aber wir können uns jetzt nicht mit unserem Mitgefühl aufhalten. Unten im Parterre sitzt der zuständige Staatsanwalt zusammen mit dieser ganzen Journalistenmeute. Sogar ein paar von den Überregionalen sind dabei. Sie müssen auf der Stelle mit mir in den Konferenzraum und da weiter machen, wo Saathoff aufgehört hat."

Jakob rutschte das Herz in die Hose. Zu seiner eigenen Überraschung reagierte er ohne jedes Zögern: „Natürlich. Selbstverständlich komme ich sofort mit Ihnen mit."

Das klang ja ziemlich cool, wie er da redete! Jakob war beeindruckt - von sich selbst. Er holte tief Luft und folgte mit seinem Notebook unter dem Arm Dr. Bökenhans auf den Flur.

SIRI

Siri hatte sich zum Frühstück an den Tisch zu Änschela, Mandy und Miss Schtuddgadd gesetzt, eine Entscheidung, die sie gerade bereute. Die drei Damen tratschten ohne Unterlass. Thema ihrer Gespräche war ein sogenannter Bunter Abend, den die Klinik alle drei Wochen für die Patienten veranstaltete. Dieser sollte heute ab 19 Uhr stattfinden. Das Programm dafür war auf den Tischen im Speisesaal ausgelegt worden. Darin wurde ein Aperitif, ein Büffet mit typischen Gerichten aus der Region und ein von den Mitarbeitern der Klinik gestaltetes Unterhaltungsprogramm angekündigt.

„Ein Aperol Spritz alkoholfrei. Ditte ist ja mal 'n Witz, da lachn de Hühner. Alkoholfrei! Damit bloß keener in der Bude über die Stränge schlächt, wa?"

„I wedde, da gießa sie die Reschde vom Früchdedee der ledzda drei Wocha mid ihrem abgeschdandena Sprudel uf … ferdich."

„Hits der letzten 50 Jahre - gesungen vom Klinikchor. Schulldjung, gibt's hier geene Didschäs?"

„In sonner Klitsche in der Provinz? Bei meine Kur in Oberbayern anno dunnemals, da bin ick erstma schön zum Konzert von Udo nach München jefahrn, von sowat kannste hier ja nur träumen."

„Udo Lindenberg?", traute sich Siri zu fragen.

„Quatsch mit Soße! Jürgens natürlich. Gloobste nich? Ick hab' noch een Autogramm."

„Rägionale Schbezialidäde aus Weschtfale. Schbädzle könna da ja scho mol ned dabei sai. dabei hädd i so gn mol wiedr Schbädzle, so rechte."

Die Sätze ihrer Mitpatientinnen flogen Siri wie Geschosse um die Ohren.

„Ich finde, es ist eine nette Idee, das mit dieser Veranstaltung", unterbrach sie deren vielstimmige Kakophonie. „Für die Klinikmitarbeiter ist dieser Abend bestimmt mit viel Einsatz und einigen Überstunden verbunden." Auch wenn sie vermutlich die Letzte war, die gern zu Gast bei bunten Abenden in Rehakliniken war, beschloss sie, am heutigen Abend anwesend zu sein. Schon, um dieses fiese lästernde Trio notfalls in seine Schranken zu weisen.

Sie dachte an die nette Schwester Ulrike, die ihr morgens erzählt hatte, sie sei am Abend auch auf der Bühne und deswegen bereits wahnsinnig aufgeregt. Für den Auftritt hätten sie und ein Kollege etwas einstudiert und eifrig miteinander geübt – nach Feierabend.

„Da bin ich aber schon sehr gespannt", hatte Siri gesagt. „Was machen Sie denn? Mit welchem Kollegen?"

„Das ist eine Überraschung, Frau Osten! Wir sind beide zum ersten Mal dabei. Deshalb sind wir auch noch nicht im Programm aufgeführt."

„Dann bis heute Abend", sagte Siri betont freundlich zu den Damen am Tisch und stand auf. „Wir sitzen doch wieder zusammen, oder?"

Natürlich bemerkte sie die ausbleibende Begeisterung ihrer Tischgenossinnen angesichts ihrer Ankündigung. Sie erriet deren Gedanken: Ausgerechnet mit der? Das kann ja heiter werden. Eigentlich hätte Siri gern woanders gesessen. Aber bei wem? So richtig Kontakt hatte sie noch zu niemandem gefunden. Iris Orbach würde den Abend mit Sicherheit allein auf ihrem Zimmer verbringen. Sie nahm nie an den Mahlzeiten im Speisesaal statt. Kurz hatte Siri überlegt, ob das nicht auch für sie die bessere Option war. Aber dann war ihr wieder Schwester Ulrikes Auftritt eingefallen, und sie hatte entschieden, dass sie auf jeden Fall dabei sein wollte. Wer wohl der Partner war, deren Namen die Pflegerin ihr nicht hatte verraten wollen?

Während Miss Schtuddgad und Mandy es vorzogen, etwas gequält an ihr vorbei zu schauen und zu schweigen, lächelte Änschela sie immerhin an. „Nor freilich!", sagte sie.

Siri beschloss, Änschela, die sie mit ihren blauschwarz gefärbten langen Locken und dem etwas grellen Make Up an ein in die Jahre gekommenes, etwas übergewichtiges Schneewittchen erinnerte, ein bisschen mehr zu mögen als die beiden anderen Frauen.

„Fein", sagte sie und entschied dann, dass es Zeit für einen Abgang war. Sie griff nach ihrem

Kaffeebecher und verließ den Speisesaal.

In der Eingangshalle ließ sie sich in ein Sofa fallen. Im Vergleich zur Dauerbeschallung durch das Geplapper der Damen am Tisch war es hier geradezu ruhig. Eindeutig die angenehmere Atmosphäre, um den Morgenkaffee zu Ende zu genießen, dachte Siri und pustete in den dampfenden Becher. Gut, dass sie sich noch einmal ordentlich etwas eingeschenkt hatte, bevor sie hierhin geflüchtet war.

In diesem Moment kam Iris Orbach durch die sich automatisch öffnende Eingangstür herein. Sie war ganz in Schwarz gekleidet. Obwohl sie einen Wollmantel und eine Mütze trug und sich einen dicken Fransenschal mehrmals um den Hals geschlungen hatte, schien sie durchgefroren zu sein. Siri beobachtete, wie sie mit hochgezogenen Schultern ihre Hände aneinander rieb. Sie sprang auf und lief Iris Orbach entgegen.

„Ich habe etwas ziemlich Interessantes herausgefunden", sagte sie ihr ohne Umschweife. Jetzt, als sie direkt vor ihr stand, erkannte Siri erst, wie blau Orbachs Lippen waren und dass ihr Unterkiefer zitterte. Ihre Pupillen wanderten unruhig hin und her. Schließlich fixierte sie Siri für einen Moment, um sich dann stumm an ihr vorbeizuschieben und in Richtung des Aufzugs davon zu huschen. Siri schaute ihr verdutzt nach. Was war das denn jetzt? Sie überlegte, Iris Orbach hinterherzulaufen, ließ es aber sein.

Was war diese Frau bloß für ein rätselhaftes Wesen! Warum war sie denn jetzt abgehauen? Wieso floh sie vor ihr? Aus Angst vor der Wahrheit? Aber die genau hatte sie doch erfahren wollen! Siri schüttelte den Kopf. Sie begriff nicht, was da los war. Außerdem fühlte sie sich unsicher, wie sie sich nun verhalten sollte. Einerseits brannte sie darauf, Iris Orbach alles zu erzählen, was sie herausgefunden hatte. Andererseits, dachte sie, war es alles andere als einfach, einem Menschen zu erklären, dass der eigene Vater offensichtlich aus Habgier einen Mord begangen hatte. Ahnte Iris Orbach etwas davon? War sie ihr deswegen ausgewichen? Oder fürchtete sie sich vor einer anderen möglichen Schlussfolgerung Siris. Nämlich der, dass niemand anderes als sie die Mörderin von Arik Teufel war?

Der Speisesaal der Klinik war rappelvoll, als Siri sich am Abend zu den drei Damen an den Tisch gesellte. Das Büffet war bereits aufgebaut, und die hübsch angerichteten Speisen hoben sich, wie Siri sofort festgestellt hatte, vom alltäglichen Angebot ab. Kleine Schilder wiesen darauf hin, was es gab. Unter anderem deftige Kartoffelsuppe, Grünkohl und Mettendchen, Pumpernickelparfait mit warmen Preiselbeeren. Schade, dachte sie, dass nicht mehr so viel Essen wie früher in mich hineinpasst.

Das Servicepersonal flitzte mit runden Tabletts

in der Hand eifrig umher und verteilte langstieli-
ge Gläser, in denen sich der angekündigte alko-
holfreie Aperol Spritz befand.

Kaum hatte sich Siri hingesetzt, stellte einer
der dienstbaren Geister auch schon eine bis zum
Rand gefüllte Sektflöte neben ihr ab. Änschela,
Miss Schtuddgad und Mandy hatten ihre Gläser
bereits geleert. Siri atmete auf. Da brauchte sie
wenigstens nicht mit den Damen anzustoßen. Sie
hasste Aperol Spritz, völlig egal, ob mit oder
ohne Alkohol und schob das Glas vorsichtig etwas beiseite in Richtung der neben ihr sitzenden
Änschela. Dann griff sie zu einer Wasserkaraffe
auf dem Tisch und schenkte sich ein Glas ein.

Auf der Bühne hielt der Chefarzt, Dr. Martin
Mair, eine kurze Ansprache, prostete den Patienten zu und eröffnete das Büffet. Während des Es-
sens sang der Klinikchor ein Medley.

Gar nicht mal so schlecht, fand Siri.

Leise summte sie beim Klassiker „Yesterday"
von den Beatles mit und widmete sich anschließend der vorzüglichen Kartoffelsuppe. Leider
war sie nach einem Teller pappsatt und konnte
selbst vom Pumpernickelparfait, angeblich eine
bekannte Spezialität der Region, nicht einmal
ein kleines Löffelchen probieren.

Nachdem die Teller abgeräumt worden waren,
entdeckte Siri Schwester Ulrike und Dr. Spielhagen, die vor der Bühne standen und ganz offensichtlich auf ihren Auftritt warteten. Er war also
der Kollege, dessen Identität die Pflegerin Siri

zuvor nicht hatte preisgeben wollen. Na, das war ja echt schon mal eine Überraschung! Was die beiden wohl miteinander vorhatten?

Schwester Ulrike trug ein knielanges weißes Kleid mit enger Taille und weitem Rock, das ihr ganz ausgezeichnet stand, und an den Füßen hübsche Schuhe aus rosafarbenem Satin. Ihr Partner war ganz in schwarz gekleidet, in einer engen Jeans und einem halb offenen, figurbetonten Hemd mit hochgekrempelten Ärmeln.

Woran erinnerten die beiden sie nur, überlegte Siri.

Der Chor animierte jetzt das Publikum zum Mitsingen bekannter Lieder, deren Texte mit Beamer auf eine große Leinwand projiziert wurden. Viele Patienten sangen begeistert mit. Allmählich wurde die Stimmung im Saal lockerer. Änschela hatte rote Wangen. Sie trällerte aufgekratzt die angestimmten Lieder und schien auch ohne Alkohol im Aperitif bestens in Fahrt zu kommen. Als der Chorleiter ankündigte, dass die Sänger nun eine kurze Pause einlegen würden, schob Änschela enttäuscht ihre Unterlippe vor. Sie war aber sofort wieder guter Dinge, als er fortfuhr, jetzt gebe es Musik vom Band und dazu live eine sensationelle Tanzdarbietung.

Schwester Ulrike kletterte auf die Bühne.

Siri erkannte das Lied, das aus den Lautsprechern den Saal beschallte, sofort nach den ersten Takten. Es war aus einem Lieblingsfilm ihrer

Mutter, den sie als Kind an Sonntagnachmittagen wieder und wieder auf Videokassette mit ihr anschauen musste: Dirty Dancing.

Auch dem Publikum schien die Musik geläufig zu sein. Es begann, begeistert mit zu klatschen und zu trampeln. Als Dr. Spielhagen ebenfalls auf die Bühne kam, Schwester Ulrike in den Arm nahm und mit ihr zusammen zum Lied „Time of my life" schwungvoll zu tanzen begann, johlte der Saal auf.

Okay, dachte Siri, ganz so erotisch wie Patrick Swayze bekam er den Hüftschwung nicht hin. Schwester Ulrike wirkte auch nicht so mädchenhaft wie die Schauspielerin Jennifer Grey im Jahr 1987. Doch die beiden tanzten hinreißend miteinander und hatten einen Heidenspaß, der nach und nach auf die Zuschauer übersprang. Siris Tischnachbarin Änschela schien komplett hin und weg zu sein. Sie klatschte, kreischte, pfiff auf zwei Fingern und schrie.

„Pravo, Doc! Pravo Schwester Ulrike! Großartsch!" Im Überschwang ihrer Begeisterung griff sie nach Siris immer noch unberührtem Glas mit dem Aperol Spritz und leerte es in einem Zug.

„Springen, springen!", rief jemand aus dem Publikum und bald skandierte der komplette Saal: „Springen, springen!"

Siri erinnerte sich, dass Patrick Swayze im Film in einem äußerst sportiven Akt mit angewinkelten Beinen von der Bühne aus nach unten in den

Zuschauerraum gesprungen war. Etwas später lief Jennifer Grey auf ihn zu, um ihm direkt in die muskulösen Arme zu hüpfen. Danach war eine komplizierte Hebefigur zu sehen gewesen, aber das war dann wohl doch eine Nummer zu groß für Schwester Ulrike und Dr. Spielhagen. Immerhin schaffte es ihr Arzt, einigermaßen elegant von der Bühne hinunter zu hopsen. Seine Partnerin schritt anmutig die seitlichen Treppenstufen hinunter und lief leichtfüßig auf ihren Partner zu. Anstatt zu springen, fiel sie ihm lachend um den Hals. Auch Dr. Spielhagen strahlte über das ganze Gesicht. Hand in Hand verbeugten sich die beiden vor ihren Zuschauern.

Änschela kannte jetzt kein Halten mehr auf ihrem Stuhl. Sie schnellte hoch, trat aus den Tischreihen heraus und lief nach vorn in Richtung der Bühne.

Was hatte sie bloß vor, fragte sich Siri. Wollte sie Dr. Spielhagen zum Tanzen auffordern? Und warum wankte, ja taumelte sie so? Hatte sie heimlich doch Alkohol getrunken? Änschelas Gang wurde immer torkeliger, was nicht nur Siri, sondern auch ihrer schwäbischen Tischnachbarin auffiel. „Was isch noh mid der los? Die hedd ja dodale Batschseide."

Änschela knickten die Beine weg. Gleichzeitig vollzog ihr Körper eine Vierteldrehung nach links, sackte in sich zusammen und blieb in grotesker Verdrehung regungs- und offenbar auch bewusstlos auf dem Parkett liegen.

Einige im Saal schrien laut auf.

Siri sah, dass Schwester Ulrike und Dr. Spielhagen sich zuerst über die Frau beugten. Eine Minute später sah der Arzt hoch und rief: „Einen Rettungswagen! Schnell!"

Dann begannen er und Schwester Ulrike vor den entsetzten Augen der anderen Patienten, Änschela zu reanimieren. Ein weiterer Arzt rannte herbei. Siri erkannte, dass er einen Defibrillator bei sich trug. Einige Geistesgegenwärtige hielten Tischdecken vor die am Boden liegende Frau, um einen Sichtschutz herzustellen. Die Sänger des Chores sprangen von der Bühne und bemühten sich, aufgeregte Zuschauer zu beruhigen und diese vom Eingang fernzuhalten, damit der für die Rettungskräfte frei blieb.

Eine Ewigkeit schien vergangen zu sein, bis Sanitäter die bewusstlose Frau auf einer Fahrtrage in den vor dem Haupteingang der Klinik geparkten Krankenwagen bugsierten.

Mandy, die die ganze Zeit schweigend neben Siri gestanden hatte, begann lauthals zu schluchzen. Siri legte den Arm um sie.

Der schwäbischen Alp hatte es auch die Sprache verschlagen. Sie weinte nicht, aber sie atmete so hektisch, dass Siri fürchtete, sie würde anfangen zu hyperventilieren. Im Saal fanden sich Patienten und Klinikpersonal nach und nach zu kleinen Grüppchen zusammen, die mal mehr, mal weniger aufgeregt miteinander sprachen und gestikulierten. Siri erkannte einige Schwestern, Pfleger und Ärzte, die offensichtlich beruhigend auf Patienten einzuwirken versuchten.

Schließlich betrat der Chef der Klinik die Bühne und begann, in das Mikrofon zu sprechen. Er klang ernst und mitgenommen.

„Meine Damen und Herren, leider wurden Sie alle gerade Zeuge eines vermutlich schweren internistischen Notfalls. Hoffen wir alle das Allerbeste für unsere Patientin. Ich bitte Sie um Verständnis, dass wir aus dem gegebenen traurigen Anlass unseren bunten Abend an dieser Stelle abbrechen. Bitte verlassen Sie jetzt den Saal. Ich wünsche Ihnen trotz allem eine gute Nacht."

Siri wandte sich an Mandy, die sich mittlerweile etwas beruhigt hatte. „Besser?", fragte sie.

Mandy schniefte noch einmal. Dann nickte sie und versuchte sich an einem Lächeln, das etwas schief ausfiel. „Ick bin ja normalaweise keen Weichei", erklärte sie.

Das klang schon wieder ein wenig obenauf, fand Siri und entschied, Mandy wieder sich selbst zu überlassen. Erst jetzt bemerkte sie, dass Dr. Spielhagen und Dr. Mair direkt neben ihr standen und sich leise miteinander unterhielten. Siri spitzte die Ohren. In dem Stimmengewirr der Menschen, die sich gerade anschickten, der Aufforderung von Dr. Mair Folge zu leisten und den Raum zu verlassen, verstand sie nur bruchstück-

haft, was die beiden Ärzte sagten: „Seltsam ...
meinen Sie das wirklich ... bei einem vorge-
schädigten Herzen? ... Doch nicht ganz normal ...
sollte man auf jeden Fall vornehmen ... zur
Sicherheit... die Kollegen im Klinikum informieren ... ist doch sehr unwahrscheinlich ... ausgerechnet hier ... wer sollte das getan haben ...
ja, ich weiß, aber ...", bekam sie mit.

Einen Reim konnte sie sich darauf nicht machen.

JASPER

Jasper gähnte. Es war Montagmorgen, und hinter ihm lag kein erholsames Wochenende. Er hatte Nachwehen vom Dirty Dancing mit Schwester Ulrike und zwar im wahrsten Sinne des Wortes.

Sein Knie schmerzte arg. Vermutlich hatte er es sich bei seinem etwas zu ambitionierten Sprung von der Bühne lädiert. Er war eben keine dreißig mehr, und Patrick Swayze war er auch nicht. Zum Glück, dachte er, denn dann wär' ich schon tot.

Nachdem Umschläge mit Quark und Retterspitz wenig gegen die Beschwerden ausrichten konnten, hatte Jasper schließlich ein ordentliches Schmerzmittel genommen. Trotzdem hatte er zwei Nächte hintereinander schlecht geschlafen.

Allerdings nicht nur wegen des Knies. Die ganze Zeit über hatte er die Szene vor Augen, wie seine Patientin Angela Mertens am Samstagabend vor den Augen der Zuschauer im Saal ohnmächtig zusammenbrach und reanimiert werden musste. Immer noch lag sie auf der Intensivstation des Krankenhauses in einem künstlichen Koma und schwebte weiterhin in Lebensgefahr. Niemand konnte derzeit sagen, ob sie - selbst, wenn sie es schaffte, dem Tod zu entrinnen - ohne bleibende Schäden davon kom-

men würde. Hatte er bei der Eingangsuntersu-
chung der Patientin etwas Wichtiges übersehen?
Etwas, das nun genau zu diesem Notfall geführt
hatte? Hätte er es in der Hand gehabt, das alles
zu verhindern? War es seine Schuld, dass die Patientin um ihr Leben kämpfte? Der Verdacht,
den Dr. Mair ihm gegenüber geäußert hatte, fiel
ihm ein. Ob die Kollegen auf der Intensivstation
ihm dazu schon etwas sagen konnten?

Ein Blick auf die Uhr sagte ihm, dass es ein
schlechter Zeitpunkt für eine telefonische Nachfrage im Klinikum war, denn seine erste Patientin an diesem Tag würde jede Sekunde eintreffen. Tatsächlich klopfte es in diesem Moment
kaum hörbar an die Tür.

„Herein", sagte er.

Iris Orbach schob sich zögerlich durch die Tür
in das Zimmer. Ohne ihn anzusehen, schlich sie
in leicht gebückter Haltung zu der Ecke des
Raums, in der ein runder Tisch und zwei gepol-
sterte Stühle mit Armlehnen standen. Hier un-
terhielt sich Jasper üblicherweise mit seinen Patienten. Auch mit Iris Orbach hatte er da bereits
gesessen. Doch gesprochen hatte jedes Mal nur
er. Sie hatte beharrlich geschwiegen.

Weil sie unter selektivem Mutismus litt.

Eine seltene Diagnose. Er hatte erst nachlesen
müssen, was genau das bedeutete, nämlich eine
emotional bedingte psychische Störung mit
stark beeinträchtigter Kommunikation. Daran

243

leidende Menschen sprachen selektiv, also nur mit bestimmten Personen oder in wenigen, meist genau definierten Situationen. Sie verstummten nicht völlig, aber manchmal sprachen sie nur noch mit engen Familienangehörigen oder über ein einziges Thema. Die Sprache blieb ihnen meist völlig weg, wenn man sie nach ihren Empfindungen oder Gefühlen fragte.

Nicht gerade eine super Ausgangssituation für psychotherapeutische Gespräche, dachte Jasper, zumal er offensichtlich zu den Menschen gehörte, mit denen Iris Orbach nicht reden wollte.

Oder es nicht konnte.

Erstaunlich fand er, dass sie dennoch zu den anberaumten Terminen erschien. Welche Motivation hatte sie, da sie doch nie auch nur ein einziges Wort mit ihm wechselte?

Er wartete noch eine Weile, bis er sich zu seiner Patientin gesellte, die mittlerweile Platz genommen hatte, und setzte sich dann ebenfalls an den Tisch. „Guten Morgen, Frau Orbach", sagte er.

Iris Orbach nickte. Immerhin. „Wie geht es Ihnen heute, Frau Orbach?"

Schweigen.

Jasper bemühte sich, ruhig zu bleiben. Aber genervt war er schon. Wie konnte er ihr denn helfen, wenn sie sich konsequent weigerte, mit ihm zu reden?

Beinahe sofort regte sich eine Gegenstimme in ihm. Iris Orbach widersetzte sich ihm sicherlich gar nicht absichtlich. Vielleicht wünschte sie sich sogar sehnlichst, ihr Schweigen zu überwinden, schaffte es jedoch nicht.

Er, der Profi, war am Zug. Doch bislang hatte er noch keinen Schlüssel gefunden, um eine Tür zu seiner Patientin aufzuschließen. Das war sein Versagen, nicht ihres. Was bloß konnte sie zum Sprechen bringen? Zum Beispiel über die Panikattacken. Die waren der Grund, weswegen ihr Arbeitgeber sie in die Klinik am See gebracht hatte.

Jasper hatte mit Iris Orbachs Chef geredet und begriffen, dass es ihm um mehr ging als um die Wiederherstellung der Arbeitskraft seines (wie er sich salopp ausdrückt hatte) „besten Pferds im Stall". Trotz des flapsigen Tons, den er anschlug, hatte Jasper bei dem Mann echte Empathie gespürt. „Bitte, Doktor Spielhagen", hatte der Mann ihn später angefleht, „Sie müssen ihr helfen! Sie hat furchtbare Angst und kann nicht sagen, warum und wovor. Ich hab' auch keine Ahnung!" Das hatte nach mehr als nach Fürsorgepflicht geklungen. Hatten dieser Arik Teufel und seine Küchenchefin mehr als eine Arbeitsbeziehung? Waren sie ein Liebespaar? War er deswegen so rührend um sie besorgt gewesen?

Iris Orbach würde ihm darauf keine Antwort geben. Sie schaffte es momentan noch nicht einmal, ihm einen guten Morgen zu wünschen. Und bei ihrem Chef konnte er auch nicht mehr nachfragen. Der Mann war in seinem eigenen Restaurant auf äußerst brutale Weise umgebracht worden.

Es hatte in allen Zeitungen gestanden, und das WDR Fernsehen hatte am Wochenende in den Nachrichten auch darüber berichtet. Ein älterer, unfassbar schlecht und später ein junger, auffällig gut gekleideter Kommissar sowie ein junger Staatsanwalt hatten Erklärungen verlesen und der Presse nacheinander Rede und Antwort gestanden. Demnach war der Täter noch nicht ausfindig gemacht, geschweige denn gefasst worden. Es gab derzeit noch nicht einmal eine heiße Spur.

Das alles belastete seine Patientin zusätzlich, vermutete Jasper. Einen Moment lang überlegte er, sie damit zu konfrontieren, dass er allmählich mit ihr nicht mehr weiter wusste.

Doch dann fiel ihm etwas anderes ein.

Er hatte sich vorgenommen, sie danach zu fragen, hatte es sich vor ein paar Tagen sogar notiert und jetzt hätte er es beinahe vergessen. Zum Glück entsann er sich, sogar ohne seine Notiz zu bemühen. „Wie kam es eigentlich, dass Sie neulich mit der Frau Osten reden konnten?", fragte er leichthin.

Achselzucken.

Shit, dachte er, ich komm' bei der nicht weiter. Keinen Schritt. Die lässt mich noch jahrelang weiter auflaufen. Zu seiner riesengroßen Überraschung vernahm er jedoch auf einmal ihre Stimme.

„Weil sie so direkt war? Kein blöder Smalltalk, kein Blabla. Weil ich was von ihr wissen wollte. Weil sie bei der Kripo ist. Sie können sich einen Grund aussuchen."

„Potzblitz", hätte seine Großmutter gesagt.

Iris Orbach sprach mit ihm! Ihm fiel auf, dass sie eine schöne Stimme hatte. Sein erster Impuls war, sie überschwänglich zu loben, ihr Verhalten positiv zu verstärken. Aber vermutlich würde sie genau das als jenes Blabla empfinden, mit dem sie nichts anfangen konnte.

„Ach so", sagte er darum nur und schwieg anschließend selbst. Er versuchte, es möglichst entspannt zu tun, was ihm sogar einigermaßen gelang.

Auch Iris Orbach war wieder verstummt.

Jasper beobachtete den Sekundenzeiger an seiner Armbanduhr. Eine Minute verstrich. Dann eine zweite. Und eine dritte. Gerade, als er etwas sagen wollte, sprach sie weiter. „Es hat mich aus der Bahn geworfen."

„Was? Der Tod Ihres Chefs?"

Iris Orbach schüttelte den Kopf.

„Nein. Etwas anderes. Es hat mich starr und stumm werden lassen. So wie wie damals."

„So wie wann?", fragte Jasper.

„Wie damals als Kind. Es ist genau so wieder passiert. Meine Kehle war zu."

„Können Sie sich an den Tag erinnern, als das

247

geschah? Also, als es wieder geschah."

Sie dachte lange nach. „Ein Samstag", sagte sie dann.

„Wie fing der Tag an?"

„Mit Arbeit, schon sehr früh am Morgen. Das Lokal war abends ausgebucht. Alle Plätze besetzt. Ich hatte eine Menge zu tun."

„War jemand bei Ihnen?"

„Der Lehrling. Die Jungköchin."

„Mit wem hatten Sie noch Kontakt?"

„Mit Arik, meinem Chef. Telefonisch. Es fehlten ein paar Sachen in der Küche. Er hat sie im Großmarkt besorgt. Später hat er die persönlich gebracht. Kurz, bevor der Laden öffnete."

„Und bis dahin war noch alles in Ordnung mit Ihnen?"

„Ja."

„Weiter", sagte Jasper, „wie ging der Tag dann für Sie weiter?"

„Ich habe gekocht. Unter Hochdruck. Es war irrsinnig viel los. Das Lokal war voll. Bis auf den letzten Platz besetzt."

„Während sie kochten, passierte da etwas?"

„Nein. Was komisch war: Cara, die Jungköchin, stieß mich an. Sie sagte, ich würde starr im Weg herum stehen. Apathisch, sagte sie. Es hätte wie eine Absence auf sie gewirkt."

„Hatten Sie schon einmal einen epileptischen Anfall?"

Sie schüttelte den Kopf. „Noch nie."

„Was machten sie dann?"

248

„Nach der Arbeit fuhr ich nach Hause. Mit dem Auto. Ich war kurzatmig. Dann war auf einmal so ein Druck auf der Brust. Ich zitterte und konnte nicht weiterfahren. Ich bin rechts 'ran. Hab' Arik angerufen. Der hat mich ins Krankenhaus gebracht. Die haben mich untersucht. Alle Werte waren normal. Am nächsten Tag, als ich zur Arbeit wollte, ging das wieder los. Ich konnte nicht einmal meine Wohnung verlassen."

„Und was hat Sie damals als Kind verstummen lassen? Wissen Sie das noch?"

Sie zuckte die Schultern und verfiel wieder in Schweigen.

Jasper fragte sie nichts mehr. Es war genug. Fürs erste jedenfalls. Er durfte sie nicht überfordern. Still saß er neben ihr und wartete, bis die Stunde zu Ende war.

„Morgen?", fragte er sie beim Abschied freundlich. „Wollen Sie mir vielleicht morgen mehr erzählen?"

Iris Orbach nickte. Dann stand sie auf und huschte an ihm vorbei aus dem Zimmer. Jasper sah der knabenhaften Gestalt nach. Er dachte an ein Buch aus seiner Kindheit: Das kleine Gespenst. Genauso kam ihm seine Patientin vor. Wie ein kleiner körperloser Luftgeist. Immerhin hatte sie angefangen, mit ihm zu reden. Allerdings fragte er sich, warum der Tod Arik Teufels sie scheinbar nicht zu berühren schien.

Jakob

„Waas hast du?" Jakob fühlte sich mit einem Schlag wieder wach und fit wie ein Turnschuh, nachdem ein für seine Verhältnisse zu üppiges Mittagessen ihn träge gemacht hatte. Karsten hatte ihn in die Pizzeria um die Ecke eingeladen und zu einer großen Quattro Stagioni überredet. Die war lecker gewesen, hatte ihn aber leider gleich anschließend in einen beinahe komatösen Zustand versetzt. Doch der war gerade schlagartig beendet durch das, was er am Telefon von seiner Kollegin mitgeteilt bekam.

„Du hast richtig gehört, Jakob. Ich kann es selbst kaum fassen. Mit einem unter den gefühlt eine Million Fingerabdrücken am Tatort habe ich in der Datenbank tatsächlich einen Treffer gelandet!"

Manou Siebeneichers Stimme am anderen Ende klang begeistert. Auch Jakob versetzte ihre Information augenblicklich in gute Stimmung. „Das ist ja klasse", rief er aufgeregt. „Wer ist die Person?"

„Na ja. Das ist jetzt schon ein wenig ... nun ... seltsam ... ", sagte Manou und hörte sich dabei nicht mehr ganz so enthusiastisch an wie zuvor. „Ehe ich vergesse, danach zu fragen, Jakob. Wie geht's dem Alten Fritz?"

Die Nachricht, dass Hauptkommissar Friedrich Saathoff am vergangenen Samstagmorgen bei der Pressekonferenz zusammengebrochen und mit einem Rettungswagen ins Krankenhaus eingeliefert worden war, hatte sich wie ein Lauffeuer verbreitet. Auch bei den Kollegen von der Kriminaltechnik war sie also bereits angekommen.

„Zum Glück ist es kein Herzinfarkt, wie zunächst befürchtet wurde", sagte Jakob. „Er hatte eine schwere Gallenkolik." Wenn er an die Ernährungsgewohnheiten seines Chefs dachte, war es weiß Gott kein Wunder, dass der Probleme mit seiner Galle hatte.

Manou sah das ähnlich. „Da wird er in Zukunft wohl besser den Schlemmergrill auf dem Nachhauseweg weiträumig umfahren", sagte sie.

Jakob stimmte ihr zu. „Aber jetzt' spann' mich nicht länger auf die Folter, Manou. Zu wem gehört denn dieser Fingerabdruck?"

„Das", antwortete Manou, „ist wie gesagt merkwürdig. Er stammt aus Italien, genauer gesagt aus Südtirol und von einer Frau, die Elisabeth Keller heißt."

„Weswegen war sie registriert?"

„Tötungsdelikt", sagte Manou.

„Was du nicht sagst!", rief Jakob. Sein Herz schlug schneller. Sollte Manou da auf eine ganz heiße Spur gestoßen sein?

Seine Kollegin sprach weiter. „Allerdings vor Urzeiten! 1966, um genau zu sein. Elisabeth Keller war damals erst vierzehn. Sie gehörte einer jugendlichen Bande an, die in Meran etliche Menschen überfiel und ausraubte. Einge-

brochen haben sie auch. Bevorzugt in die Zweit-
wohnsitze vermögender Pensionäre, die den
Winter im milden Klima Südtirols verbrachten.
Dabei wurden Elisabeth und einer ihrer Kumpa-
ne eines Nachts von einem Wohnungsbesitzer
erwischt, bei dem sie eingestiegen waren. Der
Mann bezahlte das mit seinem Leben. Das jugendliche Verbrecherduo tötete ihn und floh,
wurde aber dank aufmerksamer Nachbarn, die in
der Wohnung nebenan verdächtige Geräusche
gehört hatten und deswegen die Polizei infor-
mierten, noch in der Nacht gestellt und verhaftet."

„Wie wurde der Mann umgebracht?"

„Das", sagte Manou, „ist jetzt echt spannend."

Sie redete erst nach einer Pause weiter, wohl
um die Spannung zu steigern. „Ihm wurde die
Kehle durchgeschnitten. Das Mädchen gab an,
dass ihr Freund es gewesen ist. Sie hätte noch
versucht, ihn davon abzuhalten, er hätte aber
leider nicht auf sie gehört. Giovanni Rossi, so der
Name des jungen Mannes, wurde wegen Tot-
schlags zu einer mehrjährigen Haftstrafe verur-
teilt. Elisabeth Keller ist wegen Einbruchs angeklagt worden. Sie kam aber aufgrund ihres jugendlichen Alters mit einer glimpflichen Strafe
davon."

„Und wo, meinst du, könnte da eine Verbindung zum Mord an Arik Teufel sein?", fragte
Jakob.

„Die Art und Weise, wie getötet wurde? Ein brutaler Schnitt durch die Kehle findet sich bei beiden Opfern!"

„Doch Elisabeth Keller hat diesen Mann damals gar nicht getötet, sagst du, sondern ihr Freund war es, dieser Rossi. Außerdem wäre sie mittlerweile weit über Sechzig. Vielleicht ist es reiner Zufall, dass sie an diesem Abend unter den Gästen in Teufels Lokal war."

Manou seufzte. „Ich hätte dir super gern deinen Täter geliefert, Jakob. Aber vermutlich hast du recht. Es ist unwahrscheinlich, dass es Elisabeth Keller ist."

Jakob dachte plötzlich, dass er nichts dagegen hätte, wenn statt des grummeligen Friedrich Saathoff die hübsche und engagierte Manou mit ihm in einem Büro arbeitete. Sie musste Tage und Nächte damit zugebracht haben, alle Spuren des Tatorts in so kurzer Zeit zu überprüfen. Trotzdem war sie fröhlich, gut gelaunt und immer schick gekleidet. Wenn er dagegen an den Alten Fritz und dessen Launen dachte ... von seiner Kleidung ganz zu schweigen.

„Ganz abtun möchte ich die Spur nicht, Manou. Einer der Gäste in Teufels Restaurant war eine vorbestrafte Frau, die aus Südtirol stammt. Ist sie eventuell immer noch mit diesem Giovanni Rossi unterwegs? Ein verbrecherisches Pärchen, das wie damals aus Habgier mordet? Dagegen spricht, dass es in der Teufelsküche nichts wirklich Wertvolles zu holen gab. Aber vielleicht wussten sie das nicht."

„Wenn sie langjährige Profis waren, hätten sie das im Vorfeld recherchiert", wandte Manou ein.

Jakob beschloss, nachdem Manou und er sich voneinander verabschiedet hatten, alle Reservierungen der Teufelsküche zu überprüfen, die nicht länger als vier Wochen zurücklagen. Das hätte er schon längst tun sollen, dachte er. Seine Nachfrage bei Luisa Oster ergab, dass für die Tischbestellungen ein digitales Reservierungssystem genutzt wurde. Das vereinfachte es.

„Können Sie mir die Dateien der letzten vier Wochen per Mail zuschicken?", bat er Oster telefonisch.

„Kein Problem, Herr Kommissar. Ich kümmere mich sofort darum!"

Eine halbe Stunde später lag ihm alles vor. Auf die Frau war Verlass! Er leitete den Anhang sofort an seinen jungen Kollegen weiter, der ein paar Minuten zuvor erst eingetroffen war.

„Email für dich, Karsten! Mach' bitte Abfragen zu den Namen, die in diesen Tischreservierungen auftauchen."

Karsten Klusener stöhnte leise auf, als er entdeckte, um wie viele Personen es sich handelte. Die Teufelsküche hatte 40 Plätze und war an fast jedem Abend ausgebucht gewesen.

„Uff", sagte er. „40 Leute pro Abend, vier Wochen lang."

„Ja", pflichtete ihm Jakob bei. „aber zu deinem Glück gibt es zwei Ruhetage in der Woche. Ich wette auch, dass einige Namen mehrmals auftauchen. Sicherlich gibt es Gäste, die in dem fraglichen Zeitraum öfter als einmal dort gespeist haben."

Auch wenn Karsten ganz offensichtlich etwas genervt war über die ihm zugeteilte Routineaufgabe, fing er umgehend mit der Arbeit an.

„Und Karsten, wenn der Name Elisabeth Keller oder Giovanni Rossi auftaucht oder auch nur die Vornamen in Kombination mit anderen Nachnamen, informier' mich bitte sofort!"

„Okay. Warum?"

Jakob erzählte Karsten, was Manou herausgefunden hatte. Der blickte skeptisch.

„Ein über 50 Jahre alter Fingerabdruck? Ich wusste gar nicht, dass die überhaupt so lange gespeichert werden. Und dann aus Italien?"

Jakob ging darauf nicht ein. „Ich bin gleich mal weg, Karsten", sagte er.

„Wohin willst du?"

„Nach Hoffnungstal. In die Klinik am See. Es geht um die Köchin aus der Teufelsküche. Ich habe einen Hinweis erhalten, dass die Frau sich dort aufhalten könnte."

„Und da fährst du jetzt allein hin?", fragte Karsten. Er wandte seinen Blick vom Bildschirm ab und sah Jakob direkt an. In seinem Gesicht zeichnete sich Enttäuschung ab.

Jakob nickte, sagte aber nichts mehr. Manchmal, dachte er, verhielt man sich am besten wie das englische Königshaus. Keine Erklärung, keine Rechtfertigung. Dass seine ehemalige Vorgesetzte und Geliebte es war, die ihn ebenso zufällig wie unwissentlich über den Aufenthaltsort einer Zeugin, wenn nicht sogar Tatverdächtigen, informiert hatte, trug rein gar nichts zur Sache bei, fand er. Genau, wie es völlig irrelevant war, dass diese dienstliche und private Ex sich ebenfalls in der Klinik am See aufhielt.

Jedenfalls war es für Karsten irrelevant.

Jakob schnappte sich Mantel, Schal und Mütze. „Das ist übrigens wichtig, was du da machst, Karsten!", rief er dem Kollegen noch zu, bevor er das Büro verließ.

„Ganz bestimmt! Diese Aufgabe ist das kriminalistische Highlight schlechthin. Darum beneidet man mich garantiert im ganzen Präsidium", knurrte Karsten in Richtung seines Bildschirms, auf dem Daten, Namen und Telefonnummern zu sehen waren. Allerdings tat er das erst, nachdem Oberkommissar Jakob Rack die Tür bereits hinter sich geschlossen hatte.

Siri

Für sein Alter, er war 85, wirkte Hans Joachim Piepenbreier fit und agil. Jedenfalls auf den Bildern, die via Skype auf Siris Notebook erschienen. Sie ruckelten immer mal wieder ein bisschen, was am nicht ganz so guten Empfang in den Zimmern der Klinik am See lag. Eigentlich hatte sie ihn um ein längeres Telefongespräch gebeten. Doch Piepenbreier hatte spontan und zur Überraschung Siris ein Skype Meeting vorgeschlagen.

Er lebte seit dem Tod seiner Frau allein in seinem Einfamilienhaus in Hamm. In einem gemütlichen Fernsehsessel saß er vor einer typischen Bücherwand aus den 1970er Jahren. Neben ihm war eine orangefarbene Stehlampe aus Metall zu sehen, die aus derselben Zeit stammte und für deren Ankauf sich jedes hippe Secondhand Möbelgeschäft ein Bein ausgerissen hätte. Bekleidet war der Senior mit einem dunklen Rollkragenpullover. Das schlohweiße Haar trug er etwas länger. Insgesamt sah er eher aus wie ein Philosophieprofessor und nicht wie ein pensionierter Kriminalhauptkommissar, ein Eindruck, der durch die dunkle Hornbrille auf seiner kräftigen Nase noch verstärkt wurde. Auch wenn er seine Frau Marianne, die vor drei Jahren infolge eines Unfalls gestorben war, sehr vermisste, komme er gut allein zurecht, erklärte er Siri. Er wäre längst noch nicht bereit, in „so eine betreute Alten WG oder gar ins Heim" zu gehen. Sein Hund Hubsi, ein für die Rasse etwas hyperaktiver King Charles Spaniel, halte ihn auf Trab. Hubsi bellte an dieser Stelle zweimal wie zur Bestätigung. Piepenbreier erzählte weiter, dass er regen Kontakt zu seiner zwanzigjährigen Enkelin Pilar pflege, die es sich nicht nehmen ließe, bei ihrem Opa mindestens einmal pro Woche nach dem Rechten zu sehen und dann mit ihm eine Partie Schach zu spielen. Meistens würde er gewinnen.

Neben dem Schachspielen liebte Piepenbreier das Reisen. Zum Glück hatte es vier seiner fünf Kinder an zwar weit entfernte, aber dafür sehr interessante Orte verschlagen, so dass er sich immer mal wieder für einige Zeit in München, Paris, Rio de Janeiro und Santa Monica aufhielt. Dort also, wo seine Sprösslinge mit ihren Familien lebten. Siri schwante, warum der Pensionär ein Profi im Skypen war. Zwischen seinen Besuchen bot es ihm vermutlich die einzige Möglichkeit, Söhne, Töchter und Enkel zu Gesicht zu bekommen.

Gerade, berichtete Piepenbreier weiter, sei er auf dem Sprung nach Kalifornien, um wenigstens für ein paar Wochen dem deutschen Winter zu entkommen. Die Koffer seien gepackt. Übermorgen gehe es ab Frankfurt nach LA. Sein jüngster Sohn, Pilars Vater, werde ihn zum Flughafen bringen. Der lebe in Oer-Erkenschwick, was er einerseits langweilig, andererseits aber auch gut fände. Denn so sei immerhin ein Enkelkind in seiner Nähe aufgewachsen und dort auch nach dem Abitur geblieben. Pilar habe sich nämlich für ein Medizinstudium in Bochum entschieden. Und es sei sehr praktisch, dass entweder sie oder ihr Vater ihn zum Flughafen bringen könnten, wenn es auf Besuchstouren nach Übersee ging. Nach München und Paris fahre er allerdings immer noch mit seinem roten Toyota Corolla, Baujahr 1999.

Piepenbreier erzählte und erzählte, so dass es Siri schon bald so vorkam, als ob sie ihn und seine über den Globus verstreute Nachkommenschaft seit Jahren gut kannte. Er schien ein wenig schwerhörig zu sein, so dass er ihre Anläufe, seinen Erzählfluss zu unterbrechen, um ihm den Grund ihres Anrufs mitzuteilen, nicht mitbekam. Erst nach einer guten Viertelstunde Monolog wandte er sich plötzlich von sich aus an sie.

„Nun zu Ihnen, liebes Kind", sagte er freundlich, um dann unumwunden zuzugeben: „Ich weiß, ich hab' bisschen viel 'rumgesülzt. Aber es ist so, dass ich nun mal gern rede, und da nutze ich jede Gelegenheit, anderen quasi eine Klinke an den Kopf zu quasseln. Normalerweise hat ein alter Mann wie ich im Alltag ja kaum Möglichkeiten, mit anderen Menschen ins Gespräch zu kommen. Also danke schon mal, dass Sie mir so lange und geduldig zugehört haben."

Seine aufrichtige Art gefiel Siri. „Dafür nicht", sagte sie.

„Und von Westfalen weg sind Sie also auch", stellte er begeistert fest.

„Na ja, fast", sagte Siri. „Eigentlich zugezogen. Allerdings schon im zarten Alter von drei. Ich hatte also genügend Zeit, mich zu assimilieren."

„Jetzt mal Tacheles!" Er zwinkerte Siri kurz zu, bevor er weiter redete. „Sie haben also mein Buch über die Kriminalfälle in unserer schönen Heimat gelesen? Ich habe es nach meiner Pensionierung geschrieben, weil ich etwas von dem, was ich in den vielen Jahren meiner Arbeit erlebt habe, der Nachwelt hinterlassen wollte. Marianne meinte immer, es sei auch so eine Art Selbsttherapie gewesen, um diese Verbrechen zu verarbeiten und damit abzuschließen. Ich weiß nicht, ob dem so ist. Ihr Frauen seid ja die besseren Psychologen. Vielleicht hat meine Marianne also recht gehabt. Doch jetzt schweife ich schon wieder ab. Was genau wollen Sie denn von mir wissen?"

„Ehrlich gesagt habe ich aus persönlichen Gründen bislang nur einen Beitrag gelesen", gestand Siri. Sie beeilte sich hinzuzufügen, dass sie sich über die anderen, sicherlich nicht minder spannenden Verbrechen zu einem späteren Zeitpunkt informieren würde. Im Mittelpunkt ihres Interesses stehe aber aktuell der Mord an Dorothea Brautmann.

„Ochchottochott", rief ihr Gesprächspartner aus. „Das mit der Frau Brautmann war wirklich 'ne ganz üble Geschichte. Ich war damals Leiter der ermittelnden Mordkommission, hatte also schon ein paar Jährchen mit Kapitalverbrechen auf dem Buckel. Aber dieses Delikt und das ganze Drumherum sind mir nahe gegangen. Zum einen war da das Opfer selbst. Eine Frau, die im Krieg so ziemlich alles Schlimme mitgemacht hatte, was man sich vorstellen kann. Schrecklich, ganz schrecklich. Und dann findet die selbst auch ein gewaltsames Ende. Furchtbar. Ich habe so etwas nicht oft in meiner Laufbahn gesehen. Extrem erschütternd. Jemand hatte wie wild mit einem Beil aus ihrer Küche auf sie eingeschlagen. Da ist nicht viel übrig geblieben von ihrem Kopf und ihrem Gesicht."

Piepenbreier verstummte.

Er rang mit seinen Emotionen und schien sich sammeln zu müssen, bevor er weiter berichtete. „Die Brautmann kam aus Ostpreußen und war mit einem dieser großen Flüchtlingstrecks am Ende des Krieges in den Westen geflohen. Nach dem Krieg hat sie sich in Bad Salzdorf zusammen mit ihrem Mann eine Existenz in der Gastronomie aufgebaut. Die beiden kauften Ende der 1950er Jahre dort ein Hotel, renovierten das und brachten es wieder ans Laufen. Der Kaiserhof war ehemals ein Treffpunkt für Nazigrößen, die hier private Feiern, aber auch politische Versammlungen abhielten. Keine schöne Vergangenheit! Ich war bei meinen Ermittlungen damals manches Mal versucht zu denken, dass ein böser Fluch auf dem Haus lastete. Vielleicht auch auf der Brautmann. Aber das war natürlich irrational und kompletter Unsinn. Verzeihen Sie bitte, dass ich es überhaupt erwähne. Es tut ja gar nichts zur Sache! Nach 1945 wurde das Anwesen zunächst von britischen Offizieren genutzt und stand dann bis zum Verkauf an die Brautmanns eine Weile leer. Sie schafften dann mit viel Einsatz, dass der Kaiserhof das erste Hotel am Platz wurde. Beide arbeiteten jeden Tag rund um die Uhr, machten nur sehr selten mal ein paar Tage Urlaub und dann meistens getrennt, damit einer im Hotel bleiben und alles beaufsichtigen konnte. Kinder hatten sie nicht. Wirtschaftlich ging es den beiden glänzend. Sie kauften sich teure Autos, edle Klamotten, exklusiven Schmuck. Doch am Ende war es ihnen nicht vergönnt, die Früchte ihrer Arbeit zu ernten. Helmut Brautmann starb an einem Herzinfarkt, keine fünfzig Jahre alt. Dorothea Brautmann führte das Hotel allein weiter. Dann lernte sie einen Immobilienmakler namens Georg Roye kennen, der gerade erst nach Bad Salzdorf gezogen war und zwar mit Frau und Kind. Sie verliebte sich in ihn und beauftragte ihn schon bald damit, den Kaiserhof an eine große Hotelkette zu verkaufen. Gegenüber dem Neffen ihres Mannes, dem einzigen noch lebenden Verwandten, begründete sie ihren Entschluss damit, dass sie der vielen Arbeit überdrüssig sei und Deutschland zusammen mit Roye verlassen wolle. Die Brautmann zahlte an ihn, wie später herauskam, nicht nur seine Maklerprovision, sondern sie händigte ihm auch noch fast die komplette Kaufsumme in bar aus. Wir fanden die Quittung, die er dafür ausgestellt hatte, bei ihren Unterlagen. So geriet er sofort in den Fokus unserer Ermittlungen. Er beteuerte bei jeder Vernehmung, dass er vorgehabt hätte, sich von seiner Frau zu trennen und zusammen mit Frau Brautmann und seiner Tochter, die aus einer früheren Ehe stammte, ein neues Leben auf Teneriffa anzufangen. Das Geld wäre unter anderem für den Erwerb einer Immobilie auf der Insel bestimmt gewesen. Als Roye in der Untersuchungshaft saß, belastete ihn schließlich seine zweite Ehefrau Lis schwer. Sie hatte mittlerweile mit der Tochter ihres Mannes Bad Salzdorf verlassen und uns einen Brief geschickt, in dem sie erklärte, sie habe vergeblich versucht, ihren Mann von der Veruntreuung des Geldes abzuhalten. Brautmann, so stellte Lis Roye es uns dar, hatte wohl zu früh Wind davon bekommen, dass Georg Roye plante, sich zwar mit dem Geld, aber ohne seine Auftraggeberin abzusetzen. Stattdessen hatte er mit Lis und seiner Tochter Sarina nach Südamerika übersiedeln wollen. Sie vermute, schrieb Lis Roye, dass Frau Brautmann den Mann zur Rede gestellt und die Kaufsumme von ihm zurückgefordert hatte. Weiter berichtete sie, dass Georg Roye abends mit Blut an seinem Anzug nach Hause gekommen sei, was er ihr gegenüber mit Nasenbluten erklärt habe. Am nächsten Nachmittag habe dann bereits die Polizei vor ihrer Haustür gestanden. Lis sagte weiter aus, sie habe lange überlegt, ob sie ihren Ehemann belasten solle. Aber schließlich habe der Wunsch in ihr gesiegt, mit reinem Gewissen weiter zu leben."

Piepenbreier räusperte sich einmal kurz, bevor er weiter sprach. „Nach diesem Brief verlor sich die Spur von Lis Roye und ihrer Stieftochter. Es gab einen Hinweis, dass beide in Frankfurt beim Einchecken auf einen Flug in die USA gesehen wurden, aber wir konnten nie herausfinden, ob das stimmte. Ihre Namen tauchten auf keiner der Passagierlisten auf. Wenn sie tatsächlich in die Vereinigten Staaten gegangen sind, dann wohl mit falschen Papieren."

„Sie sagten vorhin, dass der Fall Sie ungewöhnlich bewegt hat. Und zwar zum einen wegen des Opfers, Dorle Brautmann. Und warum zum anderen?"

„Da war das kleine Mädchen." Piepenbreiers Stimme klang auf einmal kurzatmig, beinahe asthmatisch. Er kramte auch tatsächlich einen kleinen hellblauen Inhalator aus seiner Hosentasche und drehte kurz den Kopf weg von der Kamera, um ihn zu benutzen. Siri hörte die typischen pustenden Geräusche.

„Ich hab' den Roye damals verhaftet", fuhr er schließlich fort. „Bei ihm zu Hause war das, und dieser Abschied war furchtbar. Er musste sich von seiner kleinen Tochter verabschieden. Die war so ein winziges zartes Dingelchen, vielleicht drei, vier Jahre alt. Ochottochott, das war mit das Traurigste, was ich in meinem Berufsleben mitansehen musste."

Er senkte den Kopf. „Ich frage mich das bis heute", sagte er dann leise und blickte wieder auf. Seine Stimme hörte sich weiterhin beeinträchtigt an.

„Was fragen Sie sich?"

„Ob ich einen Fehler gemacht habe. Ob Roye in Wirklichkeit unschuldig war. Das Geld, das die Brautmann ihm laut dieser Quittung gegeben hat, wir haben das als Beweis seiner Schuld angesehen."

„Aber Lis Roye hat genau das in ihrem Brief doch auch bestätigt", warf Siri ein.

„Was aber", sagte Hans-Joachim Piepenbreier, jetzt wieder mit fester Stimme, „wenn es anders herum war?"

„Wie denn anders herum? Was meinen Sie damit?"

„Was, wenn Roye Dorothea Brautmann gar keine Gefühle vorgemacht hat. Wenn er wirklich etwas für sie empfunden hat? Was, wenn er tatsächlich für sie seine Frau verlassen wollte?"

„Seine junge Frau, die er kurz zuvor erst geheiratet hatte? Sie schreiben doch selbst in ihrem Buch, Roye hätte der Brautmann etwas vorgegaukelt!"

„Weil das der naheliegende Schluss war. Zumal, wenn man in den üblichen Mustern denkt. Die 1972 noch üblicher waren. Lis Roye war zwanzig

Jahre jung, Dorle Brautmann dreißig Jahre älter. Ich konnte mir nicht vorstellen, dass Roye ernsthaft Lis wegen Dorothea Brautmann verlassen wollte. Und doch ... " Wieder verstummte der Hauptkommissar a. D. , diesmal mitten im Satz.

„Und doch?", fragte sie nach.

„Und doch habe ich mich bei seiner Festnahme damals gewundert, warum er sich auf so rührend zärtliche Weise von seiner kleinen Tochter verabschiedete und die Frau, für die er so viel aufs Spiel gesetzt, ja angeblich sogar einen Mord begangen hatte, um mit ihr in Spanien neu anzufangen, dass er diese Frau keines einzigen Blickes würdigte, bevor wir ihn abführten. Er hat ihr noch nicht einmal tschüs gesagt. Das Geld haben wir übrigens auch nicht bei ihm gefunden. Es blieb für immer verschwunden."

„Aber, wenn er es nicht war, wer dann?", fragte Siri.

„Wer hätte den Schaden gehabt, wenn Roye tatsächlich vorhatte, mit Dorle Brautmann nach Teneriffa zu gehen?"

„Lis Roye?"

„Exakt", sagte Hans-Joachim Piepenbreier. „Übrigens war Lis Roye eine ungewöhnliche Frau. Auf den ersten Blick so ein Frauentyp, der männliche Beschützerinstinkte weckt. Klein, eher schmal gebaut. Attraktiv, durchaus. Doch etwas an ihr wirkte auf mich ... , wie soll ich es ausdrücken? Verstörend. Ich glaube, das ist das passende Wort. Und kalt. Sie lächelte, aber ihre

Augen blieben dabei unbeteiligt. Obwohl mir die Frau nicht ganz geheuer war, habe ich damals etwas Entscheidendes versäumt. Ich habe keine Nachforschungen über sie angestellt. Jedenfalls nicht sofort. Unverzeihlich. Denn hätte ich es getan, hätte ich gewusst, dass sie vorbestraft war. Als ich es dann in Erfahrung gebracht hatte, war Georg Roye bereits tot und sie mit der kleinen Sarina über alle Berge. Und vielleicht auch mit dem Geld von Dorothea Brautmann. Das ist ebenso wie ihr wertvoller Schmuck nie wieder aufgetaucht."

„Warum hat Georg Roye seine Frau Lis nicht verdächtigt?", fragte Siri.

„Vielleicht hat er das sogar! Doch was, wenn er bereits in der U-Haft saß, als es ihm schließlich dämmerte, dass sie die Täterin war? Ein Schock für ihn! Ihm muss gleichzeitig auch klar geworden sein, dass seine Tochter, Sarina, in den Händen einer Frau war, von der er annahm, dass sie fähig war zu töten. Vermutlich hat er sich niemandem anvertraut, weil er dachte, dass ihm das ohnehin keiner glauben würde. Zumal die Art und Weise, wie der Mord begangen wurde, eher nicht auf eine Täterin hinwies."

„Genau", sagte Siri, „das wollte ich auch noch anmerken. Ich meine, derart heftig und brutal mit einem Beil auf jemanden einzuschlagen, das braucht richtig viel Kraft. Und sie sagten vorhin, Lis Roye sei eher klein und schmächtig gewesen."

„Ich sagte, dass sie klein war, ja. Aber nicht schmächtig. Nein! Sie war muskulös und durchtrainiert. Ich glaube, sie war stark genug, um diese Tat zu verüben. Brutal und skrupellos war sie meiner Meinung nach sowieso."

„Aber von all dem haben sie in ihrem Buch nichts geschrieben", wunderte sich Siri.

„Weil es überhaupt keine Beweise in die Richtung gab. Doch wissen Sie, insgeheim habe ich immer gehofft, dass eines Tages doch jemand die Wahrheit herausfindet. Weil der Fall offiziell als aufgeklärt galt, war die Chance nicht allzu groß. Wie sind Sie denn auf den Fall gestoßen?"

„Eher zufällig", sagte Siri und erzählte Piepenbreier von Iris Orbach.

„Was macht Sie so sicher, dass es sich bei ihr um Sarina Roye handelt?"

„Sie ist exakt im selben Alter. Dann erinnert sie sich vage an ihren Vater, an eine Frau, bei der sie bleiben musste, als dieser fortging. Und an eine 'Tante Dorle', die ein Brautkleid trägt und leblos auf dem Boden liegt. Jedenfalls kommen diese Szenen in einem sehr gruseligen Traum vor, der sie seit vielen Jahren verfolgt. Ich glaube, dass diese Szenen eine reale Grundlage haben. Iris Orbach ist ein Findelkind, das übrigens auf dem Frankfurter Hauptbahnhof aufgegriffen wurde. Damals hat sie nicht gesprochen, und auch heute ist sie manchmal nicht in der Lage dazu. Ihren Namen hat sie von den späteren Pflegeeltern bekommen. Bislang hat niemand auch nur einen blassen Schimmer von ihrer wahren Identität. Sie selbst auch nicht."

„Hm", sagte Piepenbreier. „Lis Roye könnte die Kleine in Frankfurt ausgesetzt und sich allein abgesetzt haben."

„Das könnte sie getan haben", stimmte Siri ihm zu. „Und das macht sie noch verdächtiger, nicht wahr? Gab es damals weitere Leute, die überprüft wurden?"

„Ja. Da war so ein junger Bursche, der Lehrling von Dorothea Brautmann. Er war es, der ihre Leiche entdeckt und die Polizei informiert hat. Aber er hatte für die Tatzeit ein Alibi. Eine Mitschülerin gab an, dass sie den Abend und die ganze Nacht miteinander verbracht hatten. Dieser damals noch sehr junge Mann hat in den letzten Wochen übrigens Schlagzeilen gemacht. Haben Sie es auch mit bekommen?"

„Nicht, dass ich wüsste. Schlagzeilen inwiefern?"

„Er wurde ebenfalls Opfer eines Verbrechens. Und zwar nirgendwo anders als in Bad Salzdorf."

„Waas?", rief Siri. „Von wem reden Sie da?"

„Von Arik Teufel", sagte Piepenbreier.

„Arik Teufel war der ehemalige Auszubildende von Dorothea Brautmann im Kaiserhof?"

„Ja genau! Georg Roye war kein Mörder, liebe Frau Osten. Ich bin jetzt ziemlich sicher, auch nach dem, was Sie mir gerade erzählt haben. Den Fluchtversuch hat er unternommen, um seine Tochter aus den Fängen dieser schlimmen Lis zu befreien. Nicht auszudenken, was er sich im Gefängnis Schreckliches ausgemalt hat, was sie seiner Tochter antun würde. Er wusste, wozu sie fähig war. Ach! Ich würde das alles gern beweisen, Georg Roye posthum rehabilitieren und die Täterin, falls sie noch lebt, überführen, damit sie anschließend ihre gerechte Strafe bekommt. Am liebsten würde ich meine Reise verschieben, um weiter mit Ihnen da dran zu bleiben. Aber das kann ich weder den Kindern noch meiner Arthrose antun."

„Blöd ist", seufzte Siri, „dass ich inoffiziell in der Sache unterwegs bin."

„Aber liebes Kind", sagte Piepenbreier. „Warum wenden Sie sich denn nicht an die Bielefelder Kollegen, die für die Mordsache Teufel zuständig sind? Das kann den Ermittlungen dort doch eine ganz neue Richtung geben!"

Siri zuckte zusammen.

Warum hatte sie das nicht auf dem Schirm gehabt?

Natürlich! Es war die Bielefelder Kripo, in deren Zuständigkeit der Mord in Bad Salzdorf fiel. Das bedeutete, dass vermutlich niemand anderes als Jakob in die dortigen Ermittlungen involviert war. Was für ein komischer Zufall!

Dass es für sie aus sehr persönlichen Gründen nicht ganz einfach war, insbesondere diesen einen der Bielefelder Kollegen einzubeziehen, behielt sie gegenüber Piepenbreier für sich. Dennoch war klar, dass sie genau das jetzt tun würde. Sie würde Jakob alles erzählen, was sie herausgefunden hatte.

Sie bedankte sich herzlich bei ihrem pensionierten Kollegen und versprach, ihn in der Sache auf dem Laufenden zu halten. Dann wünschte sie ihm eine gute Reise und eine schöne Zeit im sonnigen Kalifornien und verabschiedete sich von ihm.

JAKOB

Jakob bereute es, nicht den Weg über die Autobahn nach Hoffnungstal genommen zu haben. Die Strecke, auf der er jetzt unterwegs war, war ihm vom Navi des Dienstwagens als kürzeste vorgeschlagen worden. Sie führte ihn durch eine landschaftlich reizvolle Mittelgebirgslandschaft, doch leider auf einer sehr schmalen Straße, die in Serpentinen bergauf und anschließend in Serpentinen wieder hinab ins Tal führte, wo der See und die nach ihm benannte Rehaklinik lag.

Es gab Ausblicke, die Jakob den Atem raubten, was allerdings auch damit zu tun hatte, dass er leider nicht besonders schwindelfrei war. Er war im Flachland aufgewachsen und hatte es nicht mit Bergen, steilen Straßen und Haarnadelkurven. Dass sich vor ihm und weiter bis zum Horizont malerisch die bewaldeten Berge des Sauerlands erstreckten und er eine Aussicht genießen konnte, die zum Postkartenmotiv taugte, entging ihm. Auch dass die Sonne, kurz bevor sie wieder untergehen würde, doch noch beschlossen hatte, durch ein paar Wolkenlücken hervorzukommen und helle Lichter auf der Wasseroberfläche des Sees tanzen zu lassen, nahm Jakob nicht wahr. Er war zu aufgeregt dafür und das nicht nur wegen der etwas abenteuerlichen Fahrt, sondern auch wegen dem, was ihn an seinem Ziel, der Klinik am See, erwartete. Wobei der Gedanke an das bevorstehende Gespräch mit Arik Teufels Küchenchefin, wenn sie sich denn tatsächlich in der Klinik aufhielt, ihn weniger nervös machte als der an das wahrscheinliche Zusammentreffen mit Siri. Würde sie ihm als erstes wieder unterstellen, dass er ihr nachrannte und ihm ins Gesicht sagen, er sollte sie endlich in Ruhe lassen?

Jakob, sagte er schließlich zu sich selbst, sei einfach ein Mann! Hör' auf, dir ständig über Siri Gedanken zu machen! Was könnte sie sagen? Was könnte sie meinen? Was könnte sie tun? Das grenzt ja schon an eine Besessenheit.

Sein inneres Selbstgespräch ließ ihn tatsächlich gelassener werden. Jakob entspannte sich und war jetzt guter Dinge. Dass er fast schon unten im Tal angelangt war, heiterte ihn zusätzlich auf. Die Straße verlief nun weniger kurvig. Er trat das Gaspedal weiter durch. Der BMW beschleunigte rasch auf die erlaubten hundert Stundenkilometer. In diesem Augenblick wurde er angerufen. Es war Karsten. Jakob nahm das Gespräch über die Freisprechanlage an. „Hey", meldete er sich. „Was gibt's? Hast du etwas Interessantes auf den Gästelisten entdeckt?"

„Das nicht", sagte Karsten. „Ehrlich gesagt, bin ich da auch erst bei Woche zwei angekommen. Doch es gibt was anderes, und das ist viel interessanter!"

„Was denn?", fragte Jakob, der sich einer lang

gezogenen Linkskurve näherte.

„Ich konnte mir endlich die Videoaufnahme aus dem Parkhaus an der Frankfurter Oper anschauen. Sie zeigt, dass Natalia Teufel in der Mordnacht bereits lange vor den Schlusstakten das Vivaldi Konzert verlassen hat, um in ihrem Edelschlitten davon zu rauschen."

„Donnerwetter."

„Genau. Und es kommt noch besser, Jakob. Die Dame ist morgens um vier geblitzt worden. Und weißt du auch, wo?"

„Natürlich nicht", bemerkte Jakob ungeduldig.

„Auf dem Autobahnzubringer, einige Kilometer hinter Bad Salzdorf. Da war sie wahrscheinlich schon wieder auf dem Rückweg. Es sieht tatsächlich ganz so aus, als ob die schöne Natalia in der Tatnacht von der Mainmetropole in ihren Heimatort und wieder retour geflitzt ist. Porsche bleibt eben Porsche."

„Nein!", schrie Jakob.

Sein Ausruf galt allerdings nicht Natalia Teufels Auto, sondern dem großen roten Pickup, der ihm in der Kurve entgegenkam.

Auf seiner Spur.

Jakob hatte keine Chance auszuweichen oder schnell genug abzubremsen, um den Zusammenprall der beiden Fahrzeuge zu verhindern. Dafür ging alles viel zu schnell.

IRIS

Angst, ich hatte solche Angst. Ja! Das da auf der Wand waren blutige Abdrücke von Händen. Das war gar keine Braut in meinem Traum. Das war Tante Dorle, und sie war tot. Meine liebe Tante Dorle.

„Aber ich muss fort, Sarina. Das musst du verstehen." Das hat er zu mir gesagt. Endlich ist da auch ein Gesicht zu seiner Stimme! Dunkle Augen. Schwarzes Haar. An den Schläfen ist es schon weiß. Hohe Stirn mit einer tiefen Falte. Das habe ich also von ihm geerbt. Und er hat ein Grübchen im Kinn. Er lächelt. Und ich fühle, wie traurig er ist. Er ist mein Vater.

„Geh' mit ihr, Sarina. Tu', was ich dir sage und wein' jetzt nicht. Sie wird für dich da sein", sagt er.

„Aber ich mag sie nicht. Ich will nicht zu ihr. Niemals. Ich will bei dir sein."

„Nein, Sarina. Du musst bei ihr bleiben!"

Ich weinte. Und dann wurde ich still ... und starr ... und ... stumm. So wie das Männlein im Walde, in diesem Kinderlied, das sie mir später vorgesungen hat, als wir mit der Eisenbahn von Papa weggefahren sind. Sehr weit weg.

„So ist es brav, Sarina. Sei ganz still. Still und stumm, genau wie das kleine Männlein." Das hat sie gesagt. Sie ist falsch. Und gemein.

„Dein Papa hat etwas sehr Schlimmes getan, Sa-

275

rina. Und jetzt ist er tot deswegen. Hör' auf, nach ihm zu rufen. Er hört dich nicht mehr!"

Du, du bist schlimm. Du bist böse, dachte ich. Weil ich so wütend war, wünschte mir nichts mehr, als dass sie weg wäre. Könnte ich doch zaubern! Dann würde ich sie wegzaubern. Weg von mir. So weit weg, dass ich ihr nie mehr begegnen muss!

JASPER

„Von wem reden Sie da, Iris? Wer ist böse?",
fragte Dr. Jasper Spielhagen seine Patientin. Die
hatte ihm gerade einen Alptraum erzählt, der sie
seit ihren Kindertagen verfolgte. Iris Orbach
antwortete nicht auf seine Frage.

„Sie war bei mir", sagte sie stattdessen, „sie ist
wieder aufgetaucht. Ihr Anblick hat mich in
Angst und Schrecken versetzt. Ich hatte vergessen, wer sie war. Aber plötzlich wusste ich es, als
sie zusammen mit Arik an diesem Samstagabend
im Lokal saß. Ich habe sie für einen Moment
wiedererkannt. An ihren bösen Augen und an
ihrem Zeichen! Ich konnte mich plötzlich an
früher erinnern. Aber dann habe ich ganz
schnell alles wieder vergessen."

„Von wem reden Sie, Iris?", versuchte er es erneut.

„Lis. Das war Lis in Ariks Lokal. Meine böse
Stiefmutter. Glauben Sie mir das?"

„Natürlich glaube ich Ihnen, Iris. Was hat Sie
Ihnen angetan?"

Iris zuckte mit den Schultern.

Erinnerte sie sich nicht mehr? Oder konnte sie
nicht darüber sprechen?

„Ich wurde wieder starr ... und stumm. Wie das
Männlein im Lied ... Konnte nicht arbeiten. Nicht
reden. Nicht fühlen. Und dann brachte mich Arik
zu Ihnen."

„Sind Sie traurig, dass er tot ist?"

Seine Patientin legte ihre Hände auf den Tisch und ballte sie zu Fäusten. Die Muskulatur ihres Kiefers spannte sich an. Ihr blasses Gesicht war auf einmal mit hellroten Flecken übersät.

„Arik? Nein!", rief sie aus, so laut, dass Jasper zusammenzuckte. „Ich bin wütend auf Arik! Er war es doch, der sie sie hierher gebracht hat. Ich hatte sie vergessen, und das war auch gut so."

„Wusste Arik denn, wer die Frau ist? Und hatte er eine Ahnung, was sie Ihnen angetan hatte?"

Sie schien nachzudenken. Schweigend knabberte sie an ihrer Unterlippe.

Vielleicht war alles doch zu viel für sie. Vielleicht war es besser, sie damit in Ruhe zu lassen. Vielleicht konnte sie ihr Trauma noch nicht in Worte fassen. Vielleicht würde sie es niemals können.

Zu seiner Überraschung schluchzte sie in diesem Moment laut auf. Es klang so gequält, dass er sich an den Schmerzenslaut eines verwundeten Tieres erinnert fühlte. Dann begann sie wieder zu reden. „Es gab außer den Orbachs niemanden, dem ich glaubte, trauen zu können. Meine Ehe wurde auch deswegen geschieden. Und dann war da Arik. Ich mochte ihn, ich mochte die Arbeit für ihn. Er war genau so ambitioniert wie ich. Wir wollten einen Stern für die Teufelsküche. Dafür haben wir gelebt. Das war das Ziel, das Band zwischen uns. Ich dachte auch, er würde mich beschützen, koste es, was es wolle. Schließlich war ich sein Star, seine zukünftige Sterneköchin. Aber was macht Arik? Er bringt dieses Monster zu mir. Ich hasse ihn dafür."

Jasper erschrak über den Ausdruck, der auf einmal das Gesicht seiner Patientin beherrschte. Die Stirnfalte wirkte noch tiefer eingegraben als sonst. Ihre Augen hatten die Form von schmalen Halbmonden angenommen.

„Iris, Sie haben meine Frage noch gar nicht beantwortet. Wusste Arik denn, wer die Frau war und wofür sie verantwortlich war?"

„Ist das relevant?", fragte sie. „Ich habe ihm gesagt, er soll sie wegschicken. Aber er hat es nicht getan. Er hätte auf mich hören sollen. Vielleicht würde er dann noch leben."

In diesem Moment fiel Jasper auf, wie kräftig ihre Hände waren, die sie immer noch zu Fäusten geballt hielt. So fest, dass sich die Fingerknöchel weiß auf den Handrücken abzeichneten.

SIRI

Hauptkommissarin Siri Osten setzte sich in ihrem Klinikbett auf und stöhnte. Sie fühlte sich bleischwer und so müde, dass sie am liebsten ihre brennenden Augen sofort wieder geschlossen hätte. Gereizt blickte sie auf die Bettdecke, deren Inneres sich schon wieder zu einem dicken Klumpen zusammengeballt hatte, der auf ihren Füßen lag. Der Rest ihres Körpers hatte sich mit dem dünnen Bezug zufriedengeben müssen. Wahrscheinlich klapperten ihr deshalb die Zähne aufeinander. Sie war komplett durchgefroren. Es war höchste Zeit, bei der Frau mit den Gelnägeln, die an der Rezeption saß, diese Decke zu reklamieren und um einen Ersatz zu bitten. Um eine Decke, die ihren Namen verdiente, die ihren ganzen Körper bedeckte und wärmte, so dass er der Nachtabsenkung der Heizung trotzen konnte.

Es war halb sechs Uhr morgens. Sie fischte mit klammen Fingern einen Wollpullover aus einem Kleiderhaufen, der neben dem Bett auf dem Boden lag und zog ihn sich über den Kopf. Es war ein grauer Männerpullover, der einst Jakob gehört und den sie gegen seinen Widerstand vor der Altkleidersammlung gerettet hatte.

„Den behalt' ich für mich", hatte sie gesagt und den Pullover aus dem Sack herausgeholt, in den Jakob ihn gesteckt hatte. „Der hat Löcher am

Arm", hatte er erwidert. „Egal. Der ist tolle Qualität. Schön warm. Und für zu Hause noch gut genug. Für mich jedenfalls." Jakob hatte zwar den Kopf geschüttelt, aber anschließend geschwiegen.

Als ihr dank des Materials, aus dem der Pulli hergestellt war - reine Schurwolle - wärmer und wärmer wurde, kam ihr die Erinnerung an Traumbilder der vergangenen Nacht. Sie hatte, warum auch immer, sehr lebhaft geträumt. Von einer kargen Winterlandschaft und riesigen Feldern mit weißen Blumen, die ihre Mutter immer als Beerdigungsblumen bezeichnet hatte. Siri hatte sich im Traum gewundert, dass sie trotz der Kälte und der Jahreszeit blühten. Der Himmel über dem Feld, auf dem die Blumen standen, war von einem eisigen Blau. Siri, die im Traum einen schmalen Weg am Feldrand entlang gerannt war, zuckte zusammen, als ihr einfiel, was als nächstes geschehen war.

Als sie stehen geblieben war und nach oben zum Himmel sah, erschienen dort zwei riesige Augen, die sie anstarrten. Sie hatte gefühlt, wie Kälte in sie eindrang und dass sie dadurch starr und unbeweglich wurde. Vermutlich, überlegte sie, war das zu einem Zeitpunkt geschehen, als der Raum eine sehr niedrige Temperatur erreicht und der Bettdeckenklumpen sich endgültig in Richtung ihrer Füße verabschiedet hatte.

Weiter hatte sie geträumt, dass sie schlotternd

vor Kälte durch ein Tor gegangen war, das seltsamerweise in den Speisesaal der Klinik am See führte. Änschela, Mandy und Miss Schtuddgad saßen an ihrem üblichen Tisch. Auf der Bühne tanzten Jennifer Grey und Patrick Swayze miteinander, und ihre Mutter saß ebenso im Publikum wie ihre Freundin, die Psychologin Marie von Heessen.

Dann hatte sich ihr Traum einen kleinen Spaß erlaubt. Die beiden Tänzer auf der Bühne verwandelten sich in Jakob und in sie selbst. Von ihrem Tisch aus sah sie, wie sie Jakob in die Arme sprang.

Bizarr, dachte Siri. Irgendwie auch witzig. Dann wurde sie auf einmal ganz ernst. Ihr fiel eine weitere Traumszene ein und zwar, dass sie auf die Hand geschaut hatte, die ihr das Glas mit dem alkoholfreien Aperol Spritz hinstellte.

Da war etwas gewesen. War das nicht? Siri stockte der Atem. Sie sprang aus dem Bett. Eine Sekunde später saß sie an dem kleinen Schreibtisch ihres Klinikzimmers vor ihrem Notebook. Ihre Finger flogen über die Tastatur. „Das ist doch ... das gibt's doch nicht", rief sie aus, während sie mit weit aufgerissenen Augen auf den Bildschirm starrte. Müdigkeit und Schwere waren verflogen und binnen weniger Minuten auch die Kälte. Ihr Gesicht rötete sich. „Das kann fast nicht wahr sein. Und doch passt alles zusammen", sagte sie laut zu sich selbst.

Sie sah noch einmal auf die Uhr. Mittlerweile

war es halb sieben. Ich muss Jakob anrufen, dachte sie. Sie versuchte, ihn zu erreichen, aber er hatte sein Handy aus. Das war komisch. Eigentlich schaltete er nie sein mobiles Telefon aus. Ob er schon auf der Arbeit war? Manchmal saß er bereits zu nachtschlafender Zeit an seinem Schreibtisch, um ungestört wichtige Dinge erledigen zu können. Sie wählte seine dienstliche Nummer. Vielleicht hatte sie ja Glück.

Es war nicht Jakob, der den Anruf entgegennahm, sondern ein Kollege, seiner Stimme nach ein junger Mann. Klusener, Kommissaranwärter", meldete er sich.

„Osten", sagte Siri. „Ist Oberkommissar Rack zu sprechen?"

Sie erntete Schweigen.Das Schweigen dauerte an. Es dauerte zu lange an. Irgendetwas schwante ihr. Nichts Gutes. Sie hörte, wie es in ihren Ohren klopfte und rauschte. Gefühlte Ewigkeiten später reagierte ihr Gesprächspartner mit einer Gegenfrage. „Wer sind Sie?"

„Ich bin eine ehemalige Kollegin von Jakob Rack, Hauptkommissarin in seiner früheren Dienststelle. Wir haben zusammen gearbeitet, bis er nach Bielefeld ging."

„Weswegen möchten Sie mit Herrn Rack sprechen? Worum geht es genau?"

„Um den Mord an Arik Teufel. Ich bin auf etwas gestoßen, über das ich Oberkommissar Rack informieren muss. Ermittelt er in der Sache? Wenn er in der Nähe ist, holen Sie ihn mir bitte sofort ans Telefon!"

„Er ist leider nicht im Dienst."

„Wann ist er wieder da?"

„Ja, also ... "

Täuschte sie sich oder eierte der Typ 'rum? Allmählich reichte es ihr. Sie hatte keine Lust darauf, von diesem Jungspund hingehalten zu werden. „Herr Klusener. Können wir mal bitte Tacheles reden! Was ist los?" Sie hörte sich streng an.

„Es tut mir leid", hörte sie die junge Stimme sagen, die sich auf einmal leise und traurig anhörte, „es hat einen schweren Unfall gegeben. Jakob ... Oberkommissar Rack ... er ist gestern auf der Fahrt zu einem Einsatz mit dem Auto verunglückt. Er hatte keine Chance ... "

Die Worte detonierten wie Handgranaten in ihrem Kopf. Sie unterbrach das Gespräch, warf das Handy auf den Tisch und verbarg kurz ihr Gesicht in den Händen. *Weg. Raus hier. Raus aus diesem Zimmer. Ins Freie.* Sie ignorierte die Vibrationen, die das Telefon auf der Schreibtischplatte mit leisem Surren hin und her schubsten. Offenbar versuchte Jakobs Kollege sie zurückzurufen. *Warum? Er hatte doch schon alles gesagt.*

Wie mechanisch stand sie auf, holte ihre Laufhose aus dem Schrank, zog sie an und über Jakobs Pullover den alten Anorak. Dann verließ sie ihr Zimmer und trat hinaus in den dunklen Gang. Der Bewegungsmelder reagierte, und die Beleuchtung im Flur schaltete sich ein. Erst jetzt zog Siri ihre Zimmertür hinter sich zu und marschierte schnellen Schritts zum Ausgang. Die automatischen Glastüren des Klinikeingangs waren noch verschlossen, aber sie hatte Glück. Eine Mitarbeiterin kam offenbar gerade zum Dienst und öffnete von außen eine kleinere Seitentür. Siri schlüpfte schnell und wortlos an ihr vorbei nach draußen. Der Platz vor der Klinik wurde von einigen Laternen gesäumt, die ihn in ein milchiges Licht tauchten. Weitere Beschäftigte der Klinik, Männer und Frauen, kamen ihr schweigend und mit müden Gesichtern entgegen. Sie nahmen Kurs auf den Eingang, schienen keine Notiz von ihr zu nehmen und sich von daher auch nicht zu fragen, was sie, die doch das Privileg gehabt hätte, länger zu schlafen, in aller Herrgottsfrühe schon hier draußen wollte.

Es fiel Schneeregen. Die Luft war so kalt und schneidend, dass es eine Frage der Zeit zu sein schien, bis der Regen sich in Schnee verwandeln und auf den Straßen und Gehwegen liegenbleiben würde. Aber das Wetter war Siri völlig egal. Selbst ein Hurrikan hätte sie nicht davon abgehalten loszulaufen. Einfach immer weiter zu rennen in Richtung See. Sie überquerte zügig den Kreisverkehr und erreichte die Brücke mit dem Geländer. Die Farbe, mit der es lackiert worden war, erinnerte sie an die der großen Müllsäcke, in denen ihre Mutter Kleidung und Wäsche verstaute, wenn sie mal wieder irgendwohin umgezogen waren. Meistens zum aktuellen Liebhaber von Renate Osten, die sich „Rena" nannte und auch von der Tochter so angeredet werden wollte. Auf keinen Fall hatte Siri „Mama" zu ihr sagen dürfen. Ihre Augen begannen zu tränen. Von der Kälte, redete sie sich ein. Warum bloß dachte sie nun auch noch an ihre schwierige Mutter? Weil sie tot war? So wie Jakob.

Keine Chance. Das waren die Worte von Jakobs Kollegen gewesen. Und genau das hatte man auch zu Siri gesagt, als ihre Mutter kurz nach der Geburt von Joshua ein Aneurysma erlitten hatte: „Ihre Mutter hat keine Chance. Sie wird das nicht überleben. Es tut uns leid, Frau Osten." Wieder und wieder hörte sie die beiden furchtbaren Wörter im Takt ihrer Schritte. *Keine Chance, keine Chance, keine Chance ...*

Sie hielt sich vergeblich die Ohren zu, um dagegen anzugehen. Es konnte nicht funktionieren, weil es ein Echo in ihrem Inneren war und dort hallte es weiter und weiter nach.

Am anderen Ende der Brücke, die in ihrer ganzen Länge von bogenförmigen Straßenlampen beschienen wurde, bog sie rechts in den unbeleuchteten Waldweg ein. Die Dunkelheit knallte ihr wie ein tiefschwarzes Brett vor die Augen.

Sie sah nichts mehr. Weder den Weg vor sich, noch irgendetwas rechts oder links davon. Sie stolperte über ein Hindernis. Was es genau gewesen war, ein Stock, ein Stein, eine Wurzel, konnte sie nicht sehen. Sie fiel der Länge nach hin. Den stechenden Schmerz in ihrem Knie nahm sie kaum wahr. Er fühlte sich wie weit weg an und als gehöre er gar nicht zu ihr. Als sie aufstand, spürte sie, dass ihre Sachen nass waren, vom Schneeregen und vom Sturz auf den durchweichten Waldboden. Der alte Anorak war nicht wasserdicht, und obendrein hatte sie vergessen, die Kapuze aufzusetzen. Tropfnass fielen ihr die Haare ins Gesicht, das zusätzlich von dem kalten Wind malträtiert wurde und sich allmählich ganz taub anfühlte. Sie rannte weiter bis an das Seeufer und dann den schmalen Weg entlang des Hebearms. Allmählich gewöhnten sich ihre Augen etwas an das fehlende Licht, und sie konnte besser sehen. Zumindest hatte sie nicht mehr das Gefühl, komplett blind zu sein. Kurz erinnerte sie sich, dass sie am Tag ihrer Ankunft auch hier gewesen war, aber dann eine Abkürzung quer durch das Waldstück genommen hatte, in dem sie zum ersten Mal Iris Orbach begegnet war. Obwohl es mit ihrer Kondition auch heute nicht zum besten stand, verzichtete sie darauf und lief an der Abbiegung vorbei. Solange sie rannte, könnte sie ihre Gedanken an das, was passiert war, besser von sich weghalten. Das dachte sie. Aber es klappte nicht besonders gut. *Keine Chance, keine Chance.*

Die Aufzeichnung in ihrem Kopf lief weiter - wie in einer Endlosschleife. Siri trabte nun am Ufer des Sees entlang. Der Weg war hier geschottert, es knirschte unter ihren Laufschuhen und Steine flogen auf.

Lauf, Siri, lauf! Das hatte ihr der Fußballtrainer immer zugerufen, wenn sie mit dem Ball dribbelnd Kurs auf das Tor genommen hatte. Sie war als Jugendliche eine gute Mittelfeldspielerin gewesen, aber Hubert, der Trainer, und sein Geschrei waren ihr auf den Geist gegangen. Es war doch völlig klar, dass sie lief! Und zwar so schnell sie konnte! Um dann, wenige Meter vor dem Tor, zu Gabriella zu passen, die den Ball mit Karacho im gegnerischen Tor versenken würde. Einmal war Siri mitten in einer solchen Aktion auf dem Feld stehen geblieben, aus Protest gegen Hubert und sein aus ihrer Sicht völlig idiotisches Schreien. Dummerweise war es ein Spiel um den Aufstieg gewesen. Die anderen warfen ihr vor, sie hätte die Schuld daran, dass sie am Ende verloren hatten. Was aus ihrer Sicht Schwachsinn war. Die Gegnerinnen waren so viel besser gewesen und ihre Mannschaft ohnehin chancenlos. Ihr Protest gegen Hubert war überhaupt gar nicht ausschlaggebend für die Niederlage gewesen. Und hey, hatte sie Hubert nicht hundertmal gesagt, er solle sie nicht auf diese Art anfeuern, weil es sie wahnsinnig machte? Warum hatte er es dann trotzdem wieder getan? Sie war ohne ein Lebewohl gegangen und nie mehr zu einem Training erschienen. Begegnete sie später jemandem aus dem Verein, wechselte sie grußlos die Straßenseite. Wenn man sie auf dem falschen Fuß erwischte, war der Ofen bei ihr ein für alle Mal aus. Das hatte auch Mick, Renas letzter Mann und Joschis Vater, zu spüren bekommen. Siri konnte ihn nicht leiden, nichts an ihm, und das ließ sie ihn spüren, wann immer sie mit ihm zusammentraf. Einmal hatte er bei einer Familienfeier neben ihr gesessen und ihr während einer Unterhaltung freundschaftlich seine Hand auf den Unterarm gelegt. „Lass' das Mick, oder ich knall' dir eine", hatte sie gezischt und war sofort weit von ihm weggerückt. Nie mehr hatte sie sich fortan in seine Reichweite begeben und wurde ihm gegenüber fortan noch abweisender, als sie es ohnehin schon gewesen war. Nach Renate Ostens Tod hatte er weiter versucht, sich gut mit Siri zu stellen und war dabei ständig abgeblitzt. Unmissverständlich ließ sie ihn spüren, dass es nur einen Grund gab, weswegen sie überhaupt Kontakt zu ihm hielt. Der hieß Joshua, war sein Sohn und ihr kleiner Bruder. *Hätte ich netter zu Mick sein sollen? Wäre er dann mit Joshua hier geblieben?* Diese Fragen hatte sie sich noch nie gestellt. Mick hatte sich ihre Freundschaft oder zumindest ein harmonisches Miteinander gewünscht. Und sie? Sie hatte kaum eine Gelegenheit ausgelassen, ihn entweder zu ignorieren oder knallhart in seine Schranken zu weisen, obwohl es gar keinen Anlass dafür gab. Eigentlich, gestand sie sich ein, war Joshuas Vater ein lieber und gutmütiger Kerl, mit dem auch weiterhin ein friedliches Zusammenleben

Tür an Tür möglich gewesen wäre, um Joshua gemeinsam großzuziehen. Sie war das Problem! Sie selbst war schuld, dass Mick mit Joshua nach Nashville ausgewandert war. Er hatte keinen Bock mehr auf sie und ihre Art gehabt.

Ihr war völlig schleierhaft, warum sie jetzt an diese Menschen dachte. An Hubert, den Trainer. Renate, ihre Mutter. Mick, deren Lebensgefährten. Warum kamen die ihr alle in den Sinn? Gleichzeitig fiel ihr Blick in Richtung des Sees mit seiner unwirklich glatten und dunklen Oberfläche. Der Schneeregen hatte eine Pause eingelegt. Dann blieb sie abrupt stehen. Beinahe wäre sie schon wieder hingefallen, diesmal über ein Bündel, das mitten auf dem Weg lag.

Was war das? Als sie sich bückte, erkannte sie eine leblose Gestalt. Sie wollte ihr Handy aus der Tasche holen, um mit dessen Lampe besser sehen zu können, aber ihr fiel ein, dass sie es in ihrem Zimmer hatte liegen lassen. Als sie sich direkt über das Gesicht des auf der Seite liegenden Körpers beugte, erkannte sie, um wen es sich handelte.

Sie kam zu spät.

Dabei hatte sie es in der Hand gehabt. Sie war dafür verantwortlich, sie allein. Warum bloß hatte sie nicht sofort reagiert, als ihr klar geworden war, dass diese Frau, die vor ihr auf dem Boden lag, in großer Gefahr schwebte? Warum hatte sie Jakobs Kollegen am Telefon nichts von dem gesagt, was sie wusste? Der Schock über die Nachricht, dass Jakob verunglückt war, hatte sie offenbar alles andere vergessen lassen. Auch ihre Pflicht, wenn nicht ihm, dann doch umgehend der Polizei mitzuteilen, dass sie wusste, wer Arik Teufel umgebracht hatte und weswegen ihre Mitpatientin Angela Winterhoff auf einer Intensivstation um ihr Leben kämpfte.

Es war die Person, die sich jetzt - aus einem Unterstand am Rand des Uferwegs kommend - an Siri heranschlich, die gerade versuchte, einen Puls am Handgelenk der leblosen Gestalt zu ertasten.

Als die Kommissarin sich aus der Hocke wieder aufrichtete, spürte sie, wie sie von hinten gepackt und mit unnachgiebigem Griff festgehalten wurde. Gleichzeitig war da etwas Kaltes an ihrem Hals. Sie erschrak, aber es gelang ihr, sich äußerlich sehr ruhig zu verhalten, spätestens, als ihr klar wurde, dass es die Klinge eines Messers war, die direkt auf ihrer Halsschlagader aufgesetzt worden war. Auch ohne den festen Griff, der ihre Arme an den Oberkörper presste, hätte sie es nicht gewagt, sich nur einen Millimeter zu rühren. Diese Hand hatte Übung darin, blitzschnell menschliche Kehlen mit einem Messer zu durchtrennen, soviel war klar. Eine falsche Bewegung von ihr und es wäre vorbei. Denn es gab viele Gründe, warum die Person, der diese Hand gehörte, auch Siri aus dem Weg räumen wollte.

„Was haben Sie ihr angetan?" Siri hatte das gar nicht sagen wollen. Es war ihr herausgerutscht. Sie kniff die Augen zusammen und biss sich auf ihre Lippen. Hatte sie mit der Frage ihren sofortigen Tod provoziert?

Sekunden verstrichen. Sekunden, in denen sie weiter das Metall des Messers an ihrem Hals spürte.

Es dauerte eine Weile, bis Siri klar wurde, dass sie noch lebte. Dass die Hand am Messer noch ruhig blieb. *Aber wie lange noch?* Zu ihrer Überraschung begann die Person hinter ihr zu reden.

„Sie will doch sowieso sterben. Ein seelisches Wrack ist sie. Keine Behandlung hat jemals bei ihr angeschlagen. Sie ist stumm wie ein kleiner Fisch und wird es immer bleiben. Jedenfalls, wenn es darauf ankommt. Wenn Gefühle ins Spiel kommen, verschlägt's ihr wieder und wieder die Sprache, unserer Sarina. Dann diese Ängste, die bei ihr dazu kommen. Was bleibt so einer psychisch extrem kaputten Frau denn anderes übrig, als freiwillig aus dem Leben zu scheiden? Sie ist ins Wasser gegangen, wird man sagen. Wenn sie gefunden wird, wird allen klar sein, dass es ein Suizid ist. Zumal sie auf ihrem Handy eine ergreifende Abschiedsbotschaft hinterlassen hat. Schriftlich natürlich. Es wissen ja alle, dass sprechen nicht so ihr Ding war. Die kleine Beule an ihrem Kopf wird in der Rechtsmedizin gar nicht auffallen. Doch selbst wenn, ist doch die passendste Erklärung, dass sie auf einen dieser großen Steine am Ufer gefallen ist. Wie gut dieser See doch zum Sterben für unsere Sarina geeignet ist! Und warum bist du hier? Hast du mich beobachtet, wie ich deinen Schützling heute Morgen aus ihrem Zimmer gelockt und hierher getrieben habe? Ich wollte dich eigentlich schon längst aus dem Verkehr ziehen, damit du mir nicht in die Quere kommst. Hat ja leider nicht auf Anhieb geklappt. Welch Glückes Geschick aber, dass du mir die Gelegenheit gibst, es genau jetzt nachzuholen."

In Siris Hirn rasten die Ideen und Gedanken.

Was sollte sie in dieser ausweglosen Situation tun?

Wie sich verhalten?

Zeit, dachte sie. Ich muss Zeit gewinnen. Da hört sich offenbar jemand gern reden. *Das muss ich ausnutzen.* „Genau", sagte Siri und zwang sich trotz ihrer Todesangst langsam und bedächtig zu reden. „Das war Ihr ursprünglicher Plan. Sie haben sich unter das Personal gemischt am Bunten Abend in der Klinik. Keinem ist das aufgefallen. Sie haben sich von irgendwoher die passende Arbeitskleidung besorgt und haben mir aus einer präparierten Flasche Aperol Spritz eingeschenkt, den dann meine arme Tischnachbarin Angela getrunken hat. Ich habe Sie nicht wiedererkannt. Wer schaut denn auch schon, wenn er durch eine Bühnenshow abgelenkt wird, ins Gesicht einer Servicekraft? Allerdings habe ich doch etwas gesehen. Es ist mir erst heute Nacht im Traum wieder eingefallen! Das Tattoo an Ihrem Handgelenk. Ich hatte es bei unserer ersten Begegnung in der Cafeteria schon entdeckt. Sie haben sich eine Fleur de Lis stechen lassen, die stilisierte französische Lilie, weil die auf Ihren eigentlichen Namen hinweist. Der lautet nämlich nicht Dr. Amanda Hausner, sondern Lis Roye!

Siri machte eine Pause.

Ihr Herz raste.

Wie würde Lis Roye alias Dr. Amanda Hausner jetzt reagieren?

Weil nichts geschah, redete sie entschlossen weiter. „Wenn ich so schlau gewesen wäre, Sie gleich unter diesem Namen im Internet zu suchen, hätte ich festgestellt, dass die echte Dr. Hausner zwar tatsächlich eine in Bad Salzdorf praktizierende Ärztin ist, allerdings ist sie deutlich jünger als Sie. Dennoch Frau Roye, Kompliment für Ihr Aussehen! Und für diese gelungene Vorstellung als Ärztin. Für ihr Alter morden Sie mit einer erstaunlichen Chuzpe. Was Ihr Motiv anbelangt, bin ich mir sicher, dass es sich um Habgier handelt. Denn die war immer Ihr Antrieb, oder?"

Die Hand, die das Messer hielt, machte eine kleine Bewegung. Siri hielt den Atem an.

Bin ich zu weit gegangen? Sie spürte keinen Schmerz, nur plötzlich etwas Warmes an ihrem Hals. *Ich lebe noch. Also rede ich weiter.* Siri war überrascht, wie klar sie auf einmal alles vor sich sah. Wie in einem inneren Film, der vor ihr ablief und den sie nur noch zu beschreiben brauchte. „Sie haben Georg Roye geheiratet, weil er wohlhabend war. Als Ihnen da die Felle wegzuschwimmen drohten, weil Roye sich von Ihnen trennen wollte, um mit Dorle Bräutigam zusammenzuleben, brachten Sie die Frau kurzerhand kaltblütig um. Sie wussten, dass der Verdacht auf Ihren Mann fallen würde und haben das noch zusätzlich mit ihren Aussagen untermauert. Die kleine Sarina haben Sie allein am Bahnhof zurückgelassen, als Sie sicher waren, nicht verdächtigt oder von Roye belastet zu werden."

Lis Roye schwieg.

Siri nahm es als Bestätigung, dass es sich genau so abgespielt hatte. „Aber weswegen kamen Sie kürzlich nach Bad Salzdorf zurück, Lis? Weil das Geld, das Sie sich damals unter den Nagel gerissen hatten, aufgebraucht war? Was gab es von Teufel zu holen? Ich gehe doch recht in der Annahme, dass das der Grund war, weswegen Sie ihn aufsuchten, oder?"

Lis Roye lachte auf. Es klang schrill und bösartig. „Der Schmuck", sagte sie. „Ich wusste, dass er damals Dorles Schmuck behalten hat. Darauf begründete sich sein ganzes Gastro Imperium. Ich hatte damals zu wenig Zeit, um danach zu suchen. Aber Arik hatte sie. Nachdem er Dorles Leiche entdeckt hat, konnte er in aller Ruhe danach suchen. Die Polizei hat er erst gerufen, als er fündig geworden war."

„Und dann haben Sie ihn später damit erpresst, stimmt's?"

„Ich wollte von ihm nur die Hälfte vom Wert des Schmucks. Meinen gerechten Anteil. David, mein letzter Ehemann in USA, hat mir nach seinem Tod kaum was hinterlassen. Was sollte ich denn tun in meinem Alter? Arbeiten? Zuerst hat Arik auch brav monatlich gezahlt. Mir die Summe auf einmal zu geben, könne er sich nicht erlauben, und außerdem würde das zu auffällig sein. Ariks Frau hat den Braten gerochen. Sie hat die Überweisungen an mich entdeckt und geglaubt, es seien Unterhaltszahlungen an eine seiner Mätressen. Von da an wollte er mir nichts mehr geben. Er hat sogar den Spieß umgedreht und mir mit der Polizei gedroht, weil ich ihn erpresse. Das war sein Todesurteil. Ich konnte mich doch von ihm nicht ans Messer liefern lassen."

Die Frau ist eine Psychopathin, schoss es Siri durch den Kopf. Ohne Moral. Allenfalls mit Empathie für sich selbst ausgestattet und null Erbarmen, wenn es darum geht, ihre Haut zu retten.

„Wie haben Sie es angestellt, dass er Sie in der Mordnacht in seinem Lokal empfangen hat?"

„Ich hab' ihn vor seiner Haustür abgefangen, als er spätabends nach Hause kam und ihm gesagt, dass ich akzeptiere, dass er seine Zahlungen einstellt. Und dann habe ich ihn ein bisschen an alte Zeiten erinnert. Als er sechzehn war und ich zwanzig. Er hatte immer viel Spaß mit mir. Ich war seine Erste damals, wissen Sie?"

Siri kämpfte jetzt auch mit einer aufsteigenden Übelkeit.

„Er selbst hat vorgeschlagen, dass wir auf ein Glas Wein in die Teufelsküche gehen", fuhr Lis Roye fort. „Das Lokal war ja geschlossen. Wir konnten also ganz unter uns sein. Und laut Arik gab es dort auch ein Zimmer für uns, eins mit einem Bett darin."

Lis Roye lachte selbstgefällig.

Trotz ihres Ekels machte Siri mit ihrem Frage-Antwort Spiel weiter, schien die Täterin es doch vorerst weiter mitzuspielen. Aus Eitelkeit, vermutete sie.

„Und dann?", fragte sie weiter.

„Gab es einen Schuss Rohypnol in den Rotwein."

„Klar", sagte Siri. „Sie haben ihm K.-o.-Tropfen verabreicht, und er war bewusstlos. Der Rest war dann sicherlich ein Kinderspiel!"

„Das würde ich so nicht sagen. Es war anspruchsvoll! Ich musste den schweren Typen zur Kellertreppe schleppen, ihn da 'runterschubsen, in diesen Kühlraum bugsieren und ihm dann auch noch den Hals durchschneiden."

„Und warum haben Sie die Kühlung wieder angestellt, nachdem Sie Teufel ermordet hatten?", fragte Siri.

„Ich fand es ästhetischer." Lis Roye lachte jetzt

297

schallend. „Arik war ja immer sehr auf sein Äußeres bedacht. Scherz von mir! Ich wollte, dass der gekühlte Leichnam da unten im Keller nicht so schnell entdeckt werden würde. Keine unangenehmen Gerüche, die vielleicht dem Hausmeister aufgefallen wären. Und sein Auto hab' ich auch noch schnell weg gebracht. Alle sollten schön glauben, dass er damit ins Kloster gefahren ist. Als nächstes wollte ich Sarina töten und dafür sorgen, dass sie zuvor den Mord an Arik gesteht. Um es anschließend so aussehen zu lassen, als ob sie sich selbst umgebracht hat. Aber dann war das gar nicht so leicht, hier in der Klinik an sie heranzukommen, ohne sich verdächtig zu machen. Und dann kreuzen Sie auch noch auf und fangen mit Ihren Nachforschungen an. Ich stand ja eine ganze Weile hinter ihnen, als sie neulich in der Halle saßen und konnte auf Ihrem Laptop mitlesen, wo Sie da dran sind!"

„Sie wollten was tun?" Siri hatte Mühe, sich ihre Abscheu angesichts der ungeheuerlichen Bösartigkeit von Lis Roye nicht anmerken zu lassen. Allerdings stellte sie fest, dass sie ihre Angst jetzt überraschend gut im Griff hatte. Vielleicht, weil ihr kriminalistisches Interesse an den Einzelheiten der Tat für den Moment überhand nahm?

„Wie haben Sie Sarina Roye alias Iris Orbach denn überhaupt wiedererkannt? Sie hatten Sie doch zuletzt gesehen, als sie noch ein kleines Kind war."

„Nicht ganz! Ich hab' versucht 'rauszukriegen, was aus ihr geworden ist. Jemand musste sie damals in Frankfurt ja aufgegriffen haben. Ich habe Privatdetektive beauftragt, die herausfanden, dass das Findelkind Sissi - so hatten sie das stumme kleine Mädchen zunächst genannt - in Frankfurt vom Ehepaar Orbach adoptiert worden ist. Da wurde es dann sehr interessant für mich. Wussten Sie nicht, dass Julius und Ellen Orbach wohlhabende Verleger sind? Ihnen gehört ein angesehener und sehr lukrativer Verlag für juristische Fachliteratur. Iris ist ihre Alleinerbin. Als ich das erfahren hatte, war es anschließend ein Klacks alles über sie herauszufinden. Ich wusste genau, wie sie mittlerweile aussieht, und wo sie arbeitete. Das war natürlich ein ganz großartiger Zufall, dass sie ausgerechnet Ariks Küchenchefin war. War es Zufall? Oder Gottes großartiger Plan für einen großartigen Menschen wie mich? Ich hab' bereits ausgeheckt, wie ich den Kontakt zu den Orbachs herstelle, sobald Iris ihren Suizid vollendet hat. Sie werden von mir eine Beileidsbekundung und eine herzzerreißende Geschichte hören, warum ich - als junge Lis - Sarina unter dramatischen Umständen zurücklassen musste, obwohl die Kleine mein Ein und Alles war. Ich kann sehr gute Geschichten erzählen, Frau Kommissarin! Rührende Geschichten, ganz großes Kino, emotional und packend. Mit dieser Story werde ich das Herz der alten Leute im Sturm erobern.

Dann ist es nur noch ein kleiner Schritt, und die liebende und aufopferungsvolle, von reinem Altruismus erfüllte Lis wird das erben, was Orbachs eigentlich ihrer Iris hinterlassen wollten. Ist das nicht cool? Im Prinzip habe ich eine Menge Fliegen mit einer Klappe geschlagen und bin bis an mein Lebensende steinreich."

Siri ballte ihre Fäuste. Wut brandete auf einmal in ihr auf. Deren Heftigkeit stellte für Momente wieder die Panik wegen des Messers an ihrer Kehle in den Schatten. Eines Messers, das sich allerdings weiterhin in der Hand einer unberechenbaren, komplett mitleidslosen Killerin befand. Siri wusste, sie musste beides irgendwie in den Griff bekommen: Angst und Wut. Sie musste sich weiter ihres Verstandes bedienen, um die Situation zu meistern. Aber war diese Situation überhaupt zu handlen? War das alles nicht komplett aussichtslos? Für sie und damit auch für Iris, die immer noch regungslos vor ihr auf dem nassen und kalten Waldboden lag.

Was sollte sie jetzt bloß tun?

Aufgeben?

Bitte, lieber Gott, hilf' mir, flehte sie inständig in ihrem Inneren. Sag' mir, wie ich Iris und mich retten kann!

Nicht aufgeben. Reden. Die Stimme in ihrem Kopf sprach so laut und deutlich als sei sie real. Es war die tiefe Stimme eines Mannes, die sich wiederum anhörte wie die ihres ersten Vorgesetzten bei der Kripo, Hauptkommissar a. D. Hubert Mallottke: „Versuch' weiter, Zeit zu gewinnen. Und erinnere dich, Psychopathen sind eitel."

Mallo, dachte Siri. *Dich also schickt mir der liebe Gott! Wen auch sonst?*

Sie wurde wieder ruhiger, fast kühl.

Einen Plauderton anzuschlagen, war für sie auch unter normaleren Umständen eine Herausforderung. Aber es gelang ihr wider Erwarten ziemlich gut.

„Sagen Sie mal", begann sie, „was ich Sie ja auch noch fragen wollte, Lis. Warum haben Sie den Wintergarten im Restaurant eingeschlagen. Das waren doch auch Sie, oder? Damit haben Sie ja im Prinzip zunichte gemacht, was Sie zuvor mit dem Anschalten der Kühlung bezweckt hatten. Nämlich, dass das Verbrechen möglichst lange unentdeckt bleibt. War das auch wieder einer Ihrer äußerst raffinierten Coups, um die Polizei in die Irre zu führen?"

Mit den Worten „einer Ihrer äußert raffinierten Coups" täuschte Siri so sehr Bewunderung vor, wie es ihr überhaupt möglich war angesichts der Gefühle, die sie in Wahrheit gegenüber einer widerwärtigen Mörderin empfand. Sie hasste es zu lügen. Aber es funktionierte gerade super. Die Strategie ging auf. Roye schien geschmeichelt zu sein.

„Sollte man meinen", erwiderte sie. „Es war zunächst eine aus der Not geborene Entscheidung. Ich saß nämlich in dem Scheißladen fest, weil der dämliche Teufel die Eingangstür von innen

301

verriegelt hatte. Die hat so ein modernes elektronisches Schloss. Den Code für das Öffnen der Tür konnte er mir leider nicht mehr verraten, das tote Miststück. Was blieb mir übrig, als von innen die Scheiben einzuschlagen? Was das Ganze ja dann auch wie einen Einbruch aussehen ließ. Das war natürlich insofern genial von mir, als die Polizei immer noch annimmt, dass Arik Teufel von dem Einbrecher, den er auf frischer Tat ertappt hatte, um die Ecke gebracht wurde."

Na ja, dachte Siri. Nicht ganz so schlau zu Ende gedacht. Dann hättest du dich gleichzeitig nicht für dieses sorgfältige Arrangement mit dem Kühlhaus entscheiden dürfen. Denn für so etwas hätte ein überraschter Einbrecher weder den Sinn noch die Nerven gehabt. Der wäre nach der Tat einfach abgehauen.

„Da hätte ich jetzt mehr von dir erwartet, Lis!"

Der Satz diente Siris Psychohygiene. Zum Glück hatte sie ihn nur gedacht und nicht laut ausgesprochen.

„Grandios", sagte sie stattdessen.

Vielleicht war das jetzt etwas zu viel falsches Lob gewesen?

Lis Roye schwieg.

War sie misstrauisch geworden? Hatte sie Siris Taktik durchschaut?

Scheiße, dachte Siri und dann: Egal, einfach weitermachen. Weitermachen und irgendwann - im richtigen Moment - versuchen, die Roye zu überwältigen. *In einer Sekunde, in der sie dir das*

Messer vielleicht etwas weniger dicht an die Kehle hält oder der Arm, der dich umfasst, schwächer wird.

Die Frau war, wenn sie richtig gerechnet hatte, über Sechzig. Das würde die nicht ewig so durchhalten, dachte Siri auf einmal erschrocken. Die merkt, wenn ihr die Kraft ausgeht und dann, spätestens dann, bringt sie das mit dir zu Ende. Und dann auch das mit Iris. Ohne Gnade. Denn die kennt sie nicht.

„Ich bewundere Sie wirklich sehr, Lis", log Siri.

„Wie meinen Sie das?" Das klang jetzt wirklich misstrauisch. Lis Roye war intelligent. Sie begann ganz offensichtlich, diese Konversation als das zu erkennen, was es war. Ein Ablenkungsmanöver, das sie davon abhalten sollte, Siri die Kehle durchzuschneiden.

„Ganz aufrichtig", antwortete Siri ruhig. Sie durfte nicht zu sehr übertreiben, aber doch genug, um Roye glauben zu lassen, dass sie sie beeindruckte.

„Schauen Sie", fuhr sie fort, „ich habe in meiner Zeit bei der Kripo so viele langweilige Verbrechen erlebt und derart einfältige Täter kennengelernt, dass es mich geradezu angeödet hat. Sie sind anders. Sie sind das Highlight meiner Laufbahn. Hochintelligent. Kreativ. Effizient. Sie sind perfekt, Lis. Glauben Sie mir, dass es in der ganzen Welt allenfalls eine handverlesene Anzahl von Ermittlern gibt, die jemals in ihrem Leben die Chance hatten, einer Frau wie Ihnen zu begegnen."

„Sie sagen das, obwohl sie wissen, dass es Ihnen nichts nützen wird und ich Sie jetzt gleich töten werde? Wollen Sie mich etwa veräppeln?"

„Ich meine es vollkommen ernst", antwortete Siri leise, aber sehr bestimmt.

Für einen winzigen Moment glaubte sie eine Irritation ihrer Gegnerin zu spüren. Eine winzige Bewegung der Hand, die auf ein Zögern hinzudeuten schien. Ein zartes Beben der Muskeln im Arm, der sie festhielt. Ein Zittern, das den ganzen Körper der hinter ihr stehenden Frau für den Bruchteil einer Sekunde erfasste. Siri begriff, dass sie vermutlich nur diese eine Chance hatte.

Jetzt oder nie mehr! Sie atmete tief ein, rammte dann den Ellenbogen ihres Arms in die Magengrube von Lis Roye, trat gleichzeitig nach hinten mit voller Wucht gegen deren Schienbein, packte die Hand mit dem Messer und bog sie von ihrem Hals weg. Sie war überrascht, wie stark die Frau war, die sich nach dem ersten Überraschungsmoment heftig zu wehren begann. Siri setzte alles daran, Roye das Messer zu entwinden.

Vergeblich.

Es gelang der Frau, sich mit der mörderischen Waffe in der Hand loszureißen und damit auf Siri loszustürmen. Siri ging in Deckung. Lis Roye stolperte über sie und verlor dabei das Messer. Als sie sah, dass sie keine Chance hatte, es vor Siri zu ergreifen, die sich sofort darauf stürzte, floh sie in den Wald.

Siri rappelte sich auf und vergrub das Messer rasch im Waldboden, wo es nicht so schnell zu finden war. Für einen Moment zögerte sie. Was sollte sie jetzt tun? Sich um die bewusstlose Iris Orbach kümmern? Lis Roye verfolgen?

Schweren Herzens unterließ sie es, Roye hinterher zu laufen. Stattdessen ging sie neben Iris in die Knie und stellte erleichtert fest, dass sie atmete und ein Puls zu fühlen war. Sie rollte die immer noch bewusstlose Frau auf die Seite und zog ihre Jacke aus, die sie anschließend über der kleinen Gestalt ausbreitete. Nach kurzem Zögern beschloss sie, auch Jakobs Pullover auszuziehen und ihn zusammengerollt unter Iris' Kopf zu legen. Während sie weiter neben ihr hockte und verzweifelt überlegte, wie sie in dieser verzwickten Situation intelligent handeln und der Verletzten helfen konnte, sah sie auf einmal einen hellen Lichtschein vor sich und hörte Atemgeräusche. War Lis Roye etwa zurück? Als Siri aufsprang, kollidierte sie mit einem menschlichen Körper und schrie laut auf.

Es dauerte eine Weile, bis sie registrierte, dass der Mensch, der ihr gegenüberstand, zum Glück nicht die unbarmherzige Täterin war. Wegen der hellen Stirnlampe, deren Licht ihr jetzt direkt ins Gesicht schien, erkannte sie nicht gleich, um wen es sich handelte.

„Nicht Sie schon wieder!", sagte die Gestalt vor ihr. Es handelte sich eindeutig um die Stimme

305

von Dr. Jasper Spielhagen.

KARSTEN

Irgendetwas hatte ihm gesagt, dass er das Handy der Frau, die ihn am frühen Morgen angerufen hatte und mit Jakob sprechen wollte, orten lassen sollte. Zehnmal hatte er zuvor versucht, sie zurückzurufen, um ihr zu sagen, dass sie ihn vermutlich falsch verstanden hatte, aber auch, um zu erfahren, was sie denn bezüglich der Ermordung Arik Teufels mitzuteilen hatte.

Es waren vergebliche Versuche geblieben.

Als schließlich feststand, dass das Handy in Reichweite eines Mobilfunkmasten war, der ganz in der Nähe jener Klinik stand, in die Jakob an Tag zuvor aufgebrochen war, um dort eine Zeugin zu vernehmen, beschloss Karsten Klusener, es ihm nachzutun. Weil der Dienstwagen nach Jakobs Crash nur noch Schrott war, zuckelte er mit seinem Privatwagen in Richtung See. Er hatte das Auto von seinem Großvater geerbt. Es handelte sich um ein seniorengerechtes Modell in der angesagten Trendfarbe Tiefseeblau, in das man aufgrund höher gelegter Sitze bequem einsteigen konnte. Eigentlich hatte Karsten sich bei seinem ersten Soloeinsatz immer in dem sportlichen und viel schickeren BMW ausrücken sehen, aber der Gedanke an das, was Jakob mit eben diesem Auto passiert war, verwies seine Eitelkeit auf die hinteren Ränge. Als ihn ein Kleinbus mit litauischem Kennzeichen auf der A 33 überholte, wünschte er sich aber doch kurz wieder, im Dienstwagen der Bielefelder Kripo zu sitzen.

Er wählte bewusst eine andere Strecke als Jakob, um nicht am Unfallort vorbeizukommen und mit eigenen Augen nachzuerleben, was dort passiert war. Erst kurz vor dem See bog er von der A 44 auf eine gut ausgebaute Bundesstraße ab, die direkt zur Uferstraße des Sees führte. Auf ihr kamen ihm kurz hintereinander zwei Rettungswagen und ein Polizeiauto mit Blaulicht entgegen. War auch hier ein Unfall passiert?

Es begann zu schneien. Karsten nahm den Fuß vom Gas, konnte aber auf der weiteren Fahrt nichts entdecken. Erst, als er das Klinikgelände erreichte, entdeckte er einen weiteren Streifenwagen und ein ziviles Fahrzeug, bei dem es sich dem Kennzeichen nach um ein Auto der für den Ort zuständigen Kripo handelte.

Was war hier bloß los?

Er parkte seinen Corsa neben den Wagen der Kollegen, hüpfte hinaus und lief auf den Eingang der Klinik zu. Als er die Eingangshalle betrat, entdeckte er, dass in einer Sitzecke etwas abseits der Rezeption ein in eine rote Decke eingehüllter Mann saß, der mit einem anderen Mann und einer Frau redete. Karsten war sofort klar, dass es sich um zwei seiner Kollegen handelte, die ganz offensichtlich inmitten einer Vernehmung waren. In diesem Augenblick tauchten wie aus dem Nichts zwei uniformierte Polizisten neben ihm auf.

„Halt", rief einer der beiden und stellte sich ihm in den Weg.

„Karsten Klusener von der Kripo Bielefeld", entgegnete Karsten und wies sich gegenüber den Kollegen aus. „Warum dieser Einsatz?", fragte er dann.

„Eine Frau wurde im Wald überfallen", sagte der jüngere der beiden Polizisten, der ein bisschen Ähnlichkeit mit dem jungen Johnny Depp hatte. „Sie hat eine schwere Kopfverletzung und ist auf dem Weg ins Krankenhaus. Der Mann da hinten ist einer der Klinikärzte. Er war joggen und hat die Frau am Ufer des Sees aufgefunden. Vermutlich hat sie riesiges Glück und überlebt, weil er ihr Erste Hilfe leisten konnte. Und dann ist irgendwie noch eine Kollegin involviert, eine Polizistin, die hier zur Reha ist und die Verfolgung einer Verdächtigen im Wald aufgenommen hat. Wir durchkämmen gerade das Gebiet und suchen die beiden Personen."

Karsten bedankte sich und erklärte, dass er direkt mit den beiden Ermittlern reden wolle, weil er für sie relevante Informationen habe. Johnny Depp versprach, ihm Gehör zu verschaffen, sobald sie mit der Befragung des Arztes fertig waren.

Momente später taumelte eine junge Frau mit wirrem blonden Haar, die trotz der Kälte nur mit einer mit Dreck verschmierten Jogginghose und einem fleckigen und triefnassen - ehemals wohl rosafarbenen - T-Shirt bekleidet war, in die Eingangshalle. Hinter ihr folgten zwei Polizisten, die augenscheinlich zu dem Suchtrupp gehörten Sie führten eine ältere, auffallend drahtige Frau in Handschellen mit sich, deren edle Sportbekleidung ebenfalls in einem derangierten Zustand war. Auch die Haare dieser Frau tropften vor Nässe.

Karsten reagierte zusammen mit den beiden Kollegen in Uniform als erstes. Mit einem Sprung waren die drei bei der Gruppe, die vor der Rezeption stehengeblieben war.

„Die Dame hier ist die Mörderin von Arik Teufel", keuchte die jüngere Frau und deutete auf die andere. „Was sie sonst noch alles verbrochen hat, erzähle ich später. Momentan fehlt mir dazu etwas die Puste."

Das musste Hauptkommissarin Osten sein, mit der er am frühen Morgen telefoniert hatte. Ihre Gesichtszüge erinnerten ihn bei näherem Hinsehen ein wenig an die Schaupielerin Scarlett Johannson. Erst jetzt entdeckte er die Wunde an ihrem blutverkrusteten Hals.

Ein bisschen beneidete Karsten sie um den Coup, den sie vollbracht hatte, denn offensichtlich hatte sie eine gefährliche Verbrecherin gestellt und dabei Blessuren erlitten.

„Sie sind ja verletzt", sagte er.

„Bin ich das?"

Es klang ungläubig und sehr erschöpft.

„Ich bin Karsten Klusener von der Kripo Bielefeld. Frau Osten? Sie sind Frau Osten, nicht wahr? Wir haben vorhin telefoniert. Ich habe ihr Handy nachverfolgen lassen, nachdem ich Sie nicht mehr erreichen konnte. Können Sie mir vielleicht sagen, was hier ... "

Karsten Klusener konnte seinen Satz nicht mehr zu Ende sprechen.

„Sie sind also Jakobs Kollege", fiel ihm die Frau ins Wort. Dann sank sie in sich zusammen, kauerte schließlich am Boden, umschlang sich mit ihren Armen und schluchzte laut auf: „Oh Gott, Jakob!"

Jasper

Eigentlich hatte Jasper noch vor Wochen nie mehr auch nur in die Nähe von so etwas wie einer Hochzeitsfeier geraten wollen. Und nun das. Er stand im Mittelpunkt.

Nervös nestelte er an seiner Krawatte und zupfte immer wieder verstohlen an den Ärmeln seiner nagelneuen Anzugjacke. Wie die anderen wartete er auf die Braut. Wie sie wohl aussehen würde? Er stand mit den Gästen in dem schönen ländlichen Garten, der zu ihrem Haus gehörte. Es war schönstes Maiwetter, sonnig und mit blauem Himmel, an dem sich nur hier und da ein paar Schäfchenwolken tummelten.

Frisches Grün, wohin man auch blickte. Ein leichter Wind sorgte dafür, dass es den Menschen, die sich an den Stehtischen versammelt hatten oder auf altmodischen Holzklappstühlen mit grünweiß karierten Kissen saßen, nicht zu heiß wurde.

Jasper blickte angespannt zur Uhr.

„Das wird schon", sagte eine Frau mit einer üppigen silbernen Lockenpracht, einem fein geschnittenen hellhäutigen Gesicht und auffälligen grünen Augen. „Sie schaffen das!"

Während sie so mit ihm sprach, drückte sie ihm ein Sektglas in die Hand. „Nehmen Sie eins. Ich bin vor lauter Aufregung schon beim zweiten. Dass ich das noch erleben durfte!"

Sie prostete Jasper lächelnd zu.

In diesem Moment kam sie aus dem Haus: Siri, die Braut. Jasper hielt den Atem an, als er sie erblickte. So hatte er sie noch nie gesehen. Natürlich hatte sie kein Kleid an. Das allerdings wäre ja auch wirklich die absolute Überraschung des Tages gewesen, dachte er.

Stattdessen trug sie einen schlichten weißen Jumpsuit ohne Ärmel, hochgeschlossen und mit einem breiten Taillenbund.

„Wow", entfuhr es Jasper.

Sie lief ihm entgegen und wirkte dabei ein wenig unbeholfen. Man sah ihr an, dass sie sich etwas fremd in ihrem eleganten Outfit fühlte. Ihre Haare hatte sie auch heute zu einem Dutt frisiert. Allerdings hatte sie wohl zur Feier des Tages eine Expertin damit betraut, denn ihre hellblonden Haare waren kunstvoll am Hinterkopf aufgesteckt.

Jasper schmunzelte, jetzt auch, weil er sich an die dramatische Szene im Wald zurück erinnerte, die sich im Dezember des vergangenen Jahres ereignet hatte. Damals hatten ihr die Haar wirr im Gesicht gehangen.

„Sie schickt der Himmel!", hatte sie gesagt, nachdem sie am frühen Morgen auf dem Waldweg am See mit ihm quasi zusammengestoßen war. Er war komplett perplex gewesen, weil er keine Ahnung hatte, was sie um diese Uhrzeit auf seiner Laufstrecke suchte. Noch dazu von oben bis unten klatschnass, verdreckt und mit diesen Haaren, die strähnig von ihrem Kopf herabhingen. Trotz eisiger Temperaturen hatte sie noch nicht einmal eine Jacke angehabt.

„Schnell!", hatte sie gerufen. „Da hinten liegt Iris Orbach. Sie ist verletzt. Ich habe keine Ahnung, wie schwer. Sie müssen sich um sie kümmern. Sofort! Haben Sie ein Handy dabei?",Ja klar", war seine Antwort. „Dann kommen Sie hier allein zurecht", hatte sie entschieden und ihm dann weitere Instruktionen gegeben. „Wenn Sie einen Rettungswagen angerufen haben, alarmieren Sie danach sofort die Polizei. Sagen Sie denen, dass hier eine gewaltbereite Frau im Gelände ist. Sie ist in den Wald geflohen. Diese Frau ist eine Mörderin und sehr gefährlich. Sie ist eine skrupellose Psychopathin, zu allem fähig. Um sich zu retten, schreckt sie vermutlich selbst vor einer Geiselnahme nicht zurück! Die sollen darum vorsichtshalber auch ein Team zur Klinik schicken." Danach war sie umgedreht, in Richtung Wald gesprintet und darin verschwunden. Er hatte ihr nur ganz kurz nachgeschaut und hatte sofort Iris Orbach, so gut es ihm in der Situation möglich war, versorgt. Ein Trupp von Einsatzkräften, die kurz nach dem Rettungswagen eingetroffen waren, hatte danach den Wald durchstreift und die flüchtige Person gesucht. Am Ende konnten sie zusammen mit Siri die Täterin aufspüren und stellen. Diese, eine Frau namens Lis Roye, hatte sich verzweifelt gewehrt und dabei noch einmal alle ihre Kräfte mobilisiert.

Jasper hatte wieder das Bild vor Augen, wie Siri in die Klinik zurückgekommen war. Verletzt und vollkommen entkräftet hatte sie im Foyer der Klinik gestanden. Doch erst die Erinnerung an ein anderes Ereignis hatte ihr in der Situation endgültig den Boden unter den Füßen weggezogen. Jasper war es gewesen, der sie nach ihrem Zusammenbruch im Foyer der Klinik vorsichtig in die Arme genommen, leise auf sie eingeredet und dann zunächst mit einer Medikation ruhig gestellt hatte.

Von alledem war in diesem Moment nichts mehr zu spüren. Sie stand ihm im hellen Sonnenschein im herausgeputzten Garten gegenüber und dann strahlte sie ihn an. Wusste sie, wie schön sie gerade aussah?

„Und Dr. Spielhagen", sagte Siri jetzt und zwinkerte ihm kurz zu, „gefällt Ihnen mein Outfit?"

„Mir fehlen die Worte", sagte er. „Als sie noch meine Patientin waren, sahen Sie irgendwie anders aus. Kann es sein, dass Sie in der Zwischenzeit Ihren Style geändert haben?"

„Psst", sagte Siri, „nicht weitersagen, vor allem nicht dem Bräutigam."

„Wo ist er überhaupt?", fragte Jasper.

„Noch in der Garderobe. Der Armani Anzug wirft irgendwo eine Falte, wo er es nicht soll. Lana und Lara, seine beiden Schwestern, versuchen gerade, es zu richten. Er braucht immer länger als ich. Jedenfalls war ich auch heute im Handumdrehen fertig beim Anziehen, Frisieren und so. Aber er? Wie ein Mädchen ... "

Sie verdrehte ein wenig die Augen.

„Marie", rief sie dann. „Sei so gut und gib' mir auch einen Sekt. Und vielleicht eins von den Häppchen auf deinem Teller."

Marie, erkannte Jasper, war die Frau mit den lockigen Haaren, die auch ihm kurz zuvor ein Glas in die Hand gedrückt hatte. Sie stand direkt neben einem Stehtisch, auf dem sich eine Sektflasche im Kühler, aufgereihte Sektflöten und ein Silbertablett mit hübsch angerichteten Häppchen befanden.

„Ich weiß nicht", sagte die Frau namens Marie zu Siri. „Sekt ist ja okay. Aber mit einem tomatisierten Fischkanapee würde ich vielleicht doch bis nach der Trauung warten. Das gibt fiese Flecken auf Weiß!"

Jasper sah an Siris Gesichtsausdruck, dass sie nur ungern verzichtete. Sie schluckte kurz, bedachte die Fischkanapees dann aber lediglich noch mit einem sehnsüchtigen Blick.

„Übrigens", sagte sie, jetzt wieder an ihn gewandt, „es ist super nett, dass Sie der Trauzeuge sein wollen."

„Es ist mir eine Ehre", antwortete Jasper wahrheitsgemäß. „Doch frage ich mich immer noch, warum Sie ausgerechnet mich dafür wollen."

Siri wurde ernst.

„Das ist ganz einfach", sagte sie und sah ihm geradewegs in die Augen. „Damals, an jenem trüben Wintermorgen in der Klinik, als ich dachte, dass Jakob den Unfall nicht überlebt hat und Sie es mir später, als ich mich etwas beruhigt hatte, sagten - also mir sagten, dass er lebt, dass ich den Satz von seinem Assistenten 'Er hatte keine Chance ...' einfach nur nicht bis zum Ende angehört hatte und das Wort 'auszuweichen' so nicht mehr mitbekam - jedenfalls, als Sie dann meinten, dass er zwar schwer verletzt ist, aber alles wieder gut wird, da bin ich sofort wieder in meine Rüstung und sehr hoch auf mein Ross gestiegen. Ich sagte zu Ihnen, erinnern Sie sich, ich sagte 'Okay, ich bin so riesig erleichtert, dass er nicht tot ist'. Aber dann fügte ich sofort hinzu, dass Sie jetzt verdammt noch mal daraus nicht irgend so ein kitschiges Happyend ableiten sollten. Und dass ich Ihnen diesen Gefallen eines Happyends auf gar keinen Fall tun würde!"

„Ich erinnere mich dunkel", sagte Jasper.

„Und dann", Siris Stimme wurde leiser, als sie weitersprach, „haben Sie etwas zu mir gesagt. Sie sagten zu mir, dass es nicht um Sie ginge und ob ich nicht vielleicht mir selbst einen Gefallen mit einem Happyend tun wollte."

Ehe er sich versah, hatte Siri ihn umarmt und auf die Wange geküsst.

„Danke dafür, Jasper."

„Gern geschehen", sagte Jasper und dachte in diesem Moment, dass er sich selbst vielleicht auch mal so einen tollen Ratschlag geben sollte.

Dann kam Jakob. In einem sehr schicken dunkelblauen Anzug, zu dem er neben einem blütenweißen Hemd mit modischem Stehkragen einen eleganten braunen Lederschuh trug. Einen einzelnen Schuh! Denn sein linker Fuß steckte in einer Orthese, die ihn ebenso wie die Krücke, an der er lief, nicht weiter zu stören schien. Er sah fröhlich und zufrieden aus, trotz des nicht ganz perfekten Outfits (auf das er laut seiner zukünftigen Frau angeblich so großen Wert legte). Die Ärzte hatten ihm nach seinem schweren Unfall versichert, dass alles eine Frage der Zeit sei und er auf jeden Fall darauf bauen könne, dass der komplizierte Bruch an seinem linken Bein endgültig ausheilen würde. Doch hätte er bis dahin warten sollen, nachdem Siri verkündet hatte, sie wolle ihn und sie wolle ihn sogar heiraten?

Lieber nicht, hatte er Jasper anvertraut. Am Ende hätte sie es sich vielleicht doch wieder anders überlegt. So war es eben eine Hochzeit mit Orthese und Gehhilfe geworden, was der Braut ohnehin herzlich egal war.

Die, so stellte Jasper gerade fest, trug zu ihrem schicken Jumpsuit Turnschuhe, aber immerhin weiße.

Jakob und sie gingen Hand in Hand zu dem Kranz aus Buchsbaum und rosafarbenen Rosen, den die Nachbarn des Dorfs, in dem sie lebte, tags zuvor gefertigt und mit Hilfe einer Metall-

318

konstruktion aufgestellt hatten. Flankiert von Jasper und der anderen Trauzeugin, Jakobs jüngerer Schwester Lara, sagten sie ohne Zögern ja zueinander und wurden anschließend von der Pastorin aus dem Nachbarort Ripplohe zu Mann und Frau erklärt.

Lara war es, die später den Brautstrauß fing.

„Fehlt nur noch ein Mann", grinste sie und ließ sich danach von Jasper zum Tanzen auffordern. Auch Siri tanzte. Allerdings nur sehr kurz mit Jakob, der sein Bein noch schonen musste.

Es gab aber einen anderen Mann, mit dem sie sich gleich mehrmals hintereinander auf der Tanzfläche vor der Deele vergnügte. Er war aus Nashville im amerikanischen Bundesstaat Tennesee zur Hochzeit angereist und trug nach Jakob den zweitschicksten Anzug des Tages, fand Jasper.

Der junge Mann strahlte, als er zusammen mit Siri immer wieder im Kreis herumwirbelte, und er sang bei fast allen Liedern, die gespielt wurden, laut und textsicher auf Englisch mit. Jasper hatte ihn am Abend zuvor kennengelernt und sich mit ihm eine Weile unterhalten. Mit seinem Papa und Suzie lebe er in den USA, hatte der Junge ihm erzählt. Aber jetzt sei er endlich für eine ganz, ganz lange Zeit auf Besuch bei seiner Siri – Mama. Der Kleine hieß Joshua und war vor ein paar Wochen sechs Jahre alt geworden.

IRIS

Meine Nächte sind ruhig geworden, seitdem ich endlich wieder weiß, was ich als Kind damals erlebt habe. Der Traum verfolgt mich nicht mehr. Seit ich die ganze Wahrheit kenne, hat er sich verflüchtigt und verzogen. Das ist also vorbei. Ich hatte allerdings gehofft, dass ich mich noch an ganz viel mehr von früher deutlich erinnern würde. Aber das ist nicht der Fall. Ich war wohl zu klein.

Manchmal schaffe ich es, wieder mehr mit den Menschen zu sprechen, und die Panikattacken sind zum Glück auch Geschichte seitdem ich weiß, dass die böse Lis für den Rest ihres Lebens mir und keinem anderen mehr nach dem Leben trachten kann. Dieser Alptraum, der mich jahrzehntelang ängstigte und quälte, ist vielleicht deshalb verschwunden, weil er seinen Zweck erfüllt hat. Der, so rede ich es mir manchmal ein, lag darin, mich wieder und wieder daran zu erinnern, dass ich eine Aufgabe hatte. Nämlich herauszufinden, wer Tante Dorle auf dem Gewissen hat, so dass nun die wahre Schuldige das Verbrechen an ihr sühnt. Spät, leider auch zu spät für Arik. Aber doch besser als nie.

Ich denke oft an meinen Vater. Dann freue ich mich, dass ich mittlerweile ein etwas schärferes Bild von ihm habe, dass ich weiß, wer er ist und dass er kein Mörder ist. Es gibt Angehörige von ihm, die ich ausfindig machen konnte und die noch Fotos von ihm und von meiner Mutter haben. Wegen ihr ist er damals nach Südtirol gegangen. Sie war übrigens Köchin! Sie arbeitete in einem Hotel, in dem er sich Mitte der Sechziger Jahre zum Wintersport aufgehalten hatte. Meine Mutter hieß Mariola, und auch von ihr gibt es noch Verwandte, die ich bald einmal besuchen möchte. So weiß ich nun mehr über mich und meine Wurzeln. Vielleicht hilft mir auch das, mein Trauma allmählich zu heilen. Vielleicht werde ich immer besser sprechen können! Obwohl die Ärzte sich nicht sicher sind, ob es da überhaupt einen direkten Zusammenhang gibt. Ich meine: ja.

Ich werde Sarina als zweiten Vornamen in meinen Pass eintragen lassen. Das ist schließlich der Name, den meine leiblichen Eltern bei meiner Geburt für mich gewählt hatten. Ich habe mir meine Geburtsurkunde aus Meran schicken lassen. Und doch bin und bleibe ich Iris, die Tochter von Ellen und Julius Orbach.

Es macht mich traurig, dass auch Arik den Tod durch die Hand dieser brutalen und gewissenlosen Frau gefunden hat. Ja, er hieß Teufel, aber er war keiner! Davon konnte mich Dr. Spielhagen zum Glück überzeugen.

Der Teufel war sie, Elisabeth Keller, die zweite Frau meines Vaters. Eine seit ihren Kindertagen psychopathisch veranlagte Kriminelle, die bereits als Jugendliche ihren ersten Mord beging, den sie ihrem damaligen Freund in die Schuhe schieben konnte. Die sich später Lis nannte und zum Schluss mit Nachnamen McKenzie hieß, nach ihrem amerikanischen Ehemann, dem nächsten Mann, den sie aus Berechnung und wegen seines Vermögens heiratete. So, wie sie von Anfang an auch meinen Vater einzig wegen seines Geldes im Visier hatte. Sie hatte bei ihm nach dem frühen Unfalltod meiner Mutter zunächst als Kindermädchen eine Anstellung gefunden und ihm dann den Kopf verdreht. Allerdings hat er sie und ihre Durchtriebenheit bald durchschaut und sich in Dora Brautmann verliebt. Deshalb musste Tante Dorle sterben. Sie war eine gute Frau, die einfach nur an der Seite des Mannes leben wollte, den sie liebte. Und an der seiner kleinen Tochter, die sie ebenfalls in ihr Herz geschlossen hatte. Lis hat das Glück dieser drei Menschen verhindert und ihr gemeinsames Leben zerstört. Dafür soll, dafür muss sie büßen!

Gestern habe ich lange am Grab von Tante Dorle in Bad Salzdorf gestanden. Sie wurde dort neben ihrem ersten Mann beerdigt.

Was ich mir nicht erklären kann, ist, warum ich nach Bad Salzdorf zurückgekommen bin - ausgerechnet an jenen Ort meiner lange vergessenen Kindheit. War es Zufall oder Vorsehung, dass ich mich um die Stelle in der Teufelsküche beworben habe? Oder gab es eine winzige Erinnerungsspur in meinem Kopf, die mich wieder in diese

Stadt zog?

Nachdem ich so vieles aus meiner Vergangenheit erfahren habe und aufklären konnte, kann der nächste Schritt für mich nur sein, nach vorn zu schauen. Wo will ich hin, wo kann ich bleiben?

Natalia Teufel hat mich gefragt, ob ich wieder in die Teufelsküche einsteige und wir gemeinsam das Lokal neu eröffnen wollen. Sie braucht eine Aufgabe - etwas, das sie ablenkt von ihrer Trauer über den Verlust von Arik.

Sie war für eine kurze Zeit selbst des Mordes an ihrem Mann verdächtigt worden, weil sie in der Tatnacht von Frankfurt nach Bad Salzorf und wieder zurückgefahren war. Es klärte sich auf, nachdem Lis überführt wurde. Natalia wollte Arik in flagranti mit Evelin Schnappmann überraschen und ihm die Leviten lesen. Sie hatte herausgefunden, dass die beiden sich jahrelang heimlich im Kloster getroffen hatten und vermutete, dass sie sich wieder zusammen dorthin auf den Weg machen wollten. Als sie Ariks Auto weder bei sich zu Hause noch bei Evelin vor der Tür stehen sah, ist sie unverrichteter Dinge wieder retour nach Frankfurt. Ich glaube, ich werde Natalias Angebot annehmen.

Bad Salzdorf ist trotz allem für mich kein Ort des Schreckens! Vielleicht liegt es daran, dass es einzelne sehr schöne Erinnerungen gibt, die manchmal bruchstückhaft und verschwommen aus dunklen Tiefen in mein Bewusstsein aufstei-

323

gen. Es sind nur sehr vage und flüchtige innere Bilder. Zum Beispiel, wie ich von einer Schaukel in die Arme meines lachenden Vaters springe, oder von einer kleinen Puppe in Schwarzwaldtracht, die er mir schenkte. Es gibt auch eine Erinnerung an Tante Dorle. Wir lachen zusammen, und sie drückt mich so zart und liebevoll an sich, dass mein Herz vor Freude zu hüpfen beginnt.

Ich werde mich also entscheiden, in Bad Salzdorf weiter zu kochen und zu leben. Unter zwei Bedingungen meinerseits. Ich will eine Beteiligung am Lokal und seine Umbennung in „Orbachs Teufelsküche". Ich glaube, dass ich Natalia überzeugen kann, sich darauf einzulassen. Wenn es mir wirklich wichtig ist und es nicht um Belanglosigkeiten oder zwischenmenschliche Gefühle geht - mit beidem kann ich immer noch nicht viel anfangen - klappt das mit dem Reden ganz gut.

Noch einmal lese ich die Sätze des Dichters Rumi, die ich mir damals aufschrieb in das leere Buch, das ich dann im Wald verlor.

„Und glaube ja nicht, dass der Garten im Winter seine Ekstase verliert. Er ist still. Aber die Wurzeln sind aufrührerisch, ganz tief da unten."

Etwas rührt sich also in mir. Mehr noch als zu der Zeit, in der ich diese Zeilen abschrieb. Etwas, das, so wie der Frühling, nicht aufzuhalten ist.

Vor mir liegt ein Aufbruch und ein Anfang.

ENDE

NACHWORT

Im März 1972, ich war damals elf Jahre alt, wurde unsere Nachbarin, Frau B., brutal ermordet. Jemand hatte der älteren Frau – ich vermute sie war damals Anfang 50 – mit einem Hammer den Schädel zertrümmert und danach, um den Mord zu vertuschen, versucht, ihr Haus anzuzünden. Dieser Plan schlug fehl. Es kam nur zu einem Schwelbrand, und ihre Leiche wurde von der Feuerwehr entdeckt.

Frau B. hatte das Kino auf der gegenüberliegenden Straßenseite meines Elternhauses besessen. Ich kannte sie, denn sie selbst hatte die Eintrittskarten verkauft. Sie war eine zarte Frau mit heller Haut und hellbraunen Haaren, die immer freundlich war zu uns Kindern, die in die Nachmittagsvorstellungen kamen, um Kinderfilme anzuschauen. So habe ich Frau B. aus ihren Lebzeiten in Erinnerung.

Zum Zeitpunkt der Tat hatte Frau B. das Kino bereits verkauft, lebte aber noch in der dazu gehörigen Wohnung. Der gesamte Komplex sollte abgerissen werden, um dort anschließend Eigentumswohnungen zu bauen. Als Täter wurde schnell ein Makler dingfest gemacht, der den Verkauf gemanagt und dabei Geld unterschlagen hatte. Als Frau B. drohte, deswegen die Polizei einzuschalten, musste sie sterben. Auch der Mörder wohnte in unserer Nachbarschaft. Er und seine Familie waren oft zu Gast im Restaurant meiner Eltern, und ich hatte einige Male mit der Tochter gespielt, die etwas jünger war als ich.

Einzige noch lebende Verwandte von Frau B. waren ihr Bruder und seine Frau. Sie kamen, um alles zu regeln in die Stadt und wohnten bei uns. Frau B.'s Schwägerin hatte es sicher gut gemeint, als sie mich mit in deren Wohnung, also mit an den Tatort, nahm. Ich sollte mir dort ein paar Gegenstände aussuchen, die sie mir schenken wollte, bevor der Haushalt aufgelöst wurde. Ich weiß nicht, ob meine Eltern es überhaupt wussten. Falls ja, haben sie sich vielleicht nichts dabei gedacht. Sie wussten nicht, was ich sehen, erleben und wie das auf mich wirken würde, oder sie konnten es sich vielleicht auch nicht vorstellen. Bis heute habe ich den widerlichen Brandgeruch in der Nase. Ich erinnere mich noch ganz genau, wie die Abdrücke der blutigen Hände von Frau B. an den Wänden ausgesehen haben und an die abgerissenen polizeilichen Siegel an der Haustür. Mitnehmen wollte ich nichts aus dem Haus, obwohl mir die Schwägerin viele Sachen zeigte. Was das für Dinge waren, habe ich vergessen. Eigentlich wollte ich nur ganz schnell weg von diesem Ort des Schreckens, der mich lange in meinen Träumen verfolgt hat. Aber ich habe niemandem etwas davon gesagt.

Fakten und Zusammenhänge dieses Verbrechens

habe ich in meinem Krimi sehr stark verändert bzw. verfremdet. Was jedoch den Tatsachen entspricht, sind die furchtbaren Kriegserlebnisse der Frau B. - heute kaum mehr vorstellbare Traumata. Anders als im Buch hatte auch ihr Bruder den Überfall auf die Familie überlebt. Er erzählte meiner Mutter davon, die mir viel später, als ich bereits erwachsen war, davon berichtete.

Das Leid einer Frau, die einem hässlichen Gewaltverbrechen zum Opfer fiel, nachdem sie bereits als junge Frau so viel Schlimmes erlebt hatte, dass man sich davon eigentlich gar kein Bild machen kann, hat mich mein Leben lang nicht mehr losgelassen. Auch deswegen habe ich diesen Kriminalroman geschrieben.

Ich möchte ihn Dora B. widmen.

Danke allen, die mir auch diesmal wieder auf vielfältige Weise beim Schreiben geholfen haben. Ein ganz besonderes Dankeschön geht an meine beste gute Schwester Dagmar und meinen lieben Kollegen von den Börde–Autoren, Rudolf Köster, und seiner Frau Do. Ohne ihre Hilfe wäre dieser Text nicht das geworden, was er jetzt ist.

April 2021
Adele Stein